बुझाए न बुझे

(उपन्यास)

बुझाए न बुझे

निमिष अग्रवाल

हिन्द युग्म
hindyugm.com
BLUE

ISBN : 978-81-951286-9-3

प्रकाशक:
हिंद युग्म ब्लू
सी-31, सेक्टर-20, नोएडा (उ.प्र.)-201301
फ़ोन- +91-120-4374046

मुद्रक : श्री मैत्रे प्रिंटेक प्रा. लि., ए-84, सेक्टर-2, नोएडा
कला-निर्देशन : विजेन्द्र एस विज

पहला संस्करण : 2021
मूल्य : ₹150

Bujhaye Na Bujhe
A novel by *Nimish Agrawal*

Published By
Hind Yugm Blue
C-31, Sector-20, Noida (UP)-201301
Phone- +91-120-4374046
Email : sampadak@hindyugm.com
Website : www.hindyugm.com

First Edition: 2021
Price: ₹150

बाबा जी स्वर्गीय श्री हरीराम अग्रवाल को समर्पित
जिन्होंने उसूलों पर जीना और व्यापार करना सिखाया।

प्राक्कथन

'बुझाए, न बुझे' निमिष अग्रवाल की पहली किताब है; पहले प्यार के जादुई एहसास और जज़्बात से भरी हुई। पहली किताब, ज्यों पहली उड़ान, आँखों और पंखों की। आँखों ने देखा और पंखों ने समेटा आदम और हव्वा की प्रेम कहानी को जो लाखों बरस से सुनी और सुनाई जा रही है। सुनने और सुनाने वाले हर युग में बदलते रहे हैं। बस नहीं बदला तो स्त्री और पुरुष के बीच का चुम्बकीय आकर्षण और विकर्षण। प्रेम की बारिश और घृणा का बवंडर।

देह के ज्वार-भाटे के बीच प्रेम का चाँद आत्मा के गगन पर खिलता और डूबता है। पूर्णिमा और आमावस्या के बीच ही कहीं प्रेम आकार लेता है और प्रकाश और अँधेरे की संधिरेखा पर ही आँसू और आग की पटकथा रची जाती है।

निमिष अग्रवाल प्रेम की नयी पटकथा रचने के लिए धर्म, राजनीति, मिथक, पुराण, इतिहास, कला, मनोविज्ञान और शरीर विज्ञान तक की यात्रा करते हैं और स्त्री-पुरुष संबंधों की तह तक पहुँचने की कोशिश करते हैं। मर्दवादी सत्ता अपनी श्रेष्ठता और सर्वोच्चता सिद्ध करने के लिए स्त्री सत्ता को जान-बूझकर नकारती और निकम्मा सिद्ध करती है। बराबरी की बात तो छोड़िए, स्त्री को मनुष्य का दर्जा तक नहीं दिया गया है। उसके महत्त्वपूर्ण और ऐतिहासिक योगदान को, सामाजिक, राजनीतिक, आर्थिक और पारिवारिक मोर्चे पर उसके संघर्ष, बलिदान और उपलब्धि को सराहने और सलाम करने की जगह उसे सेक्स प्रतीकों में 'रिड्यूस' कर दिया गया है। स्त्री को बदतर स्थिति तक पहुँचा दिया गया है।

स्त्री का मात्र यौनांग में बदल जाना; प्रेम का केवल देह हो जाना दिमाग़ का सुन्न हो जाना है। पूँजीवाद प्रेम की जगह देह की महिमा गाता है। क़ीमती लिबासों और ज़ेवरों से सजाकर जीती-जागती, सोचती-विचारती स्त्री को वह बाज़ार में बदल देता है; उसे ख़रीद-फ़रोख़्त की चीज़ बना देता है। पूँजीवाद को तर्क बुद्धि,

समानता, वैज्ञानिकता और समाजवाद से नफ़रत है। वह सत्य और निर्मल प्रेम का घोर विरोधी और लैंगिक असमानता का झंडाबरदार होता है। वह स्त्री को पुरुष से हीन और कमतर मानता है। स्त्री के दिमाग़ को कुंद बनाने के लिए वह तरह-तरह के डर उत्पादित करता है। सामाजिक और धार्मिक डर। डर की तरह-तरह की दुकानदारियाँ आज से पहले कभी इतनी सक्रिय नहीं थीं।

इक्कीसवीं सदी में भी, तकनीकी क्रांति के उच्चतम और आधुनिकतम दौर में भी, स्त्री पराधीन और बंधुवा मज़दूर है। उसके श्रम, प्रेम, त्याग और अनमोल आर्थिक सहभागिता का मूल्य शून्य आँका गया है। उसे अंधविश्वास और अंधश्रद्धा के लौह-महल में क़ैद कर दिया गया है। उसे तरह-तरह से डराया और धमकाया जाता है। उपन्यास का एक पात्र गुरुजी कहता है, "सब दुकानदारियाँ चाहे वे राजनीति की हों या धर्म की, डर के रास्ते जन्म लेती हैं। डर सबसे महँगा बिकता है और कई गुना लाभदायक होता है।"

निमिष अग्रवाल डर के इसी फलदायी कारोबार का कच्चा चिट्ठा 'बुझाए न बुझे' उपन्यास में खोलते हैं। आदम और हव्वा ने, संसार की पहली स्त्री और पहले पुरुष ने जिस प्रेम के पहले फल का स्वाद चखा था, उस पवित्र और जीवनदायी फल को धर्म ने 'पाप का फल' कहा, और पितृसत्ता ने जघन्य अपराध और अक्षम्य दुःसाहस कहा। निमिष साहस के साथ धर्म और राजनीति के अपवित्र गठबंधन पर प्रहार करते हैं और स्त्री अस्मिता के महत्त्व और आवश्यकता को रेखांकित करते हैं।

स्त्री की ज़बान पर सदियों से ताले लगाए गए हैं। उसके हर बौद्धिक उपक्रम और पराक्रम का उपहास उड़ाया गया है। स्त्रियाँ चिताओं में जली हैं, घरों के भीतर और बाहर आज भी जलाई जा रहीं हैं। फिर भी जीवित हैं और पितृसत्ता से, मर्दवादी हुकूमत से लोहा ले रही हैं।

'बुझाए न बुझे' हर अदृश्य और दृश्य ताले की पड़ताल है। मनुष्य जाति की आधी आबादी का वृत्तांत है। इस वृत्तांत को, तन और मन के भीतर रात-दिन चलने वाले मर्मांतक संघर्ष और सच्चाई को देखने-दिखाने के लिए निमिष अग्रवाल का हार्दिक स्वागत है।

विजय गुप्त

17 मार्च, 2021

आभार

जिन्होंने असमझ और थोड़ी समझ दी। ओशो, नीत्शे और वे सब जो मेरे लिए महान हैं। पापाजी श्री वेद प्रकाश अग्रवाल, जिनकी लाइब्रेरी बचपन से ललचाती रही है। श्री विजय गुप्त अंकल जिनका मार्गदर्शन, प्रेरणा और स्नेह सदा स्थायी है। वंदना, पूजा, रोमा, अनु, कृति, तनिशा, नितिश, अमित, भाई राहुल विश्वकर्मा और भाई रज्जन द्विवेदी जिन्होंने उकसाया।

इश्क़ पर ज़ोर नहीं है ये वो आतिश ग़ालिब
जो लगाए न लगे और बुझाए ना बुझे

- मिर्ज़ा ग़ालिब

(1)

"मैंने सोच लिया, मुझे नॉर्मल लाइफ़ चाहिए।" उसका स्वर बदला और उसने कहा।

न्यायाधीश की आसंदी से निर्णय सुना रही देवी को मैंने अभूतपूर्व शांति से सुना। आत्मविश्वासी, विश्वसनीय न्यायदात्री सभी पक्ष सुन-समझ लेने के बाद कठोर निर्णय सुना रही हो, तब दैवीय न्याय की तरह स्वीकृति नियति है।

शाम के सात के आस-पास का समय होगा। आसमान और धरती का मिलन शबाब पर था। दीवानी माशूक़ा-सी बारिश अपने प्रियतम से मिलने को इस तरह आतुर थी जैसे आज धरती को अपने बाहुपाश में भर लेगी। शहर से आठ-दस किलोमीटर की दूरी पर हम थे। अपनी सफ़ेद नई स्विफ़्ट मैंने सड़क किनारे खड़ी कर ली थी। नियति का निर्णय समझे बग़ैर इन स्याह घटाओं में आगे बढ़ने की हिम्मत ना मुझमें थी, ना मेरी कार में।

अक्सर दुनिया की निगाहों से बचकर मैं और वह जब मिलते, तब हमारी साथी यह बारिश और स्कॉच की बॉटल हुआ करती थी। मोहब्बत से तर धीमा नशा अपने अंदर की परतों को उधेड़कर रख देने में कितना मददगार होता है, यह हम जानते थे। कार की पार्किंग लाइट ऑन करके हमने दूसरा पेग बनाया ही था कि उसने अपना निर्णय दिया।

अपनी उम्र के तीस सालों में दस साल जो हसीन और रूमानी ज़िंदगी मिली, ज़िंदगी का साथ ज़िंदादिली से निभा पाया, इस प्रेम का आशीर्वाद ही था। मुझे पता था वरदान में अगर ऐसे निर्णय की उम्मीद भी रख लेता जो मेरे अहम की संतुष्टि के लिए मैंने लिया होता, तो उस राह में भी देवी का आशीर्वाद मुझे मिल गया होता। प्रेम और आराधना के नाम पर एक देवी को प्रसन्नचित्त करके तथास्तु कहा लेने की सोच तो कब की पूर्णता पा चुकी थी। स्वयं को अपने आराध्य के

निर्णयों पर डूबते तैरते देखना और भावनाओं की लहरों के साथ खेलते दो पेग के सुरूर में दिलों का खुल जाना मेरे लिए चरम आनंद था। लहरों के विरुद्ध तैरना और ताक़त दिखाना, मुझे पसंद है; परंतु जब लहरें उसके सागर से आती हों तब मुझे बह जाना प्रिय है।

सृष्टि के प्रारंभ से लेकर अंत तक पुरुष याचक ही रहेगा। याचना पुरुष की नियति है, याचना ठुकरा देना स्त्री का रसमय अधिकार। उस देवी की आधिकारिकता स्वीकृत करना या अपना प्रभुत्व लाद देना यही दो रास्ते थे, क्योंकि प्रेम और तर्कों में सामंजस्य नहीं होता। प्रेमी के विवेक पूर्ण निर्णय पर भटकते तर्कों से विजय प्राप्ति अनैतिक है।

मुझे पता था इस 'नॉर्मल लाइफ़' का अर्थ। पति, बच्चे और उनको पालना; सास, ससुर को झेलना और किसी अपरिचित परिवार का हिस्सा होकर, उसके नाम की सुरक्षा ओढ़ लेना। अपने पिता के सामर्थ्य का पैसा ख़र्च कराकर किसी और की संपत्ति की स्वामिनी हो जाना और जीवन भर व्हॉट्सएप, फ़ेसबुक पर अपने ख़ुश होने की फ़ोटो शेयर करते रहना ही 'नॉर्मल लाइफ़' है।

उसकी उम्र मुझसे सात वर्ष कम थी पर न्यायोचित तरीक़ों से दो पक्षों का सोच पाना उसका सबसे बड़ा गुण। हम दोनों के मध्य यह तय था कि हमारा विवाह नहीं हो सकता। उसे मेरी तरह ही अविवाहित रहना होगा, अपना करियर बनाना होगा या विवाह की राह चुन तथाकथित 'नॉर्मल लाइफ़' की राह में निकल जाना होगा। मैं दोनों पक्षों का एक ही अधिवक्ता था और दोनों पक्षों के तर्क न्यायाधीश के सामने प्रस्तुत करता रहता था। विचार करना और न्यायहित में नई नियति रचना न्यायधीश का कर्तव्य है।

'नॉर्मल लाइफ़' से उलट, असामान्य सामाजिक जीवन में बहुत समय उसे अकेले रह जाना होता। मेरे अपूर्ण लक्ष्यों की सलीब पर कितना संघर्ष है, ना उसे पता था ना मुझे। बैसाखी बनने के ख़तरों से भी मैं परिचित था, जो उम्र के साथ बढ़ने थे।

करियर की राह के संघर्ष और भौतिक सुखों के मायाजाल, जीवन की समाप्ति तक व्यस्त रहने में मदद करते हैं। जीवन के लिए आवश्यक सुविधाएँ जुटाकर प्रेमपूर्ण जीवन पा लेना आकर्षक ज़रूर लगता है, पर इस छोटी राह के संघर्ष भी बड़े होते जाते हैं और प्रेम धीरे-धीरे घुटता जाता है।

मेरे साथ संघर्ष उसे अपने जीवन के लिए नहीं चाहिए था। सामाजिकता की

सख़्त खाल से निपटना भी शायद उसे डरावना लगा हो और उन उत्तरदायित्वों से घिर जाना भी जिनसे बचा जा सकता था। मुझे पता था, रास्ता कोई भी हो संघर्ष अनिवार्य है। संघर्ष से अवकाश पा लेना परिस्थितिजन्य नहीं है। मैंने दोनों पक्षों के अधिवक्ताओं का कर्तव्य निष्कपटता से निभाने का प्रयत्न किया। विजय उस अधिवक्ता की ही हुई, जिसकी ओर मेरा अधिक झुकाव था। यह अधिवक्ता जानता था कि यह राह मुझे भविष्योन्मुख अपराधबोध से स्वतंत्रता दे देगी। इस अधिवक्ता का तर्क प्रेमपूर्ण था। वह मुझे उसके किसी कष्ट का कारण होने का अपराधबोध नहीं देना चाहता था।

कहीं-न-कहीं मेरे विजयी अधिवक्ता ने एक तर्क और रखा था, कि क्या मैं जीवनपर्यंत इस पूर्ण समर्पण का सम्मान कर पाऊँगा? जब उसे बहुत समय अकेले रहना होगा तो उसके स्त्रीयोचित गुणों के खिलंदड़पन के लिए निर्दोष नज़रिया रख पाऊँगा, या अपने पौरुषीय नियम शर्तों पर बाँधकर उसके समर्पण को बदबूदार सज़ा बना दूँगा।

प्रकृति को अपने निर्णयों तक पहुँचने की जल्दबाज़ी कभी भी नहीं रही है। दो महीने पहले पूछे गए इस प्रश्न का उत्तर मिलने की यात्रा उतनी ही संघर्षपूर्ण थी, जितनी इस वांछित उत्तर को सुनने के बाद का विराम। दूसरा लाइट पेग भी समाप्त हो चुका था और इतना सादा कभी न लगा था। अपने शहर से थोड़ी दूरी बना लेने का समय रहा तो दिन में ही नये बार की तलाश किया करते थे और बार टेंडर के पसंद की सबसे बढ़िया ड्रिंक ट्राई किया करते थे। बहुत से कॉकटेल्स। उनके सुरूर को मॉल, मल्टिप्लेक्स, सड़कों, स्कूटी और यहाँ तक कि, डॉक्टर्स के यहाँ जाने से पहले तक, चमत्कारों के परीक्षण कर लेने के लिए दिमागों में उड़ेल लिया करते थे। उन प्यारे कॉकटेल्स के चमत्कारों के साथ सामाजिक रूप से समझदार होने की कोशिश बहुत बार की है। उनके साथ लंबे कशों को पेट में ले जाना और संपूर्णता से एक फूँक में बाहर फेंक देना मुझे प्राणायाम ही लगता रहा है। मेरा यह ख़ास नुक़्स मुझे हर स्थिति में दो मिनट सोच लेने और रास्ता चुनने में सहायता करता है।

उसने मेरी बात समझते हुए मुझे एक सिगरेट उसे देने को कहा, और मैंने उससे पूछा - "आज स्कॉच का टेस्ट कुछ अलग नहीं लगा?"

उसने कहा - "हाँ, आज लग रहा है जैसे न कुछ टेस्ट है, न नशा।"

मैंने उसे बताया- "आज स्कॉच दूसरी है, सिंगल माल्ट।"

मैंने फिर कहा, "स्कॉच स्कॉटलैंड में बनी व्हिस्की को ही कहा जा सकता है। ये आठ, बारह, अठारह या उससे अधिक सालों तक लकड़ी के बैरल में मैच्योर होने के लिए रखी जाती है। एक्सपर्ट टेस्टर हर बैच में एक जैसा स्वाद बनाए रखता है।" मुझे नहीं पता उसे यह पता था या नहीं। शायद पहले भी उसे बता चुका था। पर कुछ कहे जाने की आवश्यकता ने यही वाक्य बुलवा दिया।

'जब बहुत कुछ कहने को होता है, तो कुछ कहा नहीं जाता।' यह उसने वर्षों पहले मुझे किसी बात पर कहा था। बहुत सोचने-समझने के बाद कभी भी इसका अर्थ मैं नहीं समझ पाया था, पर उस दिन के प्राणायाम के समय की मेरी स्थिति के बारे में सोचता हूँ तो उन परिस्थितियों में वाक्य यही सही होता।

मैंने देखा, उसने मेरा तीसरा पेग बग़ैर मुझसे पूछे ही बना दिया। शायद यह उसने पहले कभी नहीं किया था। ग्लास में दो पेग जितनी स्कॉच थी। मुझे पानी की ज़रूरत नहीं होती; लगता है कि इतने सालों की जिस प्रक्रिया से यह स्वाद आया है, यही उसका सम्मान है।

इस बड़े पेग को एक घूँट में आधा गटककर स्वाद का असम्मान करते हुए मैंने गाड़ी आगे बढ़ा दी। बारिश अब इतनी थी कि सड़क देखी जा सकती थी। सड़क दिखती हो तो भी अच्छा और ना दिखती हो तो बहुत अच्छा। हम इस ड्राइविंग और बारिश के वर्षों से रसिक थे। शहर से ठीक पहले किसी गाँव की ओर जाने वाले ख़ाली रास्ते पर कार बढ़ा दी। सौ मीटर आगे जाकर कार रोक नीचे उतरा, उसकी तरफ़ का दरवाज़ा खोलते हुए कहा, "सुनो... मुझे गले लगाना है तुम्हें..." कार का दरवाज़ा खुलने से हुई रौशनी में मैंने उसका चेहरा देखा, जो मुस्कुराने की कोशिश में रुआँसा हो रहा था। बाहर आकर वह मुझसे चिपक गई। हम दोनों भीगने लगे। कितना समय किन अशब्दों में गुज़रा पता नहीं। शब्द शायद वह कह भी नहीं पाते, जो कहा जाना था।

जब यह लगा कि कोई और गाड़ी इस ओर आ रही है, समझ आया कि हम पूरी तरह भीग चुके हैं। हम अलग हुए और अपनी सीटों की ओर बढ़ गए।

(2)

'रगों में दौड़ते फिरने के हम नहीं क़ायल
जब आँख ही से ना टपके तो फिर लहू क्या है'

ग़ालिब ने हमेशा मेरा साथ दिया है, प्रेम में भी और दुख की बातों में भी। इन बड़े शायरों को शायद पता होता है कि मेरे बाद की पीढ़ियों को, ख़ुद की अभिव्यक्ति के लिए मेरे शब्दों की ज़रूरत होगी।

जो मेरा नहीं था, उसको खो देने का दुख ही क्यों हो? कभी यह सोचता कभी वह। टूटना किसे कहते हैं, यह मैंने जाना तो था पर आँखों से लहू का बह जाना, अब जाना। उसकी बातें खेलती, हँसती और ग़ुस्से से तमतमाई हुई छवि मुझे किसी काम पर टिकने नहीं देती थी। पूरी ज़िंदगी के सपनों को जोड़कर भी देखूँ तो उसके जाने के बाद के चार महीनों के सपने शायद उससे ज़्यादा हों।

इन चार महीनों में दो और से प्रेम करने का प्रयास किया, पर जल्दी ही समझ गया कि किसी अन्य में किसी को ढूँढा जाना अनैतिकता है। अद्वितीय गर्वीणी, निःशर्त संपूर्ण समर्पण कर देने वाली छवि को, उसके अतिरिक्त किसी और में नहीं पा सकूँगा। किसी अन्य को उन बातों के लिए कैसे प्रेम कर सकूँगा जिन पर एकाधिपत्य है। इन दोनों को प्रेम करके मैंने अपना केमिकल लेवल ठीक रखने का असफल प्रयास किया। अकेलेपन की दीवारें मज़बूत होती जा रही थीं और खाने को भी आती थीं। मन से पूछा कि वह उसे भूलना चाहता भी है? पर नहीं वह उसे भूलना नहीं चाहता और यह चारदीवारी उसे पसंद आती है। सच तो यह है कि अकेलापन झूठा था, उसकी अनुपस्थिति होती ही कब थी।

हमारा ना कोई ब्रेकअप हुआ न संपर्क टूटा। यह भी ख़याल आते कि उसने मेरे दूसरे अधिवक्ता को इसलिए तो स्वीकार नहीं किया कि हमारा रिश्ता उसे

कुछ दुख दे रहा था। शायद उसकी उम्मीदें पूरी ना करके जो वेदना उसे देता था, वही मेरे सामने दर्पण की तरह खड़ी है। धीरे-धीरे बातें हाल-चाल पूछने तक आते गईं और मन की परतों के अंदर झाँकने का जो शौक़ हमें था, वह अब मेरा ही हो गया। कहीं-ना-कहीं मैं ही यह चाहता था कि वह अपने जीवन में व्यस्त रहे। अपनी नई भूमिका को उसी समर्पण से निभा सके, जिस समर्पण के रंग में उसने मुझे इस तरह रंगा था कि जीवन भर सूखना मुश्किल था। गुलज़ार भी अक्सर याद आते-

'ना चाहत के अंदाज़ अलग, न दिल के जज़्बात अलग
थी सारी बात लकीरों की, तेरा हाथ अलग मेरा हाथ अलग।'

बहुत बार इन ख़यालों में दिन निकल जाता कि जब साथ थे, तब और कितनी ख़ूबसूरत यादें लिख सकते थे। हाल तो अब भी वही था... हर जगह उसके ना होते हुए भी, कल्पना में उसके साथ होने की सोचना और यह योजना बनाना कि इसके बारे में उससे बात करूँगा और इस तरह बताऊँगा। कुछ तो शब्द भी पहले चुन लिए जाते थे। समय पर भले से याद रहे या नहीं और कितनी ही बातें कही या अनकही रह जातीं। बातों से मन कभी ख़ाली हुआ नहीं; पर साथ रहने पर भी बहुत बार चुप रहते थे। बाद में मन कहता जो कहने को सोचा था वह तो अनकहा रह गया। पूरी बातें कभी हो नहीं सकती तो क्या अधूरी बातों को ही पूरा मान लिया जाना चाहिए। अब यह समझता हूँ कि दुनिया अधूरेपन से ही तो ज़िंदा है। पूर्ण हो सकने वाली दुनिया जीने लायक़ होगी भी कैसे, अधूरेपन से प्यास सुलगती है। ज़िंदगी तो प्यार के आस-पास घूमती रही पर उस समय की व्यावसायिक व्यस्तताओं ने मुझे इस तरह जकड़ा हुआ था कि उन ना जी सकने वाले पलों के अपराध की सज़ा जीवन भर जीनी होगी, यह अब समझ रहा हूँ।

उससे बिछड़ने के बाद एक-एक दिन अकर्मण्यता में बीते जा रहे थे। उससे वह बातें सुनने को तरसता, जो पहले उसने बहुत बार कही थीं। साथ के समय मैं सोचा करता था कि इतना परिपक्व हूँ, उसके जाने के बाद उसकी ख़ुशी में ख़ुश रह सकता हूँ, और दूर होने से कुछ नहीं होता, प्रेम कभी मरता नहीं। यह सोच स्वयं को प्रेमपूर्ण पाने में सहायक थी। प्रेम अब भी नहीं खोया, स्वामित्व खो गया शायद।

यह भी नहीं है कि हमने बहुत समय साथ में बिताया हो, लेकिन इतने सालों में कभी यह भी नहीं हुआ था कि हम साथ ना रहे हों। लड़ाई झगड़े हों या एक-

दूसरे को कितना भी भला बुरा कह देना, लेकिन अंत हमेशा भला हुआ। जैसे हम बच्चे थे, और हमें झगड़े भूल जाने के लिए प्रकृति ने डिज़ाइन किया था।

बारिश में हमारे प्रेम की आत्मा बसती है। इधर इतने दिनों से बेमौसम और कभी भी आ जाने वाली बारिश, आराध्य से ध्यान हटा देने का साहस भी नहीं करने देती। बारिश से ताल मिलाती यादें, दर्द बढ़ाने के अलावा और कर भी क्या सकती थीं।

इतने सालों से हर एक बात का लेखा-जोखा देकर सोना आदत थी। व्हॉट्सएप आया तो और भी आसान हो गया। मुझे बहुत चिढ़ थी जब मोबाइल की कोई रिंग मेरा ध्यान भटका दे, मेरी एकाग्रता को छेड़ दे। मैं हमेशा मोबाइल साइलेंट मोड पर ही रखता था। कोई नोटिफ़िकेशन ना आए ऐसी सेटिंग रखता था, बावजूद इसके दिन में जैसे ही किसी काम से निवृत्त हुआ, सबसे पहले व्हॉट्सएप देखना मेरी आदत में आ चुका था कि कहीं उसका व्हॉट्सएप ना हो। अब भी जब व्हॉट्सएप में जाता हूँ, उसका नाम देखने की असफल कोशिश करता हूँ। यह शांति मुझे तोड़ देती है। स्टेटस 'नॉट अवेलेबल' था, 'नॉट अवेलेबल' ही है।

शराब का शौक़ था मुझे, लेकिन नशा ऐसा नहीं कि ज़रूरत ही हो। अब लगता था कब शाम हो और मैं उस विरह वेदना के चरम सुख में डूबकर रो सकूँ। मन पुकार सके उसको जो कभी मुझसे अलग हो नहीं सकता था। कभी मुझे लगता इस वेदना में भी सुख है। कभी यह ख़याल कि शायद प्रकृति ने मेरे लिए कोई और मार्ग चुन रखा हो, जिसकी खोज शेष है। निष्कपटता से सोचता तो यह भी सोचता कि मैंने प्रतीक्षा भी की थी, वह जीवन से जाए तो जीवन को कुछ और दिशा मिले।

भूलना भी चाहता था सब और यादों से प्यार भी करना चाहता था। यह समझ गया कि दिल को आराम पसंद नहीं। दर्पण में दिखने वाले चेहरे पर भाव रास्ता भटक चुके थे। खुली आँखों का दर्द डराता था, और टैबलेट खाकर सो जाता था।

(3)

ट्रैक्टर की आवाज़ ने मुझे स्वप्न लोक से इहलोक में आने की प्रेरणा दी। दिवास्वप्न और भावनाओं के विस्तारित संसार के धरातली होने की पीड़ा अनुभव में आई। दोपहर खाने के बाद थोड़ी देर सो जाने की आदत बचपन से रही है, पर अब नींद लेने वाली आँखों को शराब और टैबलेट की ज़रूरत होती है। दोपहर की नींदयाई आँखों के भाग्य में दिवास्वप्न ही हैं।

मैंने अपना मरून गाउन पहना और गुरुजी के पास चल पड़ा।

"हो गया आराम?" गुरुजी ने पूछा।

"जी गुरुजी।" मैंने कहा।

"तुम बैठो, मैं शॉवर लेकर आता हूँ।"

"मैं चाय बना लाता हूँ तब तक।"

मेरी बनाई चाय जितनी मुझे पसंद थी, उतनी गुरुजी को भी। अदरक वाली एकदम कड़क।

चाय बनाते और लाते तक गुरुजी शॉवर लेकर आ चुके थे। बाथगाउन पहने, बालकनी में बेंत की दो कुर्सियों पर पसरे हुए गुरुजी के चेहरे पर दिन के अँधेरे मौसम का प्रणय छाया हुआ था।

गुरुजी की खेती उनका आनंद थी। खेतों से घिरे अपने इस आश्रम को उन्होंने बहुत सलीक़े से बनाया था। उनके इस हरम को उनसे ज़्यादा उनके प्रेम करने वालों ने सजाया था। दस-बारह फ़िट ऊँची बाहरी बाउंड्री और गेट से आश्रम तक पक्की सड़क उन्होंने बनवाई हुई थी। सड़क इस मेन बिल्डिंग तक पहुँचने से पहले ही ख़त्म हो जाती थी, जहाँ पार्किंग के लिए बड़ी जगह छोड़ी गई थी।

दो फ़्लोर की इस बिल्डिंग में ऊपर गुरुजी अकेले ही रहते थे। कभी-कभार

उनकी पत्नी और बच्चों का आना होता था। उनका बड़ा कमरा, किसी फ़ाइव स्टार होटल से ज़्यादा लक्ज़री से भरा था। बड़ा बाथरूम, जिसकी छत पर ब्लैक ग्लास लगा हुआ था; जैसे कारों की छत पर होता है। इसे खोलकर धूप या बारिश का आनंद लिया जा सकता था। लाइब्रेरी, और नीचे से आते ही बड़ा ड्रॉइंग रूम लेकिन एक सोफ़ा सेट के अतिरिक्त लोगों के बैठने की कोई व्यवस्था नहीं। इस ड्रॉइंग रूम को ग्लास से अलग करती हुई बालकनी जो तीन ओर से हवा, पानी, धूप, चाँदनी या अँधेरी रात देती थी। चाय या शराब और सिगरेट पीने की गुरुजी की पसंददीदा जगह यही बालकनी थी। दीवारों से कम और स्लाइडर ग्लास से ज़्यादा प्रेम था गुरुजी को। इस पहली मंज़िल के पीछे से सीढ़ियाँ स्वीमिंग पुल की ओर भी उतरती थीं, जो इस मेन बिल्डिंग के पीछे ही था। पुल का डिज़ाइन कुछ इस तरह कि प्राकृतिक सरोवर हो। पुल के चारों ओर बड़े पेड़ थे, आस-पास घास और बेतरतीब लेकिन ख़ूबसूरत बाँस की झाड़ियाँ और चंडीगढ़ के रॉक गार्डन की तरह ख़ूबसूरती से जिलाए गए निर्जीव पत्थर। यह पुल तब व्यक्तिगत होता था, जब गुरुजी को वहाँ जाना हो। शेष समय आगंतुकों के लिए खुला रहता था। नीचे की मंज़िल पर छह कमरे और रिसेप्शन। हर समय ख़ुशबू का फैले होना, इस हरम को देवताओं का निवास बनाता था।

स्टाफ़ या आगंतुकों के लिए थोड़ी दूरी पर अलग कमरे बने हुए थे। वह भी बहुत हवादार और खुले थे, जहाँ टैरिफ़ देकर रुका जा सकता था। अठारह-बीस कॉटेज दो एकड़ में बने तालाब से लगे थे, जिनकी बालकनी किसी प्लेटफ़ॉर्म की तरह तालाब के किनारों को छूती थीं। तालाब जहाँ शीतलता देते थे, खेत सींचने के काम भी आते थे।

फ़िलहाल उनका हरम पूरी तरह से ख़ाली था। तीन-चार मज़दूर उनके लिए अलग बने कमरों में रहते थे। अधिक काम होने पर गाँव से और मज़दूर बुला लिए जाते थे।

मैं चाय लेकर गया और उनके सामने रखी दूसरी कुर्सी पर बैठ गया। गुरुजी के चेहरे पर ख़ुशी दिख रही थी जैसे चाय नहीं समुद्रमंथन से अमृत निकालकर उनके सामने परोस दिया गया हो। उन्होंने एक घूँट चाय पी और सिगरेट सुलगा ली। टेढ़े होंठों से धुँआ आसमान की ओर छोड़ते हुए कहा, "स्वामी तुमने तो चारों तत्व मिला दिए चाय में।"

"मैं समझा नहीं गुरुजी।"

"तुम्हारी चाय में भूमि से उपजी पत्तियाँ, पानी और आग तो तुमने मिला ही दी; वायु की कसर चुस्कियों और सिगरेट से पूरी हो जाएगी।" उन्होंने मुस्कान बिखेरते हुए कहा।

एक मिनट के लंबे विराम के बाद उन्होंने फिर कहा, "तुमने पाँच तत्वों के बारे में जाना है?"

"गुरुजी, सुना है शरीर पाँच तत्वों से बना है- भूमि, आकाश, हवा, पानी और अग्नि।"

"स्वामी, चार्वाकों ने सिर्फ़ चार तत्वों को माना है, चिंतन करो तो आकाश वास्तव में अदृश्य और अनुभव ना किए जा सकने वाला तत्व है। चार्वाक सिर्फ़ प्रत्यक्ष को प्रमाण मानता है। सत्य के ज़्यादा क़रीब होता है, किसी निष्कर्ष पर ना पहुँच पाना; बजाय इसके कि मूर्खतापूर्ण निष्कर्ष निकाल लिए जाएँ।"

चारों तत्वों के सबसे अच्छे उदाहरण हैं मिट्टी के बरतन। उनमें इन चारों तत्वों का समावेश है। इन चारों तत्वों का अनुभव ही हमें सच्चा अनुभवी बनाता है। मानव स्वभाव इन चार तत्वों से नियंत्रित होता है। स्वभाव ही नहीं बल्कि हमारे चारों आश्रमों की अवधारणा भी इन तत्वों से प्रेरित होकर ही रची गई है।"

"मैं समझा नहीं गुरुजी।"

"तो समझो। वायु स्वभाव या अवस्था, ब्रह्मचर्य की अवस्था है। इक्कीस वर्ष की उम्र तक तुम्हें वायु की तरह उड़ते फिरना चाहिए यहाँ से वहाँ, प्रेम और भटकाव का रास्ता चुनना चाहिए। एक जगह टिककर रहना व्यक्तित्व की भ्रूण हत्या है।" उनकी चाय भी ख़त्म हो चुकी थी और सिगरेट भी। उन्होंने दूसरी सिगरेट उठाई मेरी ओर भी बढ़ा दी।

"पर गुरुजी, अब करियर की राह बहुत चैलेंजिंग हैं, एक लक्ष्य पर फ़ोकस किए बग़ैर तो कहीं भी नहीं पहुँचा जा सकता।" मुझे लगा भटकाव का रास्ता तो हमें बरबाद कर देगा।

"स्वामी, बचपन में निर्धारित अपरिपक्व लक्ष्य हमें कहाँ तक पहुँचा पाते हैं? भटकाव के समय हम लक्ष्य निर्धारित करते हैं और जीवन-पर्यंत उसके सम्मोहन को ज़िंदा रखने की कोशिश करते हैं। चौदह-पंद्रह वर्ष की उम्र में लिए गए निर्णयों को पूरी ज़िंदगी सही ठहराते हैं। मोटिवेशन गुरुओं के चक्कर में डॉक्टर, इंजीनियर या कुछ बहुत बड़ा बनने का लक्ष्य और आत्महत्या के रास्ते। लक्ष्यों के प्रति इतनी वहशत पालते समय झूठी पॉज़िटीविटी का दलदल यह नहीं समझने

देता कि जो तुम हो नहीं वह बन कैसे पाओगे। एक स्कूल में लंबे समय तक ना रहो, ना दोस्तों की संख्या सीमित रखो ना एक जगह पाँच-सात माह से ज़्यादा नौकरी करो। वह व्यवसाय मत चुनो जो लंबे समय के लिए हो। ना ही अपनी एक प्रेमिका को परिपूर्ण मानो। नये की प्यास और भटकाव स्वीकार करो। संगीत भी सीखो, चित्रकला भी। विज्ञान भी, धर्म भी, इतिहास भी। वह फ़िल्में देखो जिनमें भविष्य की कल्पना की गई हो। जितने खेल हो सकते हैं खेलो। जुआ देख लो, शराब पी लो और गाँजे का स्वाद भी चख लो। पर किसी एक अनुभव से बँध मत जाओ। ना हिंदू, मुस्लिम पंथों में उलझ जाओ। गीता भी जान लो, क़ुरान भी जान लो और बुद्ध, चार्वाक को भी समझ लो। तुम्हें किसी का पक्षधर इस समय नहीं होना चाहिए। ना शाकाहार, ना मांसाहार। कोई भी विचार जो समाज से आता हो, अपनी बुद्धि और अनुभव से परखे बग़ैर अस्वीकृत कर दो। सच जानने का यही एक तरीक़ा है; पहले से उपस्थित सच, हमारा नहीं किसी और का सच है। अस्वीकार्यता ही स्वयं को स्वयं बना सकती है। भीख में मिले हुए विचार मानसिक आत्महत्या है।

वायु प्रकृति को ब्रह्मचर्य की उम्र तक देखो। इस उम्र में वायु की तरह बहते मन को ख़तरों का खिलाड़ी होने दो। ख़तरे उठाकर व्यक्तिगत मर्यादाएँ तय करने दो। प्रकृति से अनुकूलन बलशाली को भी करना होता है और अशक्त को भी; योग्य सुकुमारों को 'फ़ास्ट फूड' की तरह 'रेडी टू यूज़-फ़ास्ट थॉट' मत परोसो। अपना अनुकूलन उनको तलाश करने दो। माँ-बाप द्वारा दी जाने वाली पक्षपातपूर्ण सीखें बच्चों को कुंद और अपने मतों के लिए अंधा बना देती हैं। बच्चों के प्रश्नों के उत्तर के साथ यह भी कहो कि तुम इतना ही जानते हो, सत्यता और इससे आगे का तुम्हें स्वयं जानना होगा। संस्कारित शिक्षा के नाम पर बच्चों को अवतारों की कहानियाँ और नशीली मर्यादाओं के कर्मकांड केवल ग़ुलामी की राह दिखा सकते हैं। ग़ुलाम मानसिकता और अतिरेक से भरे धार्मिक कुंठाओं से उपजे माँ-बाप को अनगढ़ पीढ़ियों की बेचारगी पर तरस खाना चाहिए। पुरानी कहानियाँ ताक़तवरों की पक्षधर हैं। राजनीतिज्ञों और पंडितों के लाभ की पक्षधर हैं। 'दरिद्र नारायण' कहकर दरिद्रता का महिमामंडन उसी षड्यंत्र का हिस्सा है, जिस षड्यंत्र से प्रजा नशे में झूमती रहती है।

दृश्य, सुगंध, स्वाद, श्रवण और स्पर्श पाँचों इंद्रियाँ अतिरेक से जी लेना और जान लेना ही इस समय का सबसे बड़ा सदुपयोग है। इस समय अर्जित

शिक्षा और समझ, जीवन भर किसी-ना-किसी तरह साथ चलती है और जीवन पर पूर्णता से प्रभाव डालती है।"

"गुरुजी इन भटकावों में ख़तरा बहुत है।"

"हा...हा...हा... स्वामी, क्रमागत उन्नति ख़तरों की ही देन है। भटकाव तय करते हैं कि हम हैं कौन। हम ठीक से भटक पाए तो ठीक मार्ग भी ढूँढ लेंगे, डर उनसे है जो दूसरों का मार्ग अपना समझे बैठे हैं।"

"गुरुजी, बाक़ी आश्रमों को किस मूल तत्व से जोड़कर देखा जा सकता है?"

"स्वामी, ब्रह्मचर्य को हमने वायु से जोड़कर देखा, गृहस्थ को हमें पृथ्वी से जोड़कर देखना चाहिए। ब्रह्मचर्य आश्रम के एकत्रित भटकाव और अनुभवों को गृहस्थ आश्रम अर्थोपार्जन और पारिवारिक उलझनों की हाँडी पर पकाता है। यह समय स्थिरता का होता है, ज़िम्मेदारियाँ गांभीर्य लाती हैं। इस समय हमें पृथ्वी की तरह सुरक्षादाता और लालन-पालन करने की भूमिका में होना चाहिए। बयालीस वर्ष की उम्र तक इस आश्रम का पालन किया जाना उचित है। वायु के उड़े-उड़ाए स्वभाव में परिवर्तन और वास्तविक धरातल पर ख़ुद को देख पाना गृहस्थ आश्रम की व्यक्तिगत उपलब्धि है।

समझा जा सकता है कि हमारा शरीर पृथ्वी मूल तत्व से बना है। माँस मज्जा, और हड्डियाँ इसकी देन हैं। जल, पृथ्वी में समाहित है; इस पर आगे बात करेंगे। मिट्टी से चिकित्सा का विज्ञान भी पृथ्वी तत्व से ही प्रेरित है और हमें कीचड़ में लोटने का जो सूकर सुख मिलता है वह भी इस तत्व के प्रभाव से ही।" उन्होंने हँसते हुए कहा।

गुरुजी का शरीर बैठे-बैठे अकड़ गया था या अपने पृथ्वी तत्व को महसूस करना चाहता थे, वे अपनी कुर्सी किनारे खिसकाकर नीचे बिछे साफ़, सफ़ेद क़ालीन पर लेट गए। उनको यह करते देख मैंने अपनी भी कुर्सी किनारे की, उनकी ऐश ट्रे और सिगरेट का पैकेट उनके पास रखकर उनके सिरहाने की तरफ़ बैठ गया। हवाओं की शीतलता ग्रहता की भूमिका में मददगार थी।

"जो भी जड़, स्थिर, दृढ़ है वह पृथ्वी है। इस समय की स्थिरता जीवन में आमूल बदलाव लाती है। वायु प्रकृति का मोह अपनी ओर खींचता है और तूफ़ान के अंदेशे लाता है। गृहस्थ आश्रम की उलझनें हमें स्थिर होने में मदद करती हैं, हम सामंजस्य सीखते हैं। वायु का मोह ब्रह्मचर्य के हसीन दिन फिर से जीना

चाहता है, पर गृहस्थ की जवाबदेही चाबुक का नियंत्रण है।

बहिर्मुख से अंतर्मुख की ओर जाने की यात्रा गृहस्थ से प्रारंभ होती है। यह आश्रम हमारे भीतर खोने का डर पैदा करता है। अनिश्चय की आशंकाओं से घिरे हुए हम और अधिक के लिए प्रयासरत होते हैं। यह समय हमें दूसरों के हिस्से की यात्रा करना सिखाता है, वे दूसरे जो अपने हैं। श्रृंगार और वात्सल्य की समझ विकसित करता है।

ज़्यादातर लोग इस आश्रम तक पहुँचकर जीवन का अंत कर लेते हैं। गृहस्थ सीखने और आगे के लिए तैयार होने का ही मार्ग है। पंद्रह संस्कारों और ऋणों से मुक्ति भी तो चाहिए तुम्हें या नहीं?"

"पर गुरुजी मैंने तो सोलह संस्कार सुने थे, ऋण क्या है?"

"गर्भाधान, प्रसनवान, सिमन्तोनयान, जातकर्म, नामकरन, निष्क्रमन, अन्नप्राशन, चुड़ाकर्म, विद्यारंभ, कर्णभेदन, यज्ञोपवीत, वेदारंभ, केसांत, सर्नावर्तन, और विवाह ब्रह्मचर्य आश्रम से गृहस्थ आश्रम की ओर उन्मुख होने तक के व्यक्तिगत पंद्रह संस्कार हैं, परंतु वास्तविक स्थिति में माता-पिता द्वारा ही इन्हें कराया जाता है। विवाह चाहो तो तुम असुर पद्धति से कर लो और पिता का बोझ उठाने में थोड़ी मदद कर दो।" गुरुजी हँस दिए।

"सोलहवाँ संस्कार तो जनता और सरकारें भी कर देंगी 'अंत्येष्टि'। और जहाँ तक ऋणों का सवाल है, मुख्य तीन ऋण कहे गए हैं। देव ऋण जिसको तुम तैंतीस करोड़ देवी देवताओं की आराधना करके कभी भी चुका नहीं पाओगे। ऋषि ऋण अब होता ही नहीं, एडवांस में फ़ीस देनी पड़ती है, तब तुम पढ़ लिख पाते हो। पितृ ऋण की इतनी उपशाखाएँ है कि गृहस्थ आश्रम इन्हीं में निकल जाना है। पितृ के अलावा मातृ, भाई, बहन, पत्नी, बेटी, बेटा सबके ऋण हैं। वैसे सीधे तौर पर समझो तो मातृ और पितृ ऋण तुम संतान पैदा करके और उनका लालन-पालन करके चुका देते हो।

बाक़ी रह गए पितृ दोष और ऋण या सैकड़ों कर्मकांड। तुम्हें अपने पूर्वजों को हलवा-पूड़ी खिलानी चाहिए और इसे ब्राह्मण के माध्यम से खिला सकते हो, दान पुण्य कर्म है, जिससे तुम्हारे पूर्वजों को सुख प्राप्त होगा और वे तुम्हें सताएँगे नहीं। पथपुराण, कर्मपुराण और स्कंदपुराण में लिखा गया है कि श्राद्ध में पितरों की तृप्ति ब्राह्मणों के द्वारा ही होती है। श्राद्ध के अवसर पर ब्राह्मण को निमंत्रित करना आवश्यक है। जो बिना ब्राह्मण के श्राद्ध करता है, उसके घर

पितर भोजन नहीं करते तथा श्राप देकर लौट जाते हैं। ब्राह्मणहीन श्राद्ध करने से मनुष्य महापापी होता है।"

उन्होंने आसमान की ओर देखा और कहा, "हद देखते हो स्वामी, ब्राह्मणों का वणिक कर्म किया जाना वर्जित था तो उन्होंने कैसा मार्ग निकाला अपनी दुकानदारी चलाने का, हमारे ही पूर्वजों को राक्षस बता दिया कि उनके लिए यह सब करो वर्ना वे तुम्हें बर्बाद कर देंगे। किसी प्रिय की मृत्यु के बाद गरुण पुराण का पाठ, अमानवीयता और अधार्मिकता के चरम पर बैठा राक्षस ही कर सकता है, ऋषि नहीं। कर्मकांड, धूर्त पंडितों के बुने हुए मायाजाल हैं। संस्कारों और कर्मकांडों के पक्ष में पंडितों की दुकानों के विज्ञापनों को हम श्लोक कहते हैं। आओ-आओ यह कराओ और यह पाओ मुफ़्त। धर्म के धंधे से घृणा करने वाले प्राचीन दर्शन लोकायत; जिसकी हत्या कर दी गई, कहता है- प्रातः और सायं हवन करना, तीनों वेदों के आचार का पालन, दंडयुक्त संन्यास और माथे पर भस्म का टीका-ये काम कथित विधाता ने उन लोगों की रोज़ी-रोटी का तरीक़ा बनाया है जो निर्बुद्धि हैं और पुरुषार्थहीन हैं। और एक जगह कहता है- 'मृत प्राणियों के लिए जो श्राद्ध आदि किया जाता है वह सब निरर्थक है। यह तो ब्राह्मणों ने अपने जीवन यापन का उपाय बनाया हुआ है और कुछ नहीं।' यहाँ थोड़ा दो, और कई गुना पाओ। श्लोकमय विज्ञापनों में लोग सदियों से फँसते रहे हैं। अब लंगड़े पंडित, कर्मकांडों की वैज्ञानिकता सिद्ध करने पर उतारू हैं।"

बारिश की कुछ बूँदें आने लगीं तो गुरुजी उठते हुए बोले, "सब दुकानदारियाँ चाहे वे राजनीति की हों या धर्म की, डर के रास्ते जन्म लेती हैं। डर सबसे महँगा बिकता है, और कई गुना लाभदायक होता है।"

जागा हुआ गृहस्थ टूटता है स्वामी, पर हारता नहीं है। पृथ्वी के तत्व लकड़ी और वायु के संयोग से अग्नि पैदा होती है। सिद्धार्थ से बुद्धत्व की यात्रा वानप्रस्थी है। व्यक्तिगत इच्छाओं से थोड़ा ऊपर उठने की स्थिति वानप्रस्थी की होती है, और तत्व होता है अग्नि। महात्मा गाँधी, मार्टिन लूथर, सुभाषचंद्र, हिटलर, बिल गेट्स जैसे लोगों की ईंधन है यह अग्नि। अपने विचारों और अपने से प्यार करने वाले जागे हुए लोग, अपनी ज़िंदगी को अपने नियंत्रण में रख सकने वाले लोग; जिन्होंने अपनी दर्द सहने की क्षमता विकसित कर ली होती है, वानप्रस्थ और संन्यास की ओर उन्मुख हो पाते हैं।"

बारिश तेज़ होने लगी तब उन्होंने कहा, "इन आश्रमों और स्वभावों को फिर

कभी समझेंगे स्वामी। आ जाओ सात बजे पुल पर। रम ख़त्म हो गई थी, आज मँगाई है। बकार्डी व्हॉइट। मोहितो बनाता हूँ।"

"जी गुरुजी।"

कहकर मैंने कुर्सियाँ और क़ालीन किनारे करने में उनकी मदद की और अपने कॉटेज की ओर चल पड़ा। तभी उनकी आवाज़ आई- "स्वामी बर्फ़ देखते जाना, कम हो तो और पानी रख देना फ्रीज में।"

"जी गुरुजी।"

(4)

'इशरत-ए-क़तरा है दरिया में फ़ना हो जाना
दर्द का हद से गुज़रना है दवा हो जाना'

जैसे ही मैंने ग़ालिब का यह शेर कहा, गुरुजी हँसने लगे और कहा, "शानदार... टूट-फूट की आवाज़ें तो हैं। दर्द ही हमें गहराई और बुद्धिमता के रास्ते दिखाता है। जिसने दर्द और दुख नहीं जाना उसके अनैतिक और अधार्मिक होने की पूरी संभावना है।"

"गुरुजी, उससे बिछड़ने का दर्द जीना चाहता था, और जी रहा हूँ।" मैंने कहा।

"दर्द में रस तो नहीं आने लगा है ? या कहीं यह भावनाएँ तो नहीं पकड़तीं कि वह कुछ दुखी हो तो तुम्हें याद करे।" गुरुजी की मुस्कान क़ायम थी।

इस प्रश्न का उत्तर तो मैं ढूँढ ही रहा था। मैंने पहले से सोचे हुए विचार तुरंत निकालकर रख दिए, "गुरुजी, बहुत बार यह लगता है जैसे मैं, यह दुख चाहता था। जान-बूझकर मैंने इसे स्वीकार किया है लेकिन मेरी आत्मा मुझे कचोटती है, मैं दुखवादी नहीं हूँ ना सारा जीवन दुख में बैठना चाहता। मैं तो उड़ना चाहता हूँ, मुक्त और बेपरवाह... एडवेंचर्स का शौक़ीन रहा हूँ, अब शांत होता जाता हूँ।"

गुरुजी ने जब जाना कि मेरी रुचि शेरो-शायरी में भी है, तो उन्होंने मेरी पसंद का कोई शेर कहने को कहा। दिमाग़ में यह शेर आया और कह दिया।

जब मुझे बहुत घुटन का एहसास होने लगा और यह कि बिना किसी बड़े परिवर्तन के जीवन जी पाना बहुत मुश्किल हो जाने वाला है, मैं निगेटिविटी के दलदल में धँसता चला जाऊँगा; मैंने परिवर्तन के लिए स्वयं को तैयार किया। मुझे पता है, मैं स्वयं से सबसे ज़्यादा प्रेम करता हूँ और स्वार्थी हूँ। किसी साथी

की मुझे ज़रूरत नहीं। मैं ढूँढने निकला उस अज्ञात को जिससे परिवर्तन पा लेने का मुझे भरोसा था।

कुछ दिन ऋषिकेश से नीलकंठ जाने वाले रास्ते के किसी गाँव में सामान्य टूरिस्टों, राफ़्टिंग के शौक़ीनों और प्रकृति प्रेमियों के लिए बने टेंट में रहा। रिसॉर्ट वह पसंद किया जहाँ कोई बमुश्किल ही आता हो। मुझे मेरा अवसर मिल भी गया। मैंने पाँच दिनों के लिए बुकिंग कराई, इन दिनों वहाँ कोई और नहीं आने वाला था। मैं था, एक रिसेप्शनिस्ट और एक कुक। खाने-पीने की कोई तकलीफ़ नहीं थी और यहाँ मैं अपने साथ समय गुज़ार सकता था।

एक दिन, दो दिन और मुझे डर लगने लगा ख़ुद से; अकेलेपन से। क्या मैं इस तरह का इंसान हूँ कि मैं ख़ुद के साथ भी ना रह सकूँ। मैं तीसरे दिन ही वहाँ से भाग लिया।

मेरा ऋषिकेश का अनुभव मुझे अकेलेपन से डराने लगा। एक मित्र से मुझे गुरुजी के इस आश्रम का पता चला। एक व्यक्ति का पता चला जो परम शांत है, जिसके हृदय में प्रेम बसता है। वे कोई घोषित साधु या संत नहीं है ना ही कोई प्रवचन देते हैं। गुरुजी होने में उनका कोई रस नहीं है, कुछ सिरफिरे उनके सानिध्य की चाह में उनके पास चले आते हैं। विश्व के बहुत से देशों में उनके चाहने वाले हैं, बिज़नसमेन भी और किसान भी। उनकी पैंतालिस-पचास एकड़ की बड़ी खेती है, जिसमें वे ख़ुद भी काम करते हैं। उन्हीं खेतों के मध्य बने उनके अतिथिगृह में रुकना चाहें तो रुका जा सकता है।

ऑनलाइन बुकिंग नहीं हो सकी, ना फ़ोन पर बात। मैं बग़ैर बुकिंग आश्रम पहुँचा तब पता चला अभी आगंतुकों के लिए बंद है। मेन गेट के सिक्युरिटी गार्ड ने जबरदस्ती करने पर गुरुजी को कॉल किया। उन्होंने मुझसे बात की और शाम के समय आने को कहा। टैक्सी वाले को मैंने जाने नहीं दिया था, क्या पता वे मुझे रुकने की अनुमति दें या नहीं; वापस तो लौट सकूँगा।

छह बजे तक मैं बाहर ही घूमता रहा। कभी टैक्सी वाले की कहानी सुनते तो कभी टैक्सी की सीट में पसरकर आसमान में खेलते बादलों को देखते और सिगरेट के छल्ले बनाते समय बीता। छह बजे अंदर से कोई मज़दूर जैसा व्यक्ति आया और मुझे साथ ले चला। रिसेप्शन में बिठाकर पानी पिलाया और इंतज़ार करने कहा। मैंने चारों ओर देखा, तरह-तरह के पत्थरों से यह रिसेप्शन बना हुआ था। फ़र्नीचर भी प्राकृतिक से दिखने वाले पत्थरों से बना हुआ था जैसे किसी

गुफ़ा को तराशा गया हो। पत्थरों, कुर्सी पर लगे गद्दों और टेबल के काँच के अलावा वहाँ कुछ पेपर्स और फ़ाइल्स ही दिख रही थीं।

कुछ देर के इंतज़ार के बाद मेरी बेचैनी मुझे रिसेप्शन से बाहर ले आई। क़ातिल बारिश का मौसम। शांत ख़ूबसूरत परिसर, गुरुजी के मुग़लिया बाग़ टूरिस्ट रिसॉर्ट जैसे ही थे। अनुभव में आया, इस रचना में प्रेम पसरा हुआ है।

गुरुजी ने मुझे अंदर बुलाया। बयालिस-पैंतालिस साल के सज्जन। घुटनों को छूता मरून गाउन। अँगूठी, माला, कोई सजावट नहीं। तेज़ से भरा गोरा चेहरा, मुझे संदीप माहेश्वरी की याद दिला गया।

"बैठिए, चाय लेंगे?"

"नहीं, नहीं।"

"कहिए कैसे आना हुआ?" गुरुजी ने मेरा फ़ॉर्म देखते हुए पूछा, जिसमें हर आगंतुक की वांछित जानकारी, इंटरव्यू दे रहे व्यक्ति के बायोडाटा की तरह पहले ही ले ली जाती थी।

"गुरुजी, आपके और रिसॉर्ट के बारे में एक मित्र से सुना था, मैं कुछ दिन यहाँ रहना चाहता हूँ।"

"आप यहाँ क्यों रहना चाहते हैं?" उन्होंने बहुत ही सहजता से पूछा।

"गुरुजी, जीवन में कुछ परिवर्तन और विराम चाहता हूँ, जिससे ख़ुद के बारे में कुछ सोच समझ सकूँ और अपनी निगेटिव भावनाओं से बाहर आने का प्रयास कर सकूँ।"

"पर अभी तो रिसॉर्ट बंद है, स्टाफ़ या और लोग भी नहीं हैं जो आपको कुछ सुविधाएँ दे पाएँ। आप दो महिनों के बाद आइए, ऑनलाइन चेक कर लीजिएगा।"

"प्लीज़ गुरुजी, मुझे यहाँ रहने दीजिए। मुझे कोई अतिरिक्त सुविधा नहीं चाहिए, मुश्किलों निकल पाया हूँ व्यापार से। मुझे बहुत ज़रूरत है विराम की।"

कुछ देर की शांति के बाद उन्होंने कहा, "ठीक है। लेकिन आपको साफ़-सफ़ाई वग़ैरह ख़ुद से ही करनी होगी। यहाँ के नियमों के लिए आपको लक्ष्य बता देगा, मैं उसको बोल देता हूँ, आप बाहर रुकिए।"

थोड़ी ही देर में पच्चीस-छब्बीस साल का एक लड़का बरमुड़ा और टी-शर्ट में आया। उसे देखकर कहा जा सकता था, वह खेतों में काम कर रहा था। उसका व्यक्तित्व किसी मज़दूर जैसा नहीं था। उसकी टी-शर्ट पर टॉमी का लोगो

मैंने देखा। शायद गुरुजी का कोई रिश्तेदार हो। उसने बहुत कम शब्दों में यहाँ रहने के ख़ास नियम बता दिए और विस्तृत नियमों, नक़्शे और सुविधाओं की जानकारी की छोटी फ़ाइल दे दी। रजिस्ट्रेशन के बाद मुझे इस बिल्डिंग से दो सौ मीटर दूर बने कॉटेज तक पहुँचा दिया और फ़ाइल में छपे एक मोबाइल नंबर के नीचे लाइन खींचकर बता दिया कि वह मेरे बग़ल वाले कमरे में ही रहता है। इस नंबर पर ज़रूरत के समय कॉल किया जा सकता है।

अंदर आते ही मैंने कॉटेज का मुआयना किया। बड़ा कमरा, तालाब की ओर स्लाइडर ग्लॉस। दिन में भी अँधेरा करने की क्षमता के पर्दे। स्लाइडर से बाहर निकलकर बालकनी, जो तालाब के ऊपर होने का एहसास कराती थी। बालकनी में टी टेबल और बेंत की कुर्सियाँ। बड़े रौशनदान के साथ हवादार साफ़-सुथरा बाथरूम, स्टार होटल्स की तरह डेली किट।

तभी लक्ष्य का फ़ोन आया, उसने मुझे नौ बजे कैंटीन आने के लिए कहा। मैंने नक्शे में देखा कैंटीन मेन बिल्डिंग के पीछे की ओर था, स्वीमिंग पुल से लगा और लॉन से घिरा परिसर।

अपना सामान वैसे ही छोड़, कपड़े निकाल फेंके और पौने आठ का अलार्म लगाकर बिस्तर में पड़ गया।

(5)

चार-पाँच दिनों में मैंने ख़ुद को आश्रम के अनुसार ढाल लिया था। ऋषिकेश वाले रिसॉर्ट की निगेटिविटी और अकेलेपन का दुहराव दूर-दूर तक नहीं था। मेरी समझ में आया अकेलेपन और एकांत का अंतर। दूसरों का साथ चाहना और विवशता में रहना अकेलापन है, स्वयं के साथ अपनी इच्छा से रहना एकांत।

उधेड़बुन में खोए रहने के बावजूद मैंने लक्ष्य से मित्रता कर ली थी और आश्रम के बारे में सामान्य जानकारियाँ भी पा ली थीं। लक्ष्य से खेती सीखने में आत्मिक आनंद मिल रहा था। अपनी निगेटिविटी और सारा-सारा दिन चलने वाले उसके ख़यालों से थोड़ी राहत मिल रही थी। सोचता हूँ, हम पर प्रकृति का ऋण सबसे पहले होना चाहिए था, शायद इसकी परिकल्पना ब्रह्म ऋण में कर ली गई हो।

लक्ष्य ने मुझे बताया कि वह गुरुजी का कोई रिश्तेदार नहीं बल्कि मेरी ही तरह भटकने वाला, पर समय से पहले और ज़रूरत से ज़्यादा अमीर बन जाने वाला भाग्यशाली था। वह पिछले दो वर्षों से यहाँ था। अपनी गर्लफ्रेंड के साथ कुछ समय बिताने यहाँ आया था और यहीं का होकर रह जाने की इच्छा उसने गुरुजी से कही तो उन्होंने जब तक उसकी मर्ज़ी हो इस कार्यध्यान की अनुमति दे दी। उसने बताया कि और भी कुछ लोग यहाँ रहते हैं और बग़ैर किसी पारिश्रमिक के कार्य करते हैं। ज़रूरतें आश्रम के सिस्टम से पूरी होती हैं। यह जगह उन सबकी है जिन्हें यहाँ से जुड़ाव है। रुचि संपन्न बाहरी लोग भी यहाँ छुट्टियाँ मनाने या ध्यान के लिए आते हैं।

गुरुजी से मुलाक़ात रात में खाने के समय ही हुआ करती थी। इन दिनों में उनसे बहुत थोड़ी बात हुई। मेहमान की तरह प्रेम दिया और गर्मजोशी से मेरा हाल चाल पूछते रहे। पूरे दिन वे क्या करते हैं और कहाँ रहते हैं यह जानने की

मैंने कोई भी कोशिश नहीं की। लक्ष्य ने पहले ही दिन समझा दिया था, अपने काम से काम रखना। ख़ुद के बारे में सोचना और अपनी बात करना यहाँ पसंद किया जाता है। दूसरों के जीवन में ज़्यादा रुचि हो तो इस जगह ना होना ज़्यादा बेहतर है।

तीसरे दिन स्वीमिंग पूल की सफ़ाई करते समय मैंने लक्ष्य से पूछा कि गुरुजी के साथ व्यक्तिगत सानिध्य का अवसर कब और कैसे मिल सकता है, लक्ष्य मुस्कुरा दिया, "आपको क्यों मिलना है उनसे?"

"जीवन के प्रति स्वयं का दृष्टिकोण जान सकूँ। निगेटिविटी से निकल सकूँ, इसलिए ही यहाँ आया हूँ।"

"ध्यान रखें, आपने गुरुजी को ख़रीदा नहीं है।" मेरे बहुत ही असहज चेहरे को उसने देखा और अधिक नम्रता से कहा, "आप खाने के समय उनसे मिलते हैं, उस समय बात कर सकते हैं। उनकी इच्छा हुई आपसे बात करने की, तो किसी समय बुला लेंगे।"

वैसे तो उनसे बात होती ही थी, पर बहुत संक्षिप्त। अपनी ओर से शायद ही उनसे कुछ पूछा हो। अगले दिन गुरुजी ख़ुद ही खेतों की ओर आए, चहलक़दमी करते फ़सलों और पेड़ों का मुआयना करने। लक्ष्य उनके साथ था। वे लक्ष्य से सलाह कर रहे थे और नतीजों पर पहुँचकर, कराए जाने वाले काम लक्ष्य को नोट कराते जा रहे थे। मैंने अभिवादन किया। उन्होंने हाल चाल पूछा और मैंने उनसे साथ आने की अनुमति माँगी। उन्होंने कहा, "हाँ-हाँ... बिलकुल आइए। लक्ष्य ने बताया कि खेती-किसानी आपको रुचिकर है।"

मैं मुस्कुराकर उनके साथ हो लिया। लगभग दो घंटे तक उनके साथ यूँ ही टहलता रहा। सब काम बता चुकने के बाद वापसी के समय उन्होंने लक्ष्य से पूछा, "कोई हिंदी टाइपिंग करने वाला है क्या?"

"हाँ गुरुजी, एक है। वह आ भी जाएगा, कितने दिनों के लिए बुलाना है?"

"पाँच-छह दिनों के लिए बुला लो, फिर तो यूनी आ जाएगी।"

हिंदी टाइपिंग मुझे आती थी। स्पीड बहुत नहीं थी प्रैक्टिस में ना होने से। स्कूल और कॉलेज के समय में पत्रिका निकालने, आकाशवाणी और कुछ लेख इत्यादि लिखने के दौरान टाइपिस्टों के नखरे ना सह पाने से मैंने सीखी थी। उस समय 'कोरल ड्रॉ' में काम कर सकने वाले भी बहुत कम लोग थे, मैंने यह भी सीखा। मैंने गुरुजी से पूछा कि क्या मैं यह काम कर सकता हूँ। उन्होंने ख़ुश होते

हुए मुझे शाम पाँच से सात आने के लिए कहा। संवादों में जैसे दोनों पक्षों से आग्रह ही था। काम कराने वाला भी आग्रह कर रहा था, काम करने वाला भी। मैंने समझा आग्रह ही प्रेम की भाषा हो सकती है।

अगले कुछ दिन गुरुजी के पास जाता रहा, कंप्यूटर पर काम करता रहा। हालाँकि गुरुजी स्वयं कंप्यूटर और टेक्नोलॉजी मास्टर थे।

मुझे पता चला यूनी जकार्ता से थी। ज़्यादातर समय यहीं रहती थी और ऑफ़िस मैनेजमेंट का काम उसका ही था। यूनी ने यहाँ आने के बाद हिंदी भी सीखी और हिंदी टाइपिंग भी।

काम करने का सबसे ज़्यादा लाभ यह हुआ कि मैं गुरुजी के क़रीब आया। उन्होंने मुझे 'तुम' और यह कहते हुए 'स्वामी' पुकारना शुरू कर दिया कि मुझमें ख़ुद का स्वामी बनने की योग्यता, और चाह है। मुझे याद है जब उन्होंने मेरी प्रेम कहानी सुनी, मुस्कुराते हुए कहा था, "ग़ज़ब कर दिया तुमने तो। पाश को ग़लत साबित कर दिया।"

"मैं समझा नहीं गुरुजी।"

"पाश से परिचित नहीं तुम शायद। लाइब्रेरी में ढूँढना, मिल जाएँगे पाश। अवतार सिंह संधु। उनकी हत्या कर दी गई थी, ख़ालिस्तानियों द्वारा। कुछ उन्हें नक्सलवादी कहते हैं।

'उन्हें जीना
और प्यार करना
कभी नहीं आएगा,
जिन्हें
प्रकृति ने
बनिया बना दिया'

हर जगह लाभ-हानि की सोच रखने वाला मन किस तरह निःशर्त केवल देने की भूमिका में आ सकता है। सुगंध से भरे यह लोग हमें सिखा जाते हैं कि प्रेम या घृणा में जितना सुलग सकोगे, उतने ही मानव हो सकोगे। हमारा जीवन कर्कश आवाज़ें निकालते कौवों से ज़्यादा मूल्य का नहीं, अगर हमारा दिल प्रेम या घृणा से धधकता अंगारा ना हो। हमारी नादान समझ कभी प्रेम को भी घृणा से ज़्यादा बदबूदार बना देती है और कोई समझदार समझ घृणा के रास्ते प्रेम तक पहुँच जाती है।

‘सबसे ख़तरनाक वो आँख होती है,
जिसकी नज़र दुनिया को मुहब्बत से चूमना भूल जाती है
और जो एक घटिया दोहराव के कर्म में खो जाती है।’

(6)

मुझे समझ आने की शुरुआत हुई। प्रेम के जिस उच्च शिखर का दुहराव मैं ढूँढ रहा हूँ, वह घटिया है। मुझे दुहराव नहीं, नया रास्ता चाहिए। रुक जाने वाली चीज़ें सड़ांध पैदा करती हैं। रिसेप्शन की एक टेबल पर, ग्लास के नीचे रवींद्रनाथ ठाकुर की कुछ पंक्तियाँ लिखी हुई थी। मैंने मोबाइल से उसकी फ़ोटो ले ली, हालाँकि सामान्य समय में आप अपने केवल कमरों में मोबाइल प्रयोग कर सकते हैं।

'जे नदी हाराए स्रोत चलिते ना पारे
सहस्त्र शैवाल-दाम बाँधे आति तारे
जे जाती जीवनहारा अचल असार
पदे-पदे बाँधे तारे जीर्ण लोकाचार'

(जिस नदी का प्रवाह रुक जाता है वह फिर बह नहीं सकती, फिर तो शैवाल की हज़ारों ज़ंजीरें आकर उसे जकड़ लेती हैं। जिस जाति की जीवंतता नष्ट हो गई है, जो जाति अविचल और जड़वत हो गई है, उसे भी पग-पग पर जीर्ण लोकाचार जकड़ लेता है।)

मैंने महसूस किया, गुरुजी ने मुझे स्वामी ठीक ही कहा है। मैंने स्वयं यह राह चुनी थी। अपने शक्तिशाली अधिवक्ता को काम पर लगाया था। यह विरह वेदना, यह ही वह अग्नि है जो मुझे या तो जलाकर ख़त्म कर देगी या कोई नया मानव बनने में ईंधन बनेगी।

आज की शाम एक हसीन शाम थी। उसके साथ बिताई शामों की सौंधी ख़ुशबू आ रही थी। किसी भी तरह मन को तैयार नहीं कर पाया कि खाने के लिए कैंटीन जाऊँ। देर होने से लक्ष्य का फ़ोन आया तो मैंने उससे रिक्वेस्ट की कि अगर कमरे में पार्सल दे दे आज तो बहुत अच्छा हो, मैं वहाँ आ नहीं पाऊँगा।

तबियत का बहाना किया। उसने बताया इसकी अनुमति नहीं है, फिर भी वह देखेगा क्या हो सकता है।

आश्रम आने के बाद इस दिन तक मैंने शराब नहीं पी थी। आज पाश की पंक्तियाँ, बालकनी में तालाब के पानी को छूकर आती हवाएँ और सौंधी ख़ुशबू, किसी स्थिति में निरंक नहीं जाने दे सकता था।

बालकनी में ठीक उस तरह बैठ गया, जैसे उसके साथ एक रिसॉर्ट में था। कुछ ऐसी ही बड़ी बालकनी। वहाँ एक झील थी जो बालकनी से दिखती थी। ऐसे ही बेंत की कुर्सियाँ, मैं और वो तिरछे, शराब और सिगरेट का समाँ जब तक होश बाक़ी रहा।

तब से अब का सफ़र बहुत लंबा था। अब किसी पेग की ज़रूरत रही नहीं थी। अनुमान लगाते हुए कि कितनी हुई होगी, बॉटल से ही घूँट भर लिया करता था। आज दूरियाँ कम कीं और दो पेग बनाए। एक उसका, एक मेरा। मैं ख़ुश होने की कोशिश कर रहा था और आँखें भर-भर आती थीं। वह मुझे डाँटने लगी- सुनो, बहुत हो गया न आपका नाटक। कहते हो न कि सबसे ख़तरनाक वो आँख होती है, जिसकी नज़र दुनिया को मुहब्बत से चूमना भूल जाती है, तो कहाँ गई वो मुहब्बत। मैं तो आपके लिए आपसे दूर गई। मेरी उम्मीदें इतनी होती जाती थीं, शायद ख़ुद नहीं समझ पा रही थी आप कैसे हैंडल करोगे। और मुझ पर जो अपना वकील बिठाया था आपने, कितना परेशान किया उसने मुझे। दुनियादारी, परिवार सब इस तरह दिखा दिए कि मर ही जाओ।

मैं कुछ कहने को हुआ पर गले के दर्द ने आवाज़ अटका दी।

मेरा एक पेग ही ख़त्म हुआ था, जब घंटी बजी। मैंने दरवाज़ा खोला, लक्ष्य था। वह पार्सल ले आया था। उसके हाथ में दो पार्सल थे।

"यह दूसरा मेरा नहीं है?" उसने एक पार्सल मेरी तरफ़ बढ़ाया तब मैंने पूछा।

"नहीं, यह मेरा है।" उसने मुस्कुराते हुए कहा। मैं, समझ गया कि वह समझदार है। आज ख़ुद भी शायद इसी मूड में हो, मैंने पूछा, "पीते हो?"

"हाँ, इसलिए पार्सल ले आया आज।"

"तो मेरे साथ ही बैठ जाओ।"

लक्ष्य ने थोड़ी देर सोचा और पूछा, "मैं अपनी बॉटल ले आऊँ?"

मैंने कहा, "अगर रेड लेबल चल जाएगी तो खुली हुई है।"

वह अंदर आ गया। हम बालकनी में पहुँचे और 'मेरी उसकी' कुर्सी मैंने लक्ष्य को दे दी। अगर शराब दिल से जुड़े व्यक्ति के साथ नहीं पी जा रही हो तो वह अंदर के बैलेंसिंग व्यापारी को जगा देती है। मैंने कहा, "एक तो मेरा हो चुका, दूसरा बनाया था। ले लो फिर साथ में बनाएँगे।"

"ये ना आपका था, ना मेरा।" कहते हुए उसने पेग उठाया और एक ही बार में ख़त्म भी कर दिया।

मैंने कहा, "मैं वॉशरूम से आता हूँ।"

यह सोचते हुए उठा कि यह उसने कैसे पता कर लिया कि यह पेग मेरे लिए नहीं था। वह भी कम दृष्टा नहीं है। वह मुझे थोड़ा रहस्य लगा, फिर यह लगा कि शायद उसने सोचा हो एक आदमी दो ग्लास लेकर क्यों बैठेगा। मैं वॉशरूम से सोचते हुए आया कि लक्ष्य के बारे में जानना है।

आया तो सुखद आश्चर्य हुआ। लक्ष्य एक डिस्पोज़ेबल प्लेट में भीगी हुए मूंगफली, एक में सलाद और एक में चिकन लगा रहा था, मेरे मुँह से निकला, "अरे वाह!"

मैंने आरामदायक दूरी बनाते हुए अपनी कुर्सी खिसकाई और दोनों के पेग बनाए, "लक्ष्य, तुमने बताया था कि तुम अचानक से अमीर हो गए और अपनी गर्लफ्रेंड के साथ यहाँ आए थे।"

उसने कुछ भी नहीं कहा। तल्लीनता से मूंगफली के एक-एक दाने पर नमक लगाकर खाता रहा। शांत खिलाड़ी।

मुझे याद आई उसकी बात कि अपने काम से काम रखना। कहीं उसे बुरा ना लगा हो, मैंने दुबारा कहा, "तुम मुझे रहस्य लगते हो। मेरी इच्छा है तुमको जानने की।"

"जानना चाहते हैं आप कि वायु से जल कैसे हो गया?"

"मैं समझा नहीं!"

"यह तो आप बाद में समझेंगे। जब आप गुरुजी के साथ थोड़ा समय रह लेंगे।"

"अपना टर्निंग प्वॉइंट तो बताओ।"

"एक और बना लें? शराब बातें आसान कर देती है।"

"हाँ बिलकुल।" हमने दूसरा पेग जल्दी ख़त्म किया और तीसरा बना लिया। आज ज़्यादा होश में रहने की इच्छा भी नहीं थी। उसने सिगरेट जलाई और गंभीर

हुआ जैसे उसकी आँखों में आँसू आने वाले हों।

"मेरे संबंध मामा की लड़की के साथ थे।"

"क्या?"

"यही सोचा गया। मेरा बहुत लगाव था उससे। मैं अपने बिज़नेस के लिए ट्रेवल पर था, संयोग से वह ट्रेन में मिल गई। सेकेंड एसी का एक ही कोच था ट्रेन में, तो कोच भी एक। वो अपनी मौसी के परिवार के साथ उज्जैन जा रही थी, धार्मिक यात्रा पर।"

"तो क्या हुआ?"

"वह मेरी बहुत मुँहलगी थी। मैं सफ़र में सिगरेट थोड़ी ज़्यादा पी जाता हूँ, तो ख़ुशबू तो फैल ही जाती है। उसने कहा उसे भी पीनी है। गर्मी का मौसम था, ज़्यादातर लोग सो ही चुके थे, दोपहर के खाने के बाद।"

उसने अपना पेग आधा किया और मैंने भी। मैंने सोचा था, लक्ष्य को ज़्यादा पिलाना है और मुझे कम पीना है, ताकि उसे जान सकूँ। पर वह खुले मन से मेरे साथ था, मुझे मेरी सोच छोटी लगी। उसने सिगरेट का गहरा कश लेते हुए कहा, "हमने देखा कि टीटी अभी निकल के गया। ट्रेन में स्मोकिंग के लिए वॉशरूम के अलावा और कौन-सी जगह है, हमने कुछ सोचा नहीं। दिमाग़ चला नहीं कि हम दुनिया की नज़रों में मेल-फ़ीमेल हैं। सिगरेट के बाद जब गेट खोला तो अचानक उसकी मौसी का लड़का ट्रेन के गेट पर खड़ा दिखा। स्थिति समझ में आते ही घबराहट में उसको ढकेलते हुए वापस वॉशरूम ले गया। मैं दरवाज़े की जाली से झाँक रहा था कि वह गया या नहीं। वह बार-बार इस वॉशरूम की तरफ़ ही देख रहा था। मैं समझ गया कि हम फँस गए हैं। मेरे हाथ पैर काँपने लगे। काफ़ी देर तक उसका इंतज़ार किया कि वह चला जाएगा, पर नहीं गया। मैंने ख़ुद को और उसको समझाया कि सामना करना होगा। मुझे तो जानता क्या था वह। मैंने उससे कहा कि जाओ साफ़-साफ़ बता देना स्मोकिंग के लिए गई थी।"

लक्ष्य की आँखों में आँसू उतर आए। इस मौसम में मुझे भी क्या सूझी जानने और समझने की। उसने आगे कहा, "वो बाहर गई, और उसे ब्लेम झेलना पड़ा। उसने मुझे बताया कि बाद में भी क्या कुछ हुआ। उसके दुष्ट भाई ने मामाजी और बाक़ी रिश्तेदारों को भी रस ले-लेकर बताया।"

बैठे बिठाए दर्द कैसे चले आते हैं जीवन में। इसे ही शायद लड़कपन कहते हैं।

"मैं एकदम से टूट गया, और ये बात सोचकर ज़्यादा मर गया कि उसको मेरी नासमझी की सज़ा भुगतनी पड़ रही है। मैं बड़ा था, मुझे समझना चाहिए था। बहुत दिनों तक डिप्रेशन में रहा। तनाव से बॉडी के हॉरमोनल बैलेंस गड़बड़ा गए, ऑटोइम्यून डिज़ीज भी आ गई। कुछ प्रॉबल्म्स तो आज तक हैं। मैं तो मस्तमौला, ज़िंदगी को पूरा जीने वाला और मस्ती में रहने वाला इंसान था। अपनी लाइफ़ सेलिब्रेट करने आया था इस प्लेनेट में।"

"लक्ष्य, यह तो बहुत बुरी घटना हुई।"

"कुछ भी बुरा नहीं होता, स्वामीजी।" उसकी आवाज़ में ज़िंदादिली लौटी और उसे लगा शायद यही उद्‌बोधन मुझे दिया जाना चाहिए या यही नाम मेरा हो, जिससे गुरुजी मुझे बुलाते थे।

"मैंने फुल प्रूफ़ प्लानिंग की उसके मौसी के लड़के को झूठे केस और लड़कीबाज़ी में फँसाने की। इनकम टैक्स के एक ऑफ़िसर से भी संपर्क किया कि कैसे उसको अच्छी तरह फँसाया जा सके। उसके सब काम सर्च कर रहा था कि कहाँ से कैसे उसका नुक़सान किया जा सकता है। मैं बदले की आग में बहुत जला।"

"तो तुमने बदला लिया?"

"नहीं स्वामीजी। मेरा इंसान जाग गया। उसका भी घर-बार था, मैंने जब इसके परिणामों के बारे में सोचा तो अपने क़दम पीछे हटा लिए। उसकी ग़लती भी क्या थी, कोई भी वैसा समझ सकता था, जैसा उसने समझा। मैंने ख़ुद को उसकी जगह रखकर देखा तो मुझे लगा शायद मैं भी ऐसा ही समझता। लेकिन किसी दूसरे से नहीं कहता, यह फ़र्क़ तो था। मन को समझा लिया मैंने कि बदले की भावनाओं का कोई अंत नहीं। दोनों ओर से शुरू हो गईं तो पता नहीं कितनी ज़िंदगियाँ ले बैठे। मैंने समझा है स्वामीजी, किसी को माफ़ कर देना आख़िर में हमें ही टेन्शन फ्री कर देता है।

स्वामीजी उस समय मैं शादीशुदा था। बीबी ने मेरा साथ दिया, अगर मैं कहूँ कि सिर्फ़ इस बात के लिए मेरे मन में उसके लिए थोड़ा सम्मान बाक़ी है; तो सही होगा। मेरी यह कहानी गुरुजी को भी पता है, उन्होंने मुझे समझाया।"

ख़याल आया गुरुजी कितनों के राज़दार होंगे। मैंने पूछा, "क्या?"

"उन्होंने स्त्री-पुरुष संबंधों का इतिहास मुझे बताया। मानव की उत्पत्ति से लेकर वैदिक काल के पहले और बाद तक, बल्कि भविष्य तक। अब मुझमें

कोई अपराध बोध नहीं बचा।"

"क्या बताया लक्ष्य ?"

"यह तो आप गुरुजी से पूछिएगा ज़्यादा अच्छा होगा। हो सकता है मेरे समझने में कोई ग़लती रह गई हो, या अपने विचारों की मिलावट कर दूँ।"

लक्ष्य ने खाना नहीं खाया और चला गया। उसने जो चखना तीन प्लेटों में लगाया था, उसमें से भी बहुत कम लिया। उसने जाते-जाते मुस्कुराने की कोशिश की, पर मैंने नशे में भी देख लिया कि अभी दर्द गया नहीं था कि मुस्कुरा सके।

(7)

यूनी आज आ गई थी। लगा जैसे गृहस्वामिनी आ गई हो। बिन घरनी, घर भूत का डेरा।

लॉन, किचन, स्वीमिंग पुल, सभी रास्तों पर स्पीकर्स लगे थे यह मुझे अब पता चला। सुबह-शाम संगीत चलता था, पर सिर्फ़ संगीत। बाँसुरी बजती थी और झरने बहते थे। गुरुजी के ड्राईंग रूम में इस तरह का ही संगीत सुना था। तालाब में फव्वारे भी थे, जो शाम में थोड़ी देर चलते थे।

सारा व्यवस्थापन यूनी के कुशल हाथों में था। यूनी कोई तीस साल की रही होगी। एकदम गोरी-चिट्टी, और ख़ूबसूरत। साढ़े पाँच फ़िट से कुछ ज़्यादा ऊँचाई, मेरे बिलकुल बराबर की। शायद मिस जकार्ता रही हो। कोई मेकअप नहीं, खुले बाल, चमकता चेहरा। वह भी गुरुजी की तरह गहरा मरून गाउन पहनती थी, जो उसकी रंगत को और भी उभार देता था। जब भी मिला मुस्कुराते हुए ही मिली। यूनी, गुरुजी की मेन बिल्डिंग में नीचे, रिसेप्शन के ठीक बग़ल में रहती थी।

किस समय क्या खाना बनना है से लेकर फ़सल किसे बेचनी है, यूनी ही तय करती थी। पूरे कैम्पस में जब-तब कहीं भी दिख जाती थी। कुछ पंछी भी उसके दोस्त थे, उनका चहकना बढ़ गया था। यूनी की आत्मीयता से लगता था, मैं उसका पूर्व परिचित हूँ। लक्ष्य यूनी को माँ बुलाता था। थोड़ा कठिन था मेरे लिए हमउम्र और इतनी ख़ूबसूरत लड़की को माँ कह पाना, पर मैं आदत बनाने लगा और यहाँ का शिष्टाचार सीखने लगा। यूनी ने मुझसे समझ लिया कि अब तक मैंने कंप्यूटर पर क्या-क्या काम किया है। सब अपने हैंडओवर लेकर मुझे इस ज़िम्मेदारी से मुक्त कर दिया। थोड़ा दुख हुआ कि अब गुरुजी के सानिध्य के मौक़े कम मिलेंगे। यूनी ने कहा कि मैं कुछ काम ही करना चाहता हूँ तो खेतों में

करूँ, वहाँ ज़रूरत है। बाद में कहीं और ज़रूरत होगी तो मुझे बता दिया जाएगा।

एक दिन मैंने यूनी से पूछा कि वह आश्रम कैसे आई और क्या कोई घटना हुई जिससे वह यहाँ रहने लगी। वह पागलों की तरह हँसने लगी।

"स्वामीजी।" अब मेरा यही नाम हो चला था।

"आपको लगता है यहाँ सब मरने वाले आते हैं? यहाँ तो सिर्फ़ जीने वालों के लिए जगह है। मैं तो प्रेम में आई, गुरुजी से प्रेम। आप की मर्ज़ी हो रिश्ता ढूँढने की, तो ढूँढ लेना। वैसे लोग कहते हैं कि हम उनकी बीबीयों की तरह रहती हैं, और उनकी हर बात मानती हैं।"

वह हँसती रही और फिर मिलते हैं, कहकर बात ख़त्म कर दी... पर आख़िरी बात उसने ख़ुद के लिए कहाँ कही थी। 'हम', 'बीबीयों' लगा जैसे और लोगों को भी शामिल कर रही हो अपने साथ। यह भी सोचा कि इसकी मातृभाषा हिंदी है नहीं, क्या पता ग़लत तरीक़े से कह दिया हो। लेकिन इतनी साफ़ हिंदी बोलती है, बग़ैर ग़लतियाँ किए।

दिमाग़ ने आशाराम और राम रहीम की तस्वीर दिखा दी।

(8)

"हा...हा...हा... स्वामी, क्या मस्त प्रश्न पूछा तुमने। सुनो, तुम कितने अच्छे या नैतिक हो यह समाज द्वारा आरोपित विचारों की वॉमेटिंग है। दूसरों से मिली अच्छाइयाँ; बग़ैर हड्डी की लिजलिजी, भद्दी छिपकली है। कभी भी पूँछ छोड़ सकती है।" गुरुजी ने यह कहा तो विस्मय से मेरे कान अधिक सावधान हो गए।

"स्वामी, समझ और नैतिकता का इतिहास मनुष्य के जन्म से समझना चाहिए। डार्विन ने जब यह कहा कि इंसान बंदरों की बदमाशी है, तो इंसानों को बहुत बुरा लगा। बाद में कुछ और अवधारणाएँ आईं कि शायद हमारी उत्पत्ति अपनी ही जाति के किसी पितामह जाति से हुई है या किसी समुद्री जीव से या फिर किसी एक कोशीय उभयलिंगी से। कुछ ना समझ पाने की स्थिति में ईश्वर के ऊपर डाल दो उत्पत्ति को। पर यह सोचो जब हमारे पास भाषा नहीं थी, समझ नहीं थी और दूसरे जानवरों के क़रीब थे, तब क्या हम नैतिकता समझते होंगे? चरित्र और नैतिकता मुख्यत: यौन संबंधों के निर्धारण के लिए प्रयुक्त है। पशुओं पर चरित्र और नैतिकता का आरोपण नहीं है, वह सहज है, स्वाभाविक है।

मनुष्यों में प्रचलित नैतिकता की बात करें तो स्त्री-पुरुष के संबंधों का इतिहास समझा जाना चाहिए। आदिकाल में जब जीव विज्ञान का ज्ञान शून्य के बराबर था, तब विवाह प्रचलन में नहीं थे, बाद में सामूहिक विवाह थे। यह पता नहीं था कि संतानोत्पत्ति में स्त्री-पुरुष दोनों की भागीदारी होती है। बहुत आगे की ओर भी बढ़ जाओ तो बर्बर समाज में ही जीव विज्ञान की समझ आने के बाद बहुत से लोगों से संबंध कुछ लोगों तक सीमित होता गया। सभ्यता पा लेने के बाद के ही मातृगमन और भगिनीगमन के युग रहे हैं। अगस्त्यमुनी से इसकी झलक पाई जा सकती है। कई सभ्य आदिम जातियों में भी इस युग के अवशेष देखे जा सकते हैं। बांग्लादेश की जनजाति मंडी और मेघालय की कारो से अब

भी नैतिकता का थोड़ा इतिहास समझ सकते हो। उस समय की नैतिकता यह थी कि रक्त की शुद्धता को बनाए रखा जाए; अतः परिवार के अंदर ही संतानोत्पत्ति हो। एक समय क़बीलों और फिर अंतराल के बाद परिवार की अवधारणा चलन में आई। आस-पास के क़बीलों से विवाह और उसके बाद जोड़ो के विवाह का रूप आया। वैदिक युग के पूर्व ही स्त्रियों की ग़ुलामी की शुरुआत हो चुकी थी और स्त्री मशीनों में बदली जा चुकी थी, जिसके गवाह हैं नियोग उदाहरण और विधियाँ। ग्रंथों के प्रचलन ने स्त्रियों को ठीक उस स्थिति में स्थापित करने में महत्त्वपूर्ण भूमिका निभाई, जिससे कमोबेश अब भी स्त्री नहीं निकल पाई है।

ऋग्वेद के एक श्लोक की व्याख्या करते हुए महर्षि दयानंद सरस्वती ने लिखा था कि 'एक आदमी दस स्त्रियों से और एक स्त्री दस पुरुषों से संभोग कर संतान उत्पन्न कर सकती है, ऐसा वेदों का आदेश है।' हालाँकि आज से ज़्यादा अधिकार स्त्री को उस समय थे और ज़्यादा स्वतंत्रता भी। महाभारत की कई घटनाएँ बताती हैं कि वैदिक युग और उसके बाद स्त्री-पुरुष संबंध बदलते रहे। पूर्व वैदिक समय के केवल अनुमान हैं, हमारे पास। मर्यादा बदलती रही, नैतिकता बदलती रही। ऋषि केवट-सत्यवती की कहानी, गौमांस भक्षक ब्रह्मा के अपहरणकर्ता होने की कहानी, आँखों पर पट्टी बाँध ख़ुद को अंधी बना लेने वाली गांधारी की देखरेख के लिए रखी गई दासी सुखदा से धृतराष्ट्र पुत्र युयुत्सु की कहानी या पांडू और माधुरी की कहानी आज का समाज स्वीकार नहीं कर सकता। कृष्ण द्वारा सुभद्रा का अपहरण या भीष्म द्वारा अम्बा, अम्बे, अम्बालिका के अपहरण में किस मर्यादा को ढूँढोगे स्वामी? विवाह पूर्व संतानोत्पत्ति, बहु विवाह, स्त्रीहरण बहुत सामान्य-सी बातें हैं महाभारत में। जिनमें कुछ बहुत आसानी से और कुछ थोड़ी शर्मिंदगी से स्वीकार्य थी समाज में।

घटनाएँ अपने पूर्वकाल के बारे में भी बताती हैं। समय-समय पर परिवर्तनशील मर्यादाओं को स्थायी समझना ग़लती है। युग बदलते रहे और वैसे ही स्त्री पुरुष के संबंध और उनकी नैतिकता। शास्त्रों की नैतिकता कभी कहती थी कि बारह वर्ष की उम्र हो जाने पर भी जो पिता कन्यादान नहीं करता उसके पितृलोक के पुरखे हर महीने उस कन्या के ऋतुकालीन ख़ून का पान करते हैं। कन्या को घर में रजःस्वला होते देखने पर माँ, बाप, भाई नरक में जाएँगे। जो ब्राह्मण अज्ञानतावश अंधा होकर उस कन्या का विवाह कराता है, उसके साथ बैठकर खाना नहीं खाना चाहिए।

सामूहिक परिवार का भी युग था। कृषि जब स्थायी होने लगी तब सामूहिक परिवार छोटी इकाइयों में बदलने लगे। पुरुष को बहुत आसानी से स्वीकार्य रहा होगा कि उसकी पत्नी और भी लोगों की पत्नी हो। स्त्री को यह स्वीकार्य रहा होगा कि उसकी बहुत-सी सौतनें हों। रामायण या महाभारत में देखो तो तुम्हें सौतन डाह नहीं के बराबर मिलेगी। इसके पूर्व के युग में होगी ही नहीं, और आगे के युगों में बढ़ती गई। मातृसत्तामक समाज के कमज़ोर होने से स्त्री धन में बदलती गई। ग़रीब को विवाह कर लेने से दासी और बच्चे पैदा करने वाली औरत मिल गई। पुरुष आदिकाल से ही उन औरतों के पास जाते रहे हैं जिनसे वह विवाहित नहीं थे, उनके लिए यह बिलकुल भी अनैतिक नहीं था।

जापानी भाषा में 'रंडी' जैसा अपमानसूचक शब्द नहीं है। उसके स्थान पर उपयोग किए जाने वाले शब्दों के अर्थ हैं- थोड़ी देर की बीबी या घंटे भर की बीबी। स्त्री का दूसरे से संबंध इसलिए अनैतिक होता गया कि वह कहीं किसी दूसरे पुरुष की संतान को ना जन्म दे दे जो उसकी संपत्ति का स्वामी बन बैठे। विवाह से स्त्री पराधीन होती गई, पुरुष को इससे सुविधाएँ ही हासिल हुईं। पुरुष ने स्त्री को जितना छिपाया और एकाधिकार किया, वह धन में परिवर्तित होती गई। पुरुष ने शक्ति षड्यंत्र के पक्ष में स्त्री के नाज़ुक और मासूम होने को मूल्यों की तरह स्थापित किया।

नैतिकता की लंबाई-चौड़ाई समाज की आवश्यकताओं से निर्धारित होती है। स्वामी, आज भी हममें पुराने दिनों की यादें ज़िंदा हैं। आज शक्ति का परिचायक है पैसा और पद। शक्तिशाली के लिए नैतिकता के नियम हमेशा शिथिल रहे हैं। किसी काल के सबसे ज़्यादा शक्तिशाली कृष्ण के पास सोलह हज़ार पत्नीयाँ या गर्लफ्रेंड और किसी अमीर हैदराबादी निज़ाम की पाँच सौ बेगमें उनको शोभा देती हैं। तुम अपने ही दोस्तों में देखना, गर्लफ्रेंड की गिनतियाँ सीने का नाप तय करती हैं। आज के भी सुविधासंपन्न शक्ति पुरुषों को तुम एक पत्नीव्रता समझने की भूल मत करना। वैसे भी अनादिकाल से 1956 तक बहुपत्नीयाँ रखने की पूरी छूट रही है। महानबी हुज़ूर ने कहा भी तो है कि 'जो स्त्रियाँ पति के द्वितीय विवाह के प्रति ईर्ष्या ना करके सब्र किया करती हैं, उन्हें अल्लाह की ओर से इनायत बख़्शी जाएगी।'

एक ही कालखंड में अलग-अलग समाज और क्षेत्रों के अनुसार मर्यादाएँ, आदर्श अलग-अलग होते आए हैं। एक ही रामायण में लक्ष्मण का आदर्श कुछ

और है, सुग्रीव व बाली का कुछ और।"

गुरुजी ने मुस्कुराते हुऐ आगे कहा, "और तुम्हारा हनीमून क्या है। यह नया फ़ैशन नहीं, उस युग की बात है जब पुरुष स्त्री का हरण कर लेता था और कुछ दिन अज्ञातवास में बिताने के बाद वापस आता था तो समाज उन्हें स्वीकार कर लेता था। हनीमून असुर विवाह का अवशेष है।

स्त्री की सत्ता में भागीदारी, उन्नति या अवमूल्यन युद्धों से सबसे ज़्यादा प्रभावित हुआ है। द्वितीय विश्वयुद्ध की इस घटना से समझो कि युद्ध से पहले जब कामगार ज़्यादा हो गए और बेरोज़गारी बढ़ने लगी तब हिटलर ने नारा दिया कि 'स्त्रियाँ घरों, रसोई और चर्च की ओर जाएँ' और जब पुरुषों को युद्ध में झोंक दिया गया तो नारा दिया, 'स्त्रियाँ दफ़्तरों और कारख़ानों में काम करें।' द्वितीय विश्वयुद्ध के समय ज़्यादा कामगारों की ज़रूरत आन पड़ी और विश्व के देशों ने स्त्री को कामगारी का हिस्सा बनाया। समाज की आवश्यकताएँ मर्यादाएँ गढ़ लेती हैं, ज़्यादा कुछ उपयोग नहीं इन राजाओं और नेताओं के बनाए गए सामाजिक नियमों का। लोगों का ज़िंदा रहना मुश्किल है अगर उनको अच्छाई और बुराई की व्याख्याएँ ना दे दी जाएँ। वे जिएँगे कैसे? अच्छा या बुरा? औसत आदमी के लिए यह आवश्यक हो जाता है कि समाज अच्छाई की नाप निर्धारित करे और वह उन नाप-जोख पर खरा उतरने में जीवन गुज़ार दे।

तुम देखोगे कि जब नियम ब्राह्मणों ने बनाए तो ख़ुद को अधिकार दिए, यहाँ तक कि समाज की स्त्रियों के संबंध में भी और जब राजाओं या ज़मींदारों ने बनाए तो उन्होंने अधिकारों को हड़पा। वर्चस्व की लड़ाई मानव जाति की उत्पत्ति से चली आ रही है, कभी यह पेट के लिए होती होगी; आज इस लड़ाई को बनाए रखना केवल राजनीति है। राजनीति हमारी सीमाएँ निर्धारित करती हैं और सुरक्षा का भय दिखाकर टैक्स वसूल करती हैं। राजनीतिज्ञ हमें बताते हैं कि हम ख़तरे में हैं, जिसके लिए सीमाओं की ज़रूरत है। हमारा पड़ोसी आतंकवादी और ख़तरनाक है। विश्व के सभी देश एक-दूसरे को हथिया लेना चाहते हैं। सीमाओं की रक्षा के लिए धन की आवश्यकता है और धन के लिए टैक्स देना नागरिकता की पहली शर्त और देशभक्ति है। विश्व को सेनाओं की ज़रूरत हो या नहीं, राजनीति को टैक्स वसूलने के लिए ज़रूर है। सोचो कि जब सारे विश्व की सेनाएँ और हथियार ख़त्म कर दिए जाएँ तब क्या होगा? लेकिन यह किसी भी देश के आदमख़ोर होने नहीं देंगे। हमें और छोटी इकाइयों में बाँटते

जाएँगे। जैसी इनकी ज़रूरत होगी वैसे नारे आते रहेंगे, और हमें इन मदारियों की महत्त्वाकांक्षाओं के डमरू पर नाचना होगा। जो इतिहास इनके काम का है उसे ज़िंदा रखेंगे। जो कम काम का है उसे अपने अनुसार बदल देंगे, और जो इनके विरुद्ध है उसे जला दिया जाएगा। नीत्शे ने कहा है- 'जिनके पास शक्ति है वह आज के सच को बताते हैं, जैसे ही शक्ति बदलेगी हमारी अच्छे और बुरे की परिभाषाएँ बदल जाएँगी। हमारा सारा सदव्यवहार इस पर निर्भर करता है कि समाज द्वारा कितना और क्या स्वीकार्य है। लोगों ने अच्छी बातें इसलिए कहीं और लिखी हैं कि वे समाज में अपना ऊँचा स्थान बनाए रखना चाहते हैं।' अच्छाई और बुराई आरोपण मात्र है। इसे सार्वकालिक सत्य की तरह नहीं परखा जा सकता। मनुष्यों का एक बड़ा हिस्सा किसी मत का पक्षधर हो जाता है तो वह मत नैतिकता से जुड़ जाता है। बहुमत की शक्ति के सामने समझदारियाँ घुट-घुटकर दम तोड़ देती हैं।"

गुरुजी ने कहना जारी रखा- "स्वामी, समाज और इतिहास हमेशा उच्च शिखरों पर बैठे व्यक्तियों पर आँखें रखता है। हमारी बुद्धिमता को परख सकने की दावेदार परीक्षाओं में उच्च अंक लाने वाले पाँच लोग हमारे समाज का प्रतिनिधित्व नहीं करते ना ही लाखों में कोई एक जो उच्च राजनीतिक या सामाजिक पदों पर पहुँच सके हैं। जो लोग इतिहास में नहीं हैं, वे हमेशा से एक जैसे और संघर्षरत रहते आए हैं। महात्मा बुद्ध को देखकर यदि उनके समकालीनों के बारे में कोई भी निष्कर्ष निकाला जाएगा तब वह झूठ होगा। ज़्यादा पीछे ना जाकर अपने पड़दादाओं के समकालीन पहुँचो तो हम भारतीय महात्मा गाँधी की तरह नहीं थे, उतने ही झूठे और मक्कार थे जितने आज हैं। आज से दो-चार सौ वर्षों बाद इतिहासकारों को महात्मा गाँधी और उनके सौ-पचास समकालीन लोगों से ज़्यादा के बारे में जानने को नहीं मिलेगा। लेकिन वह लोग पर्याप्त नहीं कहे जा सकते जो समाज के इतने अधिकतम की, लगभग पूरे वर्ग के चरित्र का प्रतिनिधित्व कर सकें।

मनुष्यता की जाति, मुखौटे वालों की जाति में बदलती आई है। हम सभ्य और सुसंस्कृत मुखौटों से ज़्यादा नहीं हो पाए हैं। मनुष्य से बढ़कर कुछ और होने का ढोंग हम सीखते आए हैं। मनुष्यता के विकास क्रम में हम सभ्य पशुता तक तो पहुँच गए हैं परंतु सभ्य मनुष्यता की यात्रा अभी करनी बाक़ी है। जब तक इस पृथ्वी पर युद्ध और बलात्कार ज़िंदा हैं मनुष्य बेहूदगी के ढेर से ज़्यादा

कुछ नहीं।"

गुरुजी आज सिगरेट नहीं, हुक्का लेकर बैठे थे। मुझे अंगारे सही करने को कहा, और जैसे उन्हें ध्यान आया हो पूछे गए विषय से भटकने का।

"राम और सीता की कहानी, या सावित्री सत्यवान की कहानियों से समझो तो यह तय है कि जब पुरुष शक्ति में आया उसके लिए एक से अधिक या परस्त्रीगमन को इतना बुरा नहीं माना गया; स्त्री के लिए परपुरुषगमन अक्षम्य अपराध माना गया। क्या तुम्हें नहीं लगता तब से लेकर आज तक यह लैंगिक दुर्भावना बनी हुई है?

हम पुरुषों ने शक्ति और धर्म अपने हाथों में लेकर उनका बुरा हाल कर डाला। वैदिक काल से पुत्र उत्पन्न करने की विधियाँ हम ही तो सीखते रहे हैं।

पुरुष का प्रेममय होना संशय पैदा करता है, वह शक्ति का उपासक है। शक्ति भ्रष्ट करती है। प्रेममय व्यवहारों के लिए शक्ति की आवश्यकता क्यों होनी चाहिए? पुरुष का विश्वास धन और पदों से शक्ति बढ़ाते चले जाने में है। प्रेम की अनुपस्थिति उसे हीनता का बोध कराती है, इस हीनता को वह शक्ति से पूरा करना चाहता है। कमज़ोर आदमी किसलिए धन और पदों के पीछे भागता यदि दरिद्रता उसे चरित्रवान बने रहने के लिए विवश ना करती। प्रेम को भी वह ख़रीदने और जीता जा सकने वाला भौतिक सामान समझता है। माँस के टुकड़ों में उसे ज़्यादा रुचि है।

आज का जितना संघर्ष है स्त्री पुरुष में वह इसलिए है कि पुरुष स्त्री को अपनी तरह का बना देना चाहता है और स्त्री पुरुष को अपनी तरह। गुणों-अवगुणों को हम यदि लिंग के आधार पर समझें तब यह समझ आता है कि किसी स्त्री में थोड़े कम या ज़्यादा पौरुष गुण होते हैं और किसी पुरुष में थोड़े कम या ज़्यादा स्त्रैण गुण। पुरुष का सारा झुकाव किसी समस्या को सुलझा लेने में है, शिकार करने और किसी वस्तु को पा लेने में है। हमारा आकर्षण विपरीत के प्रति है। हम स्त्री को समझने की कोशिश करते हैं और पागल होते जाते हैं। किन्हीं तरकीबों और नियमों पर हम स्त्री व्यवहार को परख नहीं पाएँगे। समस्या सुलझती हो या नहीं, स्त्री के लिए बातें करने का उद्देश्य मन हल्का कर लेना है। बहस में हार कर बहस से निकल जाना स्त्री को स्वीकार्य है। स्त्री की शारीरिक और मानसिक क्षमता हमसे ज़्यादा है दर्द सहने की। 'ममता' शब्द का कोई सामानार्थी शब्द बताओ जो पुरुष के लिए उपयोग में लाया जा सकता हो?

पौरुष गुणों के बग़ैर भी स्त्री पूर्ण है। पुरुष को ज़रूरत है कि वह थोड़ा मासूम हो और प्रेम की दिशा में बहे। प्रेम की अनुपस्थिति पुरुष की सभ्यता में अड़चन है।

स्त्री प्रेम समझती है, उसे प्रेम दो और तुम दुनिया जीतने की होड़ में मरते हुए जीते रहो।

इसी समाज से स्त्रियों के आश्चर्यजनक उदाहरण भी निकलकर आ जाते हैं। वह ना समाज की परवाह करती है ना अपने रक्त संबंधों की। अच्छाई-बुराई, नैतिकता-अनैतिकता, प्रेम-घृणा सब एक साथ लिए फिरती है। लक्ष्मी और सरस्वती होकर तुम्हें देने की भावनाएँ रखती है; और काली की तरह तुम्हारी गर्दन अपनी माला में पिरो लेने की क्षमता भी। दयालुता और निर्ममता दोनों स्त्री के गहने हैं और दोनों एक साथ पहनना उसे प्रिय है। वह सृष्टि है। तुम अगर यह समझते हो स्वामी कि तुमने तुम्हारी प्रेमिका के सामने दो अधिवक्ताओं की चाल चली, तो तुम मूर्ख हो। वह दोनों पक्षों में पूर्ण है।

स्वामी, जब कोई स्त्री किसी कार्य को करने पर आती है तो पूर्णता से करती है। जन्म से ही उसका नाता पूर्णता से है। इसे विस्तार से समझना होगा, इसके बारे में फिर कभी बात करेंगे। लेकिन यह समझ लो कि इसलिए ही यहाँ आश्रम में सारा व्यवस्थापन स्त्रियाँ ही सँभालती हैं।

तुम याचक थे, निर्णय लेना उसका एकाधिकार था। समझने की नासमझी में मत पड़ो, उसके निर्णय का सम्मान करो। उसका निर्णय पूर्ण है। जिस प्रेम पर तुम अधिकारिता नहीं रखते थे, उसने पूर्णता से दिया। जब तुम उसके साथ थे अपनी छोटी-से-छोटी बातों के लिए उसका समर्पण याद करना। अब संबंध कुछ भी रखना है या नहीं, यह भी तय करना तुम्हारा काम नहीं है। तुम चाहो तो अपना आराध्य बदल सकते हो। किसी और देवी की उपासना कर सको तो कर लो। लेकिन जिस प्रेम को तुमने जाना है उसे कलुषित मत करना। जीवन पर्यंत उसे जीना और बग़ैर वापसी की आशा में पड़े, बाँटना। यही तुम्हारी पूर्णता है।"

(९)

मुझे आश्रम में महीना होने को आया। इतने दिनों तक रहूँगा, यह सोचा नहीं था। संसार से अलग संसार था बाउंड्री के अंदर। वैयक्तिकता का सम्मान हो या कर्तव्यनिष्ठ स्वतंत्रता। नक्सली आवाज़ों का पक्षधर साहित्य या राजाओं के सम्मान में भांडों द्वारा रचे गए अतिश्योक्तिपूर्ण गीत। वेदों के बारे में भी बात होती थी और भविष्य की कल्पना भी। दिमाग़ से सोचा भी जाता था और दिमाग़ को किनारे कर देने के लिए मेडिटेशन सेंटर भी। नैतिकता का चरम, स्त्री का सम्मान, नशे और बहुसंबंधों की स्वीकार्यता भी। राजनीतिक षड्यंत्र और सत्ता विहीन समाज की कल्पना। आस्तिकता और नास्तिकता का चरम। जिसे जानना हो कि प्रकृति ने कुछ भी असुंदर नहीं बनाया, उसे इस जगह का पता ज़रूर रखना चाहिए।

जीवन निर्भार होने की राह में था, आकुलताएँ पकड़ती थीं पर सारा दिन एक-सा नहीं होता था। काश इस बाउन्ड्री से बाहर निकलकर पैसे कमाने की फ़िक्र ना होती। ना यह सोचना होता कि जीवन इससे बाहर भी है; जिससे मैं निकल आया हूँ। प्रेम और परम स्वतंत्रता। गुरुजी, लक्ष्य और यूनी इन तीनों से मुझे बग़ैर स्वार्थ, बग़ैर पात्रता प्रेम मिला। एक ख़ूबसूरत हमउम्र लड़की को माँ कहना सीख लिया था मैंने। माँ होने का गौरव उसे तेज देता था। आश्रम के जो लोग अभी यहाँ नहीं हैं क्या वे भी इतने ही इंसान होंगे।

मैंने लक्ष्य से उसकी पिछली बातों के लिए ज़्यादा कुछ नहीं, पर यह ज़रूर पूछा कि उसके घर में कौन हैं और उसकी अमीर बनने की कहानी क्या है।

उसने बताया कि उसके पिता और चाचा एक साथ इम्पोर्ट-एक्सपोर्ट का व्यापार किया करते थे। उनकी एक रीटेल चेन भी थी, पर पिता ने चाचा को अपने नाम की बलिवेदी पर चढ़ा दिया। लक्ष्य को दोनों से उतनी ही मुहब्बत थी और

उसने बचपन से अंतर भी नहीं जाना था; बावजूद सास, जेठानी और देवरानी की कहानियों के। उसके पिता अपनी इस रीटेल चेन के लिए क़र्ज़ पर क़र्ज़ लेते गए। स्थिति कितनी भयावह हो रही है यह चाचा को पता नहीं चला क्योंकि उनका यह डिपार्टमेंट नहीं था। दिन-पर-दिन नाम की भूख बढ़ती गई और अख़बारों के विज्ञापनों में अपने नाम देखना और समाज के बकवास, नवधनाढ्यों के साथ या कुछ नामी लोगों द्वारा उन्हें सफल समझकर उनसे सलाह-मशवरा करने से उनकी भूख बढ़ती गई और उन्होंने पूरे परिवार को अपनी भौंडी महत्त्वाकांक्षा की आग में झुलसा डाला।

लक्ष्य हँस रहा था और बता रहा था कि वह सोने की चम्मच लेकर पैदा हुआ था। उसे इतना पता है कि बाद में बहुत तकलीफ़ों से सब सँभला और सँभालकर उसके चाचा ने अपनी अलग राह बना ली। जब कारोबार लक्ष्य के हाथों में आने लगा उस समय ही वह इसकी व्यर्थता जान चुका था। वह समझता था कि उसे जीवन भर के लिए जितना पैसा चाहिए, समझदारी से ख़र्च करे तो कम नहीं पड़ने वाला। बहुत तेज़ी से कमाने के गोरखधंधे में ना भी लगा जाए तब भी बहुत आराम से जीवन का आनंद लिया जा सकता है। उसने बताया कि वह विवाहित भी था। बाकायदा प्रेम विवाह किया और बमुश्किल उस चुड़ैल के षड्यंत्रों से निकल पाया।

उसके कुछ मकान और दुकाने हैं, जिनसे किराया आता रहता है। जितना आता है वह ही ज़्यादा है, बैंक बैलेंस बढ़ता जाता है। इससे ज़्यादा क्या काम करे और क्या कमाए। जीवन दुबारा पा लेने का उसका विश्वास नहीं। उसकी मौज मिट्टी की सुगंध और पौधों की रंगत से है। सुबह खिले हुए फूल देखना, देश-विदेश के पौधे और बीज इकट्ठा करना उसका शौक़ है। बडिंग से चमत्कार पैदा कर किस नई रंगत को जन्म दे सके, यह उसके लिए बच्चे पैदा करने से ज़्यादा सुखकर है।

जितना है उससे ज़्यादा होने से, यही होने वाला है कि ज़्यादा बड़ा घर बना ले। दूसरी शादी कर ले या बड़ी गाड़ी ले ले। बहुत लुटा ले तो दुनिया की सैर पर निकल जाए। नाम और पैसों की कुछ कमी उसे कभी रही नहीं, ना और की ज़रूरत महसूस होती। इतना सैर सपाटा कर लिया, जीवन भोग लिया। ज़्यादा पैसों की वहशत ख़त्म हो चुकी थी और ज़रूरतें छोटी।

(10)

"स्वामी, तुम यह समझते हो कि प्रेम स्थायी है ?"

"गुरुजी प्रेम तो स्थायी ही होता है, हमेशा यही सुना। मेरी भावनाएँ भी तो यही हैं।"

"स्वामी, तुम्हारी भावनाएँ पूरी तरह तुम्हारी हैं कहाँ, फ़िल्मों और कहानियों की जूठन हैं।"

"नहीं गुरुजी, मैं महसूस करता हूँ। तड़पता हूँ अब भी उसके लिए।"

"हा...हा...हा... स्वामी, आधारभूत बात समझो। हमने पहले बात की थी कि इंसान आज जैसा है, क्रमशः विकास से बना है। जैसे आज पशु-पक्षी हैं, वैसे ही हालत में हम रहे होंगे। जानवर से इंसान हो गए विकसित होते हुए। क्या तुम सोचते हो हमें विधाता के लिखे प्रेम की समझ उस समय से है ?"

"नहीं गुरुजी यह तो बिलकुल हो ही नहीं सकता।"

"यह हो सकता है कि मानसिक विकास ने हमारी जैविक क्रियाओं को प्रभावित और परिवर्तित किया हो। शरीर से हम जानवर थे और अब भी हैं, विकसित जानवर। मनुष्य और जानवर कहने से यह बोध होता है कि हम दो अलग चीज़ों के बारे में बात कर रहे हैं। अब यह सोचें कि प्रेम जैविक क्रिया है या मानसिक। तुम पाओगे कि प्रेम के मूल में तो जैविक क्रिया ही है, मानसिक तो हमने इसे अपनी विकास यात्रा के दौरान बना लिया है।"

"पर गुरुजी, इसका अर्थ क्या सिर्फ़ यह है कि प्रेम यौन ज़रूरतों की उत्पत्ति है ?"

"नहीं स्वामी, अब तुम्हारी मानसिक ज़रूरतें भी जुड़ गई हैं। प्रेमी-प्रेमिका के प्रेम संबंध स्वार्थ ही हैं। वास्तव में प्रेम का स्वभाव है मर जाना। परंतु विवाह जैसी संस्थाओं को बनाए रखने और सामाजिक संतुलन के दृष्टिकोण से प्रेम पर

उत्पन्न हो सकने और आजीवन होने का बोझ लाद दिया गया। हमारे फ़िल्मी गाने, रोमांस और कहानियों या परिकथाओं के राजकुमारों के माध्यम से यही बातें हमारे दिमाग़ में भर दी गई हैं। विवाह के लिए यह मार्ग उचित है कि तुम्हें सम्मोहित रखा जाए और विवाह को प्रेम के लिए अनिवार्य संस्था समझा जाए।

प्रेम केवल मानसिक तल पर चलता है तो उसे हम अधूरा कहते हैं। निश्चय ही शरीर के तल पर उसे आना होगा इसलिए कि उसकी उत्पत्ति का प्रमुख कारण भी शरीर ही है और प्रेम से जन्म लेने वाली पीढ़ियाँ ही नई होंगी। तुम्हें क्या लगता है, उन तोतों के जोड़े में प्रेम अमर है, जिनकी पेंटिंग बाज़ारों में बिकती है ?"

"गुरुजी, सुना तो हमेशा यही है कि सच्चा प्रेम कभी मरता नहीं।"

"हा...हा...हा... स्वामी तुम किसी फ़िल्म की बात कर रहे तो या जीवन की। तोतों के जोड़े में प्रेम है। जब तक प्रेम है तब तक साथ हैं, यह प्राकृतिक है।"

"पर गुरुजी, इस तरह तो समाज व्यभिचारी हो जाएगा।"

"व्यभिचार की परिभाषाएँ और मान्यताएँ भी तो हमने ही बनाई हैं स्वामी। जब मन चाहे, विकास यात्रा कह कर इनमें परिवर्तन भी करते आए हैं। इन पक्षियों में ईर्ष्या का कोई कारण ही नहीं है। स्वतंत्रता है उन्हें साथी बदल लेने की। हमारा जानवर भी मरा कहाँ है, कहाँ हमारे अमर प्रेम की कहानियों पर चलकर एक स्त्री या पुरुष बँध कर रहते हैं।" गुरुजी के मोबाइल पर कॉल आया, उन्होंने देखा और बग़ैर बात किए साइलेंट मोड पर कर दिया।

"हाँ! असामर्थ्यवान पुरुष, सामाजिक नैतिकता जिसका सहयोग करती है; नैतिकता और धार्मिक व्यवहार का चोला ओढ़कर ख़ुश हो लेता है। ढोल में पोल समझना कि छोटे से मज़ाक़ या चुटकुले करने के मौक़े पर जानवरपना सिर उठाकर हँसने लगता है। पत्नी पर बने चुटकुले हों या भाभी, साली पर; पुरुष की मूल प्रवृत्ति की ओर इशारा है। साली को आधी घरवाली कहने जैसे चुटकुले और शायरियाँ पुरुष की कुत्सित यौन मानसिकता ही है। मर्यादाओं का कफ़न चुराकर ख़ुद को ढाँकने वाले ही मर्यादाओं के हत्यारे हैं।

तुम्हारी नैतिकता कोई स्थायी चीज़ भी नहीं। हमने पहले भी बात की कि ताक़तवर तबक़े का निर्णय नैतिक होता है, नैतिकता और शक्ति का भाईचारा है। कभी कुछ ज़्यादा संख्या में मूर्खों और औसत दर्जे के लोगों के वोट से मान्यताएँ बदल जाती हैं। धन और वोट में भी याराना है, जो शक्ति पैदा करते हैं।

अपेक्षाओं से फला-फूला प्रेम मर चुका हो और लाश भी बदबूदार हो गई

हो, पर तुम उसे बेताल और ख़ुद को विक्रम समझकर लादे फिरते रहो। कृष्ण की तरह रसमय प्रेमी ढूँढना इस पृथ्वी पर मुश्किल है और राम की तरह पौरुष पति। हमारी लाख शिक्षाओं से भी हम स्त्री को सीता होने के लिए तैयार नहीं कर पाएँगे, वह राधा होकर ख़ुश है। स्वाभाविक भी यही है, सामाजिक जबरदस्ती सीता पैदा करती है।

अपेक्षाओं के प्रेम का यही स्वभाव है। उसने जन्म लिया, उसकी मृत्यु निश्चित है। टॉलस्टॉय ने कहा है- 'यह कहना कि आप किसी व्यक्ति को पूरा जीवन प्यार कर सकते हैं, यह कुछ ऐसा ही होगा, मानो कि एक मोमबत्ती तब तक जलती रहेगी, जब तक आप जीवित रहेंगे।' उन्होंने थोड़ा विराम लिया।

"दुबारा सोचना पड़ेगा गुरुजी। मुझे तो यही लगता था कि अपने प्रेम से मैं कभी निकल नहीं पाऊँगा।" मैंने समझने और स्वीकार करने की असफल कोशिश की कि मेरा प्रेम मर जाएगा।

"अरे! क्या कहते हो स्वामी, मैंने यह नहीं कहा। कहे हुए को हम अपनी मान्यताओं, समझ के चौखटे में ही समझ पाते हैं। हम वह नहीं सुन पाते जो कहा जा रहा है, बल्कि वह समझ लेते हैं जो समझना चाह रहे हैं। फिर भी वक्ता केवल यह प्रयास कर सकता है कि उसकी बातों को उन्हीं अर्थों में समझा जाए जिन अर्थों में कहा गया है।

मैंने तुम्हें पहले कहा है, प्रेम को जीवन-पर्यंत जीना। अब तुम्हें यह लग सकता है कि एक बार तो मैंने कहा जीवन-पर्यंत जीना और अब तुम्हें प्रेम की मृत्यु की शिक्षा दे दी। हा...हा...हा... स्वामी, जल्दबाज़ी मत करो। मैं तुम्हें द्वंद्व देना चाहता हूँ। मैंने तुम्हें कहा कि प्रेम जैविक क्रिया है, और मानसिक भी। जैविक इसलिए कि तुम्हें स्त्री की ज़रूरत होती है, लैंगिक प्रेम के लिए। जब तुम लिंग समझकर प्रेम करते हो तो निश्चित तौर पर यह जैविक क्रिया होनी चाहिए। लेकिन जब बात सिर्फ़ अपेक्षाओं की ना रह जाए, लैंगिक सुख की ना रह जाए; लैंगिक सुख से ज़्यादा महत्त्वपूर्ण मानसिक सुख हो जाए तब प्रेम के मूल में जीव विज्ञान के होते हुए भी वह दर्शन बन जाता है। फ्रॉयड की व्याख्याएँ, जीवन क्रियाओं को यौन मनोविज्ञान से जोड़ती हैं। हो सकता है हम समझ नहीं पाएँ, ना स्वीकार कर पाएँ कि सिगरेट पीने के सुख में भी कहीं-ना-कहीं स्तनपान का सुख छिपा है।

स्वामी, अपने प्रेम और प्रेममय स्वभाव को मरने मत दो। उसे जियो। उस

स्तर तक पहुँचो जहाँ तुम्हें जड़, चेतन सब से प्रेम हो सके। अपने आप में संपूर्ण प्रेम जैसी कोई अवधारणा अस्तित्व नहीं रखती। हम विभिन्न लोगों के साथ प्रेम की विविध अवस्थाओं को जीते हैं। पुरुष, स्त्री या नदी, पहाड़ और झरनों, पेड़ों को भी तुम उसी आनंद से गले लगा सको, जैसे अपनी प्रेमिका को लगाया हो। तुम्हें अंतर क्यों दिखता है, तुम्हारे प्रेम का पात्र पुरुष है या स्त्री। बूढ़ी स्त्री से प्रेम क्यों नहीं होता तुम्हें? इसका अर्थ तो यह समझा जा सकता है कि प्रेममय मानसिक दशा भी सोच-समझ की परिणीति है, शारीरिक स्थिति के पैमाने यह तय करते हैं कि हमारे प्रेम का पात्र कौन हो। मैं कहता हूँ स्वामी, तुम केवल प्रेममय क्यों नहीं हो सकते? प्रेम तुम्हारा सहज स्वभाव क्यों नहीं हो सकता? प्रेम की इतनी संकुचित व्याख्या क्यों करते हो कि वह किसी एक पर आकर ख़त्म हो गया। यह प्रेम नहीं स्वामी अपेक्षाएँ हैं।

'सच्चा प्रेम' कहने से यह आरोपण अपने आप आ जाता है कि प्रेम झूठा भी हो सकता है। जो झूठ है, वह कुछ और तो हो सकता है, प्रेम नहीं। हम स्वीकार कहाँ करते हैं प्रेम की स्वतंत्रता। केवल किसी वस्तु के स्वामित्व का सुख चाहते हैं।" गुरुजी और मैं जब से उनकी बालकनी में बैठे थे, पहली बार वे सिगरेट जलाने के लिए रुके। उनके गहरे कश से लगा, वे शाम की बरसाती हवाओं को भी सिगरेट के साथ अपने अंदर समा लेना चाहते हों। उनके चेहरे पर पता नहीं किस बात से मुस्कुराहट-सी आई और चली भी गई। इस तरह की मुस्कुराती अठखेलियाँ उनके स्वभाव का ज़रूरी हिस्सा थीं।

"गुरुजी, क्या मैं उसका मालिक बनना चाहता था?"

"हा...हा...हा... सोचा जा सकता है स्वामी। जब वह तुम्हारे साथ थी, उसने तुम्हारे पौरुष अहंकार की तृप्ति की, तब तक दोनों ओर से प्रेम निर्बाध बहता रहा। सीधी बातें करो स्वामी; तुम अब भी प्रेम में हो, तुम्हें उससे प्रेम करने के लिए उसकी ज़रूरत भी नहीं होनी चाहिए। साथ रहते तो क्या तुम निश्चयपूर्वक कह सकते हो कि कभी अलग नहीं होते? तुम्हारे अलग होने का समय ठीक था। प्रेम की पोस्टमार्टम की हुई क्षत-विक्षत लाश और उसकी बदबू झेलने से पहले तुम ख़ुशबू बिखेरते हुए अलग हुए। अलग होना भी शारीरिक तल पर ही है। तुम जिसे टूटना और प्रेम या विरह पीड़ा कहते हो वह हृदय तल पर प्रेम के ज़िंदा होने का प्रमाण है। विरह की पीड़ा मंगलकारी है। शारीरिक तल पर प्रेम का मरना तय ही है, तो हृदय तल पर प्रेम के विस्तार में क्या रुकावट है? आशाओं से निकली

प्रेम की राह में तुम्हें मन की विपत्तियों से ज़्यादा गुज़रना पड़ेगा, क्योंकि यह राह किसी व्यक्ति से होकर आ रही है। प्रेम का विस्तार व्यक्ति से आगे बढ़कर सृष्टि में बहता है तब पूर्णता की ओर कहा जा सकता है।

शरीर विज्ञानियों के अनुसार तो दिल का टूटना केवल काल्पनिक बात है; हाँ उन्होंने यह ज़रूर पाया है कि शारीरिक दर्द में दिमाग़ का जो हिस्सा एक्टिव होता है, वही हिस्सा भावनात्मक चोट में भी। चलो मान लिया तुम्हारे मन में एक छवि है, जिसे तुम हटा नहीं सकते। किसी दूसरे इंसान से प्रेम, तुलनात्मक भावनाओं को आमंत्रण है तो किसी पेड़, पत्थर या नदी से प्रेम कर लो। करो अपने मन की बात उनसे, तुम्हें उनसे भी प्रेम हो जाएगा। किसी जानवर को प्रेम देकर देख लो। हर इंसान अद्वितीय है। तुम विश्व में कोई भी दो पत्तियाँ या गधे बिलकुल एक समान नहीं ढूँढ पाओगे, वैसे ही कोई दो इंसानों का एक जैसा होना असंभव है। फ़ोटोकॉपी मशीन तुम्हारा अविष्कार है, परम कलाकार के पास स्वयं को दुहराने की कोई सुविधा नहीं है। तुम्हारी नासमझी है, किसी को हर जगह ढूँढने में। तुम अद्वितीय हो, प्रकृति की अनमोल कृतियों में एकरूपता देखने की चाह छोड़ दो।"

मुझे अपराधबोध भी हुआ, "गुरुजी, मन तो निकलना ही नहीं चाहता, अपने सुख से। विरह भी यादों के भरोसे सुख ढूँढता है। समय वापस लौट जाना चाहता है। उसकी कही हुई हर एक बात का नया अर्थ समझना चाहता है, और यह भी कि क्या सब बातें अर्थहीन थीं?"

"स्वामी, समझो मत। वह बहती धारा है। कभी किसी मन:स्थिति में, कभी किसी। परिवर्तनशील लहरें। जब कोई लहर तुम से टकराए, उसकी चोटों का आनंद लो और शीतलता का भी। तुम उससे केवल प्रेम कर सकते हो। स्त्री तुम्हारी तरह किसी एक पथ या भावना से नहीं चलती कि तुम उसे समझ सको। प्रेम विस्तारित करो। आँखें दो शरीर को, मास्तिष्क को समझ दो कि विश्व की हर चीज़ में सौंदर्य ढूँढ ले।"

कहते हुए उन्होंने पानी की बॉटल उठाई, और पीना भूलकर वापस रख दी। सिगरेट सुलगाई और डिब्बी मेरी ओर सरकाते हुए आगे कहा, "हम भिखारी पैदा होते हैं और पूरी ज़िंदगी लेते ही रहना चाहते हैं। हमारे जन्म से भी पहले गर्भ से ही हममें लेने की प्रवृत्ति जन्म ले लेती है। जैसे हम आगे बढ़तें हैं अपने भिखारीपने को दृढ़ करते जाते हैं। मर्यादाएँ और नौटंकियाँ समाज से ले ली, धर्म और जाति परिवार से ले ली। हमारी प्रार्थनाएँ और पूजा-पाठ भी भीख की

गुहारें हैं। रिश्वत चढ़ाकर काम निकालने की मानसिकता हम यहीं से ले लेते हैं। भिखमंगी की लत बढ़ती है और हम प्रेम की भी भीख माँगने लगते हैं। प्रेम की भिखमंगी मज़ेदार इसलिए होती है कि इसमें किसी दूसरे भिखारी से माँगना होता है। कोई कहाँ से तुम्हें वह दे पाएगा जो उसके पास है नहीं, अपेक्षाएँ हैं सबके पास; इनके देन-लेन के खेल को हम प्रेम समझ बैठते हैं। प्रकृति से भी हम ले लेने की ही भावनाएँ रखते हैं। लेने की भावनाएँ तो जन्मजात हैं स्वामी, देना सीखने की यात्रा मनुष्यता है।

प्रकृति को प्रेम करके देखो, वह तुम्हें ज़्यादा लौटाने पर आ जाएगी, पर यह लालच हो कि वापस चाहिए या कुछ चाहिए तो यह रास्ता तुम्हारे लिए है ही नहीं। लेन-देन के धंधों से बाहर आकर बग़ैर वापसी और आशा के प्रेम कर सको तो जड़-चेतन सबसे करो। लेने की भावनाएँ जहाँ है, प्रेम वहाँ नदारत है। प्रेम केवल देना जानता है। तुम आश्चर्य चकित होओगे कि दिमाग़ी परेशानियों के साथ शारीरिक दर्द भी कम होता जाता है यदि तुम उसके साथ समय बिता रहे होते हो जिससे प्रेम करते हो।

संसार में सबसे अधिक ख़ुशी देने वाला तत्व प्रेम है। बग़ैर प्रेम मनुष्यता की कल्पना बेकार है और ऐसे जीवन का मूल्य शून्य से भी कम है जिसमें प्रेम ना बह सके। स्वामित्व के प्रेम का मार्ग सरल लगता है, हमारा छोटापन हमें बताता है कि इस स्त्री से प्रेम करो क्योंकि यह तुम्हारी है, इस कार से प्रेम करो क्योंकि तुम इसके मालिक हो। वस्तुतः कुछ पा लेने का भाव स्वामित्व की जननी है। जो तुम्हारा नहीं, उसे प्रेम दो। अपनी प्रेमिका को जो देना चाहो स्वयं को दो। किसी झरने या फूल पर मुग्ध होने या प्रेम करने के लिए तुम्हें लैंड रिकॉर्ड अपने नाम कराना नहीं होता। पक्षियों को अपने पिंजरों में बंद कर तुम उनसे प्रेम नहीं करते, प्रेम के नाम पर अपराध करते हो।"

(11)

आश्रम में और लोग आने लगे थे। कुछ वहीं के रहने वाले थे और कुछ इस जगह से अच्छी तरह परिचित। गुरुजी के मकान में रहने वाली चार और लड़कियाँ भी आ गई थीं। सबके काम बँटे हुए थे, व्यवस्थापन इनके ही हाथों में था। इन चार में एक और विदेशी थी, केमिका। फुकेट के पास किसी गाँव की। तीन भारतीयों में एक अनुश्री कोलकाता के पास की, दूसरी नेत्री दिल्ली से और तीसरी प्रिया जयपुर से। यूनी को मिलाकर पाँच लोग ही गुरुजी वाली बिल्डिंग में, नीचे रिसेप्शन के साथ लगे कमरों में रहा करते थे। मैंने कभी उनको आपस में उलझते या शिकायत करते नहीं देखा। जैसी यूनी थी वैसी ही यह चारों भी प्रेमपूर्ण थीं। गुरुजी शायद दुनिया से अलग एक दुनिया बसाना चाहते थे, जहाँ सबके ईश्वर अलग हों और अपनी मर्यादाएँ ख़ुद तय करने की मर्यादा हो।

आश्रम में सुबह-शाम नियमित ध्यान होने लगा। मेडिटेशन सेंटर की ओर से कभी अचानक तेज़ आवाज़ें और संगीत गूँजने लगता, तो कभी शांति छा जाती। इच्छा हुई कि मेडिटेशन सीखूँ, लेकिन झिझक जा नहीं पाई थी। यूनी से तो काफ़ी हद तक दोस्ताना हो चुका था। मैंने सोचा, इन चारों को भी समझना मेरे लिए अच्छा होगा।

रात खाने के समय कैंटीन में अपनी थाली लगाकर पत्थर की टेबल पर रखी और प्लास्टिक की लाल कुर्सी व्यवस्थित करने लगा तब देखा, पास की टेबल पर अनुश्री भी खाना खाने की तैयारी में थी। मैंने अपनी थाली उठाई और उसके पास गया।

"हाय, मैं यहाँ बैठ जाऊँ?"

"हाँ, बिलकुल। बैठिए।" उसने मुस्कुराते हुए कहा।

उसका पूरा ध्यान खाने पर ही था। बहुत धीरे और शिष्टता से बग़ैर थोड़ी

भी आवाज़ किए वह खाने में व्यस्त थी। मैं वहाँ हूँ या नहीं, इससे उसे कुछ भी फ़र्क़ पड़ रहा था, यह लगा नहीं। पत्थरों के टेबल और मुझमें कोई फ़र्क़ नहीं था। थोड़ी ही देर बाद मुझे यह लगने लगा कि जब इतनी शांति से और अकेले खाना था, तो इस टेबल पर आने की ज़रूरत ही क्या थी।

मुझे समझना चाहिए था कि बांत की शुरुआत मुझे कर देनी थी और तुरंत कर देनी थी।

मैंने पूछा, "आप कहाँ से हैं?"

"आपने जगह पूछी, मतलब नाम से परिचित हैं आप।" उसने मुस्कुराते हुए कहा और टमाटर खाने लगी। उसकी प्लेट में खाने से ज़्यादा सलाद भरा हुआ था। अनुश्री, यूनी और बाक़ी की तीनों लड़कियाँ भी हमउम्र ही थीं। ख़ुशी का तेज भी बराबरी सें बिखरता था सबके चेहरों पर। अनुश्री साँवली और ख़ूबसूरत थी। आँखें काजल से सजाकर रखना उसे पसंद था।

मैंने कहा, "हाँ, अनुश्री, वह तो पता है।"

"मैं तो यहीं से हूँ स्वामीजी।" शायद वह मुझे बताना चाहती थी कि वह भी मुझे जानती है। उसने अपना मुँह ख़ाली किया और कहा, "अगर आप ये जानना चाहते हैं कि, मैं कहाँ रहा करती थी, तो कोलकाता समझ लीजिए।"

'बंगाली मिठाई' मन में आया और मुस्कुराहट चेहरे पर। बंगाल से आने वाले ज़्यादातर लोग ख़ुद की जगह कोलकाता ही बता देते हैं कि कौन इतनी माथा-पच्ची करे, सही शहर और लोकेशन समझाए। और बातें करने की कोशिश में मैंने ग़लत प्रश्न पूछ लिया, "ऑफ़िस में रवींद्रनाथ की लाइनें आपने लगाई हैं?"

"क्यों, रवींद्रनाथ बंगालियों की बपौती हैं?"

मुझे यह नहीं पूछना चाहिए था; पर उसने जैसा समझा वैसा तो कुछ सोचा भी नहीं था। अनुश्री की आवाज़ में बंगला का पुट थोड़ा भी नहीं था। क्या पता सिर्फ़ कोलकाता की रहने वाली हो, पर बंगाली नहीं।

मैंने कहा, "नहीं-नहीं... मेरे कहने का यह मतलब नहीं। बंगला में भी लिखी हुई थी, तो मैंने सोचा शायद आपने कटिंग लगाई हो।"

"मुझे बंगला सिर्फ़ समझ आती है। ना ठीक से बोलना, ना पढ़ना।"

शायद वह कोलकाता में ना रही हो बचपन से। बात क्या करूँ समझना मुश्किल हो रहा था, उसके उत्तर पूर्ण विराम लिए हुए थे। उसे मुझसे बात करने

में कोई ख़ास रुचि नहीं थी। वह अपनी प्लेट पर लगा खाना व्यवस्थित करने और खाने में ही व्यस्त और मस्त थी। लक्ष्य की भी बात याद आई, अपने काम से काम रखना यहाँ अच्छा है। अपनी जिज्ञासाएँ ख़ुद तक रखो, दूसरों की स्वतंत्रता में बाधक ना बनो। यहाँ हर किसी को उसकी तरह होने की सुविधा है।

"स्वामीजी, आप कुछ और दिन हैं यहाँ?"

"हाँ माँ।" माँ कहना मुझे याद आया।

"ओके, एक अगस्त से मॉनसून उत्सव है, कल फ़्री हैं तो दस बजे ऑफ़िस आइए, डिटेल्स देती हूँ।"

"जी माँ।"

अनुश्री ने खाने के बाद प्लेट वापस रखकर आते हुए इतना ही कहा और कैंटीन से बाहर चली गई।

(12)

"स्वामीजी, एक से दस अगस्त तक मॉनसून उत्सव है। बीस लोगों का कन्फ़र्मेशन आ चुका है। मे बी तीस से चालीस हो जाएँ। तैयारियाँ करनी हैं।" अनुश्री ने बेसिक डिटेल्स देते हुए कहा, "अगर आप तब तक हैं और पार्टिसिपेट करना चाहें या ऑर्गनाइजर ग्रुप में होना चाहें तो बता दीजिए।" कहते हुए अनुश्री ने मुझे एक फ़ाइल पकड़ा दी, जिसमें मॉनसून उत्सव का ख़ाका था। टाइमिंग, फ़ी, रूल्स और रेगुलेशन। फ़ाइल कवर पर एक लड़की की पेंटिंग थी जो रंगों से रंगी हुई थी और बाँहें खोले बारिश में भीग रही थी।

आश्रम से जुड़ने का सुनहरा मौक़ा लगा मुझे यह, "हाँ माँ। मैं हूँ तब तक तो जो कुछ ज़िम्मेदारी मिल सके, मैं लेना चाहता हूँ।"

"ओके, स्वामीजी। आपको कन्स्ट्रक्शन का कुछ नॉलेज है?" शायद उसने पहले ही सोच रखा था कि मेरे हाँ कहने पर उसे मुझसे क्या काम लेना है।

"क्या कन्स्ट्रक्शन?"

"ज़्यादा कुछ नहीं, एक प्लेटफ़ॉर्म बनवाना है। डांसिंग फ़्लोर, पचास बाई पचास का।"

"हाँ माँ, इतना तो मज़े से कर लूँगा।"

"ओके डन। माँ केमी से मिल लेना आप; मैं उनको मैसेज कर देती हूँ कि इस काम में आप उनकी हेल्प करेंगे।"

"ओके माँ।"

कम और काम की बातें कहना ही इस साँवली सलोनी बंगालन का स्वभाव है, यह मैं समझ चुका था। उसने केमी को मैसेज करने के लिए फ़ोन उठाया, तभी केमी ने रिसेप्शन में प्रवेश किया। लगता था अभी नहाकर आई थी। बिखरे हुए गीले बाल, ज़्यादा गोरा रंग, साढ़े पाँच फ़िट की ऊँचाई, मरून गाउन। बला

की ख़ूबसूरत। थाईलैंड से थी, पर नाक चपटी नहीं दिख रही थी। आँखें हटाने का मन तो कहाँ था, पर अपनी बिसात याद रखनी थी।

अनुश्री ने ख़ुश होते हुए कहा, "वॉव, सुपर्ब। तुम्हीं को मैसेज कर रही थी। इनसे मिलो, ये हैं स्वामीजी। देख लो, मेरे ख़याल से ये तुम्हारी हेल्प कर पाएँगे।"

'ग्रेट' कहते हुए वह अनुश्री के बग़ल और मेरे सामने आकर बैठ गई। गीले बालों से खेल रही थी या ठीक कर रही थी पता नहीं। उसने ड्रॉवर खोला, कुछ पेपर्स निकाले जिनमें डांसिंग फ़्लोर की ड्रॉइंग थी। तब तक अनुश्री अपने पेपर्स फ़ाइल में लगाकर अपने ड्रॉवर में रखकर जा चुकी थी।

केमी ने एक पेपर मेरी तरफ़ बढ़ा दिया, "स्वामीजी, ये बनवाना है। मटेरियल और लेबर लक्ष्य से मिलकर अरेंज कर लीजिए।"

मैंने देखा, सामान्य-सा प्लेटफ़ॉर्म था। जैसे किसी मंत्री के आने पर मैदान में बना दिया जाता है।

"माँ, यह तो सिंपल प्लेटफ़ॉर्म है, ईज़ी करा लूँगा। क्या इसका आउटर डिज़ाइन मैं अपने अकॉर्डिंग करा लूँ?" अब मुझे इस परिवेश में इस बला की ख़ूबसूरत सुंदरी को भी माँ कहने में कोई आपत्ति नहीं थी।

"नहीं स्वामीजी, वो मैंने ड्रॉ किया हुआ है। आप प्लास्टर करा देना, बाक़ी का आप और मैं मिलकर कर लेंगे।"

"ओके माँ।"

उसने मुझे लोकेशन ड्रॉइंग दिखाई। स्वीमिंग पुल से आगे, कैंटीन जो आधा पुल के किनारे और आधा इनडोर था; उसके बाद गुलमोहर के पेड़ों से घिरी लगभग़ प्लेटफ़ॉर्म के आकार की ही ख़ाली जगह। केमी ने चेतावनी दी, "स्वामीजी, आप ये काम ठीक से नहीं करा पाए तो चलेगा, पर याद रखिएगा किसी पेड़ को कोई नुक़सान नहीं होना चाहिए। प्लेटफ़ॉर्म तक पहुँचने के लिए पगडंडी जैसा रास्ता होगा, जो इन पेड़ों के बीच से होकर निकलेगा। यहाँ तक पहुँचने के लिए कैटिंन के बग़ल से कनेक्टिविटी देना है।"

फिर उसने एक पेंटिंग निकाली, "और ये है स्वामीजी मेरा डिज़ाइन, थाई ख़ुशबू आ रही है इसमें से।" उसने ख़ुश होते हुए कहा।

मैंने देखा कमल का फूल पकड़ा हुआ एक हाथ। बाक़ी जगह पर महीन आभूषणों का-सा डिज़ाइन था। चीन का ड्रैगन भी एक कोने में था।

"माँ, इसे बनाएगा कौन?" मुझे कठिन लगा डिज़ाइन।

केमी ने ज़्यादा ख़ुश होते हुए कहा, "मैं हूँ न। आप बस प्लास्टर करा देना। यह पेंटिंग प्लेटफ़ॉर्म के निचले हिस्सों की बॉर्डर बनेगी और बॉर्डर के बाद जो जगह बचेगी उसमें एलिफ़ेंट और बुद्धा। समझ आया आपको?"

केमी ने ज़रूर यह प्लेटफ़ॉर्म सपने में देखा होगा। हर रंग के लिए भी उसके पास पहले से योजना थी। यह तो मुझे पता ही था कि लड़कियों में कलर सेंस लड़कों से बहुत ज़्यादा होता है। हमारी आँखें दो-चार लाइट डार्क रेड देख सकती हैं और उनकी आँखों को पता नहीं रेड के कितने शेड्स के नाम याद होंगे। मैंने समझ लिया कि मुझे सिर्फ़ केमी की हेल्प करनी है, अपनी मर्ज़ी से इंच भर भी कुछ इधर-उधर नहीं करना है। केमी बेसब्री से इंतज़ार कर रही थी कि कितनी जल्दी उसे बेसिक स्ट्रक्चर बनकर मिल जाए।

बच्चे की आँखों की चमक, जब वह बाज़ार निकला हो और आइसक्रीम वाला बग़ल में खड़ा हो जाए, "स्वामीजी, मैंने ब्रश और कलर्स रेडी कर लिए हैं, कब आऊँ इस जगह पर?"

"बहुत जल्द माँ। मैं कल से ही स्टार्ट कर देता हूँ, सब अरेंजमेंट।"

"कल से क्यों स्वामीजी, अभी और आज में क्या ख़राबी है?" आतुरता आकर्षण बढ़ा देती है।

"ओके माँ, मेरा एक दोस्त सिविल इंजीनियर है। उससे सब समझ लेता हूँ और लक्ष्य से ऑर्डर करा देता हूँ।" मेरी मुस्कान पूर्णता पर थी, और केमी ने वैसा ही उत्तर अँगूठा दिखाते हुए दिया, "डन!"

(13)

"स्वामी, स्वार्थ का अर्थ, अनर्थ में परिवर्तित हो गया है।"

"मैं समझा नहीं गुरुजी, स्वार्थी तो हर दृष्टिकोण से बुरा है।"

"तुमने ध्यान नहीं दिया; अनर्थ में परिवर्तित हो गया है। 'स्व' का अर्थ ढूँढने को स्वार्थी कहो, तब कौन से भाषा विज्ञान की अड़चन आती है? स्वार्थी हो जाओ स्वामी, पूर्ण स्वार्थी। स्वयं का अर्थ ढूँढो, मिलने की आशा किए बग़ैर। सबसे बड़ा स्वार्थ है आनंद में होना, उत्सव में जीना। जो ख़ुद का नहीं, वह किसी और का कैसे हो सकेगा?"

इन संवादों ने मेरी सहायता की कि मैं मॉनसून उत्सव में डूब सकूँ। शानदार डीजे और शरीर को थिरकन देने वाले कंपन का नशा चढ़ता है। पसीने से नहा जाने तक शायद ही मैंने कभी नाचा हो। वैसे तो नाचने के क़िस्से ही जीवन में यदा-कदा के हैं। नृत्य और संगीत भी स्वार्थ है। स्व का अर्थ।

जिन्होंने पेड़ों की छाँव केवल दिन में देखी है, उनकी दुनिया अधूरी है अब तक। चाँदनी रात में पेड़ों की छाँव, हल्के बादलों की आवाजाही से खेलता चाँद और हमारा डांसिंग प्लेटफ़ॉर्म। हसीन साथी डांस फ़्लोर पर, ख़ूबसूरती बिखरते हुए। चाँदनी रात की रौशनी सिर उठाकर देख सको, सिर्फ़ इतनी अँधेरी-सी रौशनी गुलमोहर के पेड़ों पर लगे रंग-बिरंगे बल्बों से आती थी।

बाहों में जैसे मेरा प्यार था और बेझिझक हँसता हुआ चेहरा, जो अब सपनों का नियमित हिस्सा बन चुका था। ना इस बात की परवाह थी कि कौन-सी धुन पर कैसे हाथ-पैर हिलाने हैं, ना कोई स्टेप्स की फ़िक्र। 'मॉनसून रंगरेज़ उत्सव' इसके नाम को सार्थकता देता था। परम रंगरेज़ ने ख़ूबसूरती के रंगों से सबको नहला दिया था।

बारिश ने बेवफ़ाई की तो केमी ने आर्टिफ़िशियल बारिश की तैयारी कब कर

ली, मुझे पता नहीं। बारिश और रंगों के साथ 'चलाओ ना नैनों से बाण रे... जान ले लो ना जान रे... कहीं निकल ना जाए हमरी बॉडी से प्रान रे...' और अमिताभ का 'आज रपट जाएँ... तो हमें ना उठइयो...' पर एक घंटे शानदार मस्ती के साथ इन दो गानों पर ही नाचते रहे। इतनी मस्ती शराब के बग़ैर भी हो सकती है, यह मैंने जाना। यहाँ रहने वाले सभी लोग मरून गाउन पहने ही दिखते थे, अब मैं भी मरून गाउन ही डाल लिया करता था। केमी के साथ डांस करते हुए लगा, इसने इसकी भी प्रैक्टिस ज़रूर की होगी।

पानी पीने की नियत से मैं प्लेटफ़ॉर्म से नीचे उतरा। केमी पीछे ही आई। इसका पता मुझे तब चला, जब उसने मेरे कानों में कहा, "स्वामीजी, आ जाओ किचन में, टकीला रेडी है।" उसकी हँसी और टकीला का ऑफ़र। बारिश, उसकी यादें, और भुलाने को केमी। अंधा क्या चाहे। फटाफट केमी के पीछे हो लिया।

किचन में पहुँचते ही उसने कुक से कहा, "सब ओके ?"

"हाँ, माँ।" कहते हुए उसने एक सूटकेस निकाला और केमी को दे दिया। यह सूटकेस एक ऑर्गनाइज़र था। ऊपर की तरफ़ लेदर की स्ट्रिप से लगे दो टकीला ग्लास, बॉटल, ओपनर, नापने के लिए स्टील का पैमाना, बर्फ़ उठाने के लिए चिमटी, चार व्हिस्की ग्लॉस और बॉटल रखने के लिए नीचे की ओर खाँचे बने हुए थे। केमी ने आतुरता से दोनों टकीला ग्लास निकाले। तब तक कुक ने नींबू और नमक लाकर रख दिया। हम दोनों किचन में ही, एक प्लेटफ़ॉर्म के पास खड़े थे।

"चियर्स स्वामीजी!" कहते हुए उसने अपना शॉट उठाया और गटक लिया। नीबू में नमक लगाकर उसने पहले ही रख लिया था, जिसे अपने मुँह में निचोड़ा।

"अरे आपने लिया नहीं।" कहते हुए उसने अपना दूसरा शॉट तैयार किया, तब तक मैं अपने एक शॉट का आधा ही पी पाया था।

उसने फटाफट दूसरा शॉट मारा, नींबू मुँह में निचोड़ने लगी और कहा, "चलें ?"

जैसे उसे कुछ मतलब नहीं था, मैं पी रहा या नहीं या मेरी क्या स्पीड है।

"अरे सॉरी, आप लेंगे और ?"

"नहीं माँ।" कहते हुए मैंने अपना शॉट ख़त्म किया।

सूटकेस खुली छोड़ जाते हुए, उसने कुक से कहा, "जम्मन, मेरा सामान

रख देना।"

"जी माँ।" कुक ने कहा।

हम वापस डांस फ़्लोर पर। केमी तो मस्त थी ही। खुले बालों को घुमा-घुमाकर इस तरह उत्पात मचाया कि इस शरीर में देवी भी आने वाली हो तो डर जाए। एक शॉट में ख़ुद को अधूरा महसूस करता मैं प्लेटफ़ॉर्म से उतरकर एक किनारे गुलमोहर पर लग कर खड़ा हो गया और सिगरेट जला ली।

मैंने गिनती की। बाहर से आए बीस-बाईस लोग। सात और लड़कियाँ थीं, आश्रम की इन पाँच माँओं के अलावा। इन पाँचों की ट्यूनिंग ज़बरदस्त थी। एक-दूसरे से इस तरह गले लगतीं कि कई बार लगता यह लोग लेस्बियन तो नहीं हैं। रहती भी अगल-बग़ल ही हैं। रंगों और डीजे का नशा। लोगों के बढ़ने से आज ज़्यादा रौनक़ थी आश्रम में, गुरुजी कहाँ थे इस समय, यह मुझे पता नहीं।

मैं ख़ुश था। आश्रम मेरा अपना हो गया था। मन में यूँ ही ख़याल आया, केमी ने मुझे क्यों बुलाया। अकेले भी तो जा सकती थी या अपनी इन किसी साथी के साथ। क्या उसे मैं अच्छा लगा। इंडियन लड़कियों के नखरे अलग ही होते हैं, बात भी ठीक से करने में उनका पता नहीं क्या जाता है। जितनी ख़ूबसूरत उतना एटिट्यूट। पता नहीं क्या सोचना चाह रहा था मन।

तभी लक्ष्य आया, भीगा और रंगा हुआ। उसके मरून गाउन पर रंग ज़्यादा नहीं चढ़े थे। कान में कहा, "स्वामीजी, सिगरेट मुझे भी दीजिए।" मैंने उसकी तरफ़ सिगरेट बढ़ा दी।

"ये भीगी नहीं?" उसने चिल्लाते हुए पूछा। कोई पॉलिथीन या पैकेट की तैयारी नहीं थी, जिसमें सिगरेट रखी जा सके।

"इस पेड़ के नीचे ही इसे छिपा दिया था।" मैं अपनी समझदारी पर ख़ुश हुआ और गुलमोहर के नीचे तनों से बनी छोटी-सी पॉकेट दिखाई, जो प्रकृति ने मेरी इस दिन की होशियारी के लिए रची होगी।

किसी और को नाचते या गाते देखकर हमारा मस्तिष्क 'मिरर न्यूरॉन्स' बनाता है, और हमारा शरीर उससे संबंध महसूस करने लगता है; गानों के साथ गुनगुनाना और लक्ष्य के पैरों की थिरकन यही बता रही थी। तेज़ संगीत की मस्ती शरीर में घुसती जाती थी। सिगरेट ख़त्म होते ही उसने पूछा, "कुछ नया ट्राई करना है?"

"क्या नया?" चौंका कि चरस वग़ैरह के लिए तो नहीं बोल रहा।

"महुआ।"

"यह क्या है ?"

"आपको यहाँ और रुकना है ?"

"नहीं, ऐसा कुछ नहीं है।"

"तो चलिए।" कहते हुऐ उसने मेरे कंधों पर हाथ रखा और मुझे अपने कमरे की तरफ़ ले चला।

उसका कमरा मेरे कमरे की फ़ोटोकॉपी था। उसने मुझे बालकनी में बैठने कहा और वह जल्दी-जल्दी पानी की बॉटल, सोड़ा, ग्लास और नमक ले आया। मैंने कहा "तुम्हारी शराब कहाँ है ?"

उसने पानी की थोड़ी पिचकी हुई एक बॉटल उठाई और कहा, "ये तो रही"

"ओके!" वोदका की तरह यह भी बिलकुल पानी की तरह ही दिख रही थी।

उसने ग्लास में साठ-साठ एम.एल. के लगभग ही महुआ डाली और आधा सोडा, आधा पानी मिलाया। मुझसे उसने पूछा नहीं कि मैं कैसे पीना पसंद करूँगा, उसे पता था यह मेरे लिए नई ड्रिंक है। इसे पीने का तरीक़ा वह ज़्यादा बेहतर बता सकता है।

"चियर्स!" संतरे का स्वाद और गंध आई।

उसने कहा, "स्वामीजी, मेरे ख़याल से यह इकलौती शराब है जो फूलों से बनती है। महुआ यहाँ घर-घर में बनती है। कुछ लोग ज़्यादा नशे के लिए इसमें यूरिया वगैरह भी मिला देते हैं, मैं अलग से बनवाता हूँ। संतरे के छिलके और सौंफ देकर। इसलिए इसमें आपको संतरे का फ्लेवर आ रहा होगा।"

"हाँ लक्ष्य, पर यह तो ज़्यादा नुक़सानदायक होती होगी।"

"नहीं स्वामीजी, मैंने तो आज तक किसी का लीवर इससे ख़राब होते नहीं देखा। देशी के नाम पर जो ज़हर फैक्ट्री में बनता है उससे ही लोग मरते हैं। और अपन कौन-सा रोज़ और बहुत-बहुत पी रहे हैं।" उसने हँसते हुए कहा। लक्ष्य ने अपना कमरा मुझसे ज़्यादा साफ़ और सभ्य इंसानों की तरह रखा था। हर सामान यथा स्थान। कोई एक कपड़ा भी कहीं फैला नहीं दिख रहा था, जैसे अभी कमरा समेट कर गया हो। मैं देख रहा था एक करोड़पति, जो टॉमी की टी-शर्ट पहनकर ट्रैक्टर चलाता है और नोट पैड लिए गुरुजी के पीछे सेक्रेटरी की तरह चलता है। हरएक काम इस ज़िम्मेदारी से करता है, जैसे उसका ही काम है। उसे सिर्फ़ यह

पता होना चाहिए कि कोई काम किया जाना है, वह अपना सर्वस्व लगा देता है।

"लक्ष्य, क्या तुमको भी यहाँ रहने के पैसे देने होते हैं?" उसने मुझे पहले ही मना किया था कि ख़ुद से मतलब रखना। पर आदत से मजबूर, थोड़ी बहुत जान पहचान के लिए भी हम भारतीयों का परम कर्तव्य बनता है कि वैयक्तिकता की सीमा लाँघ जाएँ।

"हा...हा...हा... ये जान के आपको क्या फ़ायदा होने वाला है?"

"बस, यूँ ही मन में आया।" मेरी झिझक वह समझ गया था।

"हाँ स्वामीजी। पाँच-सात महीने यहाँ रहने के बाद जब मैं यहीं का हो गया तो गुरुजी ने मना किया था माँ प्रिया को, कि मुझसे कोई पैसे ना ले। पर मैं करूँ क्या पैसों का? कुछ तो दूँ, इससे मुझे यह भी नहीं लगेगा कि मैं यहाँ की किसी फैसिलिटी का फ़ायदा उठा रहा हूँ।"

"पर तुम सारा काम भी तो करते हो, तुम्हें तो सैलरी मिलनी चाहिए।"

"क्या स्वामीजी आप भी! मैं करूँगा क्या पैसों का, ये तो बताओ। माँ प्रिया लेती नहीं, मैं साल भर का एक साथ अकाउंट में ट्रांसफ़र करा देता हूँ। उन्होंने कई बार कहा कि मैं ना करूँ। अब करूँ या नहीं कुछ अंतर नहीं है। और स्वामीजी, मुझे यहाँ यह लगता है, जैसे अपने शौक़ में डूबा हूँ। मेरे शौक़ बिक्री के लिए नहीं हैं।"

"अच्छा लक्ष्य, तुम इतनी निकटता से सभी लोगों से जुड़े हुए हो, इतने नये लोग आते हैं यहाँ और इतनी ख़ूबसूरत बिंदास लड़कियाँ भी, क्या तुम्हें कभी कुछ नहीं हुआ?"

"हा...हा...हा... स्वामीजी, मुझे तो सबसे प्यार हुआ।" उसने सिगरेट सुलगाते हुए कहा।

"अरे वो तो है ही। जैसे तुम मुझे प्यार देते हो, बिना किसी मतलब के। लेकिन वो अपोज़िट सेक्स वाला प्यार।"

"ज़रूरत ही क्या है स्वामीजी, सबको अपना बना लो, क्यों किसी एक बेचारी को परेशान करना।"

"लेकिन लाइफ़ पार्टनर और सेक्सुअल नीड भी तो कुछ मायने रखती है।"

"हाँ बिलकुल, क्यों नहीं स्वामीजी। यहाँ आने के बाद कितने ही नये लोग मेरे दोस्त हैं, सिर्फ़ यहाँ नहीं कई देशों में, सब प्यार करते हैं मुझसे। और जहाँ तक सेक्सुअल नीड की बात है तो स्वामीजी, मेरी अब तो कई गर्लफ्रेंड हैं।"

"अरे वाह... कोई यहाँ भी है?" मेरा अंतर पता नहीं क्यों भौंडे रस की तरफ़ बह रहा था।

"हा...हा...हा... स्वामीजी, आपने मेरी पूरी बात सुनी नहीं। बहुत गर्लफ्रेंड हैं, लेकिन सेक्स करके उनके अट्रैक्शन को मैं ख़त्म नहीं करना चाहता। है क्या सेक्स? उह... जस्ट मल मूत्र के द्वारों की उत्तेजना का मज़ा। झूठा आकर्षण दिखाऊँ, लल्लो-चप्पो करूँ सेक्स पाने के लिए, यह मुझसे होता नहीं। और सेक्स दे देने के बाद लड़कियों का एटिट्यूट देखा है आपने? वैसे भी पसीने की गंध और लार में क्या अच्छा है, घिन आती है मुझे। शरीर और मन में सेक्स के ख़याल यदा-कदा आते हैं तो गोडाउन के बारे में सोचता हूँ... हा...हा... सब उत्तेजना हवा। स्वामीजी, एक हो हज़ार हो; क्या फ़र्क़ पड़ता है। शोरूम कैसा भी हो, गोडाउन सब एक जैसे ही होते हैं... हा...हा...हा..."

मुझे लगा उसे चढ़ गई है। लेकिन तीन ही पेग पिये थे उसने अब तक। मैंने बताया नहीं था कि मैं पहले भी केमी के साथ टकीला शॉट मार कर आ चुका हूँ। लक्ष्य के साथ पहला ही पेग लिए बैठा था।

"आप उन पाँचों के बारे में जानना चाहते हैं?" उसने मेरा मन पढ़ा और मेरी आँखों में झाँका। मैं सहम गया। मैं ग़लती पर ग़लती करते जाता हूँ। अपनी इस बेकाम उत्सुकता को ख़त्म क्यों नहीं कर पाता और क्यों स्वयं को जानने की उत्सुकता से मेरा काम नहीं चलता।

"नहीं लक्ष्य ऐसा नहीं है। पर कभी थोड़ा जानने की इच्छा होती है कि आश्रम और यहाँ के सब सिस्टम कैसे चलते हैं।" बेकार-सी बात मैंने कही।

"आपको जो जानना है जान सकते हैं मुझसे, मुझे कोई दिक़्क़त नहीं है।" लक्ष्य ने कहा, मैंने ख़ुद को थोड़ा सुखद पाया और अपराधबोध से निकला। इतना कुछ ख़राब काम नहीं किया मैंने, "बस उत्सुकता होती है आश्रम को लेकर, यहाँ के लोगों को लेकर।"

"स्वामीजी, ख़ुद में उत्सुक नहीं हैं क्या आप... हा...हा...हा..." तीर पूराने निशाने पर ही था।

सब एक से बढ़कर एक हैं यहाँ। कभी कहता है पूछो जो जानना है, कभी ऐसी बात कह देता है कि ख़ुद को समेटना पड़े।

"मैं समझ रहा हूँ स्वामीजी! उत्सुकता स्वाभाविक है, ख़ास तौर पर हम इंडियंस में। जब मामला लड़कियों से जुड़ा हो तो रस बढ़ जाता है। अनुश्री,

केमी, यूनी, प्रिया, नेत्री सबको मैं माँ ही पाता हूँ। आपको पता यहाँ सभी फ़ीमेल्स को माँ क्यों बुलाया जाता है? गुरुजी ने मुझे समझाया था, माँ होना किसी भी फ़ीमेल के लिए दुनिया की सबसे सम्मानजनक बात है। कोई फ़ीमेल जितना स्नेह अपनी संतानों पर लुटा सकती है, हमें उसका बस थोड़ा हिस्सा भी मिल जाए तो ख़ुद को धन्य समझना चाहिए। हम स्वार्थों में प्रेम ढूँढते फिरते हैं। लड़कियों को प्रेमिका बनाकर ही प्रेम करना क्यों ज़रूरी है माँ बनाकर देखा मैंने। जब हम एक लड़की को माँ कहते हैं तो उसके सामने झुकने का बोध होता है, जब हम प्रेमिका कहते हैं तो उससे कुछ पाने की उम्मीद। बहुत लवेबल हैं ये सभी। एक माँ का लाल गर्व से फूला नहीं समाता मेरे गर्व के बारे में सोचिए स्वामीजी। मेरी किसी बीमारी या परेशानी में इन सबका दिल दुखता है। और रही इनकी गुरुजी के साथ संबंधों की बात तो मेरे लिए इन्टरेस्ट का सब्जेक्ट होना ही क्यों चाहिए। अगर बाहरी लोग कुछ कहते हैं, या इनमें से किसी एक, दो या ज़्यादा से भी गुरुजी के रोमांटिक लव रिलेशन या सेक्सुअल रिलेशन हों तो मेरा लव गंदला नहीं हो जाता। क्या माँ के बेडरूम में झाँकना किसी जेंटलमेन का काम है?"

शर्मिंदगी ने मेरी आँखें नीची कर दीं। प्रेम की किन ऊँचाइयों की बात लक्ष्य करता है और मैं अपने जानवरपने से बाहर आने को तैयार नहीं हूँ। मैंने सोचा था कई बार कि मुझे किसी के व्यक्तिगत जीवन में ताक-झाँक करने की आदत से बाहर निकलना चाहिए लेकिन दिमाग़ ने प्रतिरोध तैयार कर लिया कि एक बार सब जान लो फिर तो जिज्ञासा ख़त्म।

"स्वामीजी, इनकी पर्सनल लाइफ़ का इन्हें हक़ है। समाज से ये माँग क्या रही हैं, जो हम उनकी लाइफ़ में घुसना चाहते हैं। वो जैसी हैं, उन्हें वैसा होने का हक़ है। जब कोई आपके समाज के बारे में कहने नहीं जा रहा कि उन्हें क्या करना चाहिए, तो समाज कौन होता है उनकी लाइफ़ कंट्रोल करने वाला। जब बात अपने पर आती है तो हम अपनी पर्सनल चीज़ों में इंटरफ़ेयर पर बिलबिलाते हैं, जब दूसरों की बात चले तो उनके बेडरूम में घुसना चाहते हैं। जो हमारे पैमाने में हमसे नीचा है, जिससे हमारा ईगो सैटिस्फ़ाइड होता है वो सब बातें ढूँढकर निकालते हैं। ये सब बदबूदार मुँह की सड़ी औरतों की गपबाज़ी है। क्या यही करना बाक़ी रह गया है लाइफ़ में? स्वामीजी ज़रा सोचिए, बिस्तर के खेलकूद के बिना किसी लड़की की कल्पना नहीं कर पाते हम और सब वो रिलेशन जो ख़ून के रिश्तों से निकलकर ना आते हों केवल सेक्सुअल होते हैं? ये सोच रखने

वाली सोसायटी सेक्सुअल है तो उस सोसायटी की पैदाइश इंसान कैसे सेक्सुअल नहीं होगा। इस भद्दी सेक्सुअलिटी को कम-से-कम हम तो समझ सकते हैं।"

लक्ष्य की बातों से मैं सहमत ना होऊँ यह नहीं था। लक्ष्य ने मेरे माथे पर पत्थर सलीक़े से मारा था। मैंने बहुत हल्के-फुल्के मूड में, बस जानने की इच्छा ज़ाहिर की थी, लेकिन उसने मुझे आईना दिखा दिया। गुरुजी का असर सब पर दिखता है। मैंने जाना विरक्ति धार्मिक आचरण है। मैंने लक्ष्य से सॉरी कहा और यह भी कि इस तरह मैंने सोचा नहीं था। उसने कोई बहस नहीं की पर उसे बुरा लग रहा था, यह भी नहीं लगा। उसने माहौल बदलते हुए दो-तीन शेर सुनाए। बहका हुआ लक्ष्य होश वाले लक्ष्य से ज़्यादा ख़ूबसूरत और गहरा था। उत्सव से आता हुआ संगीत बंद हो गया, तब उसने अपना चौथा पेग ख़त्म किया, मैंने दो पेग ही लिए थे।

"और लेंगे स्वामीजी?"

"नहीं लक्ष्य।" मैंने पानी की एक बॉटल उठाई और अपने कमरे की तरफ़ बढ़ गया।

साँसों को नियंत्रित करते सिगरेट जलाई। तालाब की ओर देखा। कुछ कमरों की लाइटें जल रही थी और बालकनियों से होकर तालाब में पड़ रही थीं। चाँदनी के साथ तालाब में पड़ती रौशनी का आलिंगन जिस किसी पेंटर के ब्रश को उल्लास से ना भर दे, उसकी कला अंतिम साँसें गिन रही होगी। कितने रंग दिखते हैं पलकों की थोड़ी दिशा बदल जाने से। अपनी किसी कृति से संतुष्ट और ठहरी हुई पुतलियों का सम्मान करने वाले रंगरेज़ की दृष्टि मोतियाबिंद के जालों से ढकी हुई होगी।

(14)

"क्या सीता जैसे किसी पात्र से इस दुनिया में बदलाव की उम्मीद रखी जा सकती है ?"

"मैंने कभी इस बारे में सोचा नहीं गुरुजी।"

उत्सव का हो हल्ला अब सिमट चुका था। बीस दिनों के बाद बमुश्किल गुरुजी के साथ बैठने का मौक़ा मिला। जब मैं नहाने की तैयारी में था, गुरुजी ख़ुद ही आश्रम का चक्कर लगाते हुए मेरे कमरे में आ गए थे। तौलिया लपेटे मैं और अपने मरून गाउन में गुरुजी, बालकनी में बैठे थे।

"तो सोचो। ना सोचना ही हमारी नस्लों का दुर्भाग्य बनता रहा है। केवल फूल की देखभाल करके तुम उसे सुंदर नहीं बना सकते। स्वस्थ फूल या फल चाहिए तो तुम्हें पौधे की जड़ों की देखभाल करनी होगी।

सीता जैसी स्त्री से तुम किस बदलाव की आशा रख सकते हो ? क्या तुम्हें लगता है, किसी ग़लत का विरोध करना उस स्त्री को आता है ? वह सहन करने, पुरुष को बड़ा और शक्तिशाली देवता दिखाने के लिए डिज़ाइन की गई है। राम-सीता के विलापों पर तुम्हें उनके ईश्वरत्व पर संदेह नहीं होता ? 'सीते-सीते' की पुकार मचाते अज्ञानी ईश्वर पर हँसा जाना चाहिए।

स्वामी, जैसा मैंने पहले तुम्हें कहा था, मनुष्यता के प्रारंभ में प्राकृतिक रूप से सत्ता स्त्री के हाथों में थी। बाहुबल पर परिवारों की सत्ता पुरुष ने हथिया ली। बाहुबल की अवधारणा के साथ फ़सलों की शक्ति की अवधारणा का उदय हुआ। अब शक्तिशाली होने का नाप व्यक्ति का धन और प्रतिष्ठा है। सत्ता हथियाना, षड्यंत्र रचना पुरुष का स्वभाव है। षड्यंत्रों से वह शक्ति इकट्ठी करता है और षड्यंत्र रचने में धार्मिक ग्रंथ पुरुष के सहायक हैं।

आज तुम इस शक्ति षड्यंत्र से सहमत ना हो पाओ और कुछेक स्त्रियों में

यह दुर्गुण देखो तो वह पुरुष का दिया हुआ है। करोड़ों में किसी एक क्लियोपेट्रा को तुम स्त्री की प्रतिनिधि नहीं कह सकते। सीता जैसी स्त्री को आदर्श बनाने के पीछे पुरुषों का स्वार्थ छिपा है, यह समझो। चुपचाप पति की प्रताड़ना सहना और उसे भगवान का दर्जा देना, यही सीता है। अंतर क्या है तुममें और शक्ति के दंभ में पत्नी को पीटने वाले शराबी पति में। अग्नि परीक्षा की माँग करना सीता का भी अधिकार था। राम के अत्याचार की कहानियाँ तो और भी सुनी होंगी तुमने, पर जनक के बारे में सोचो। क्या एक पिता के दृष्टिकोण से उसने यह सही किया कि पुत्री को पहले तो वन-वन भटकने दिया, अग्नि परीक्षा होने दी और गर्भवती होते हुए भी किसी आश्रम में मज़दूरी करने के लिए जाने दिया। यह इसलिए ही तो रचा गया कि हम स्त्री को यह बात बहुत अच्छे से समझा सकें कि पति ही उसका देवता है और विवाहोपरांत उसका कोई घर नहीं। ना पति, ना पिता किसी संपत्ति में उसका कोई अधिकार नहीं। स्त्री केवल टुकड़ों पर पलने वाला जीव है, जिसे अत्याचार सहना है और पिता या पति के शासन में उनके आदेशों को मानना और अनुत्पादक बने रहना है।" गुरुजी ने थोड़ा विराम लिया और कहा, "मंटो ने लिखा है- इतिहास में औरत को कोठा चलाने की इजाज़त तो रही है लेकिन ताँगा चलाने की नहीं।" मैं थोड़ा असहज हुआ यह व्याख्या सुनकर, गुरुजी ने अपना पैर टेबल पर फैला दिया और सिगरेट जला ली।

"यह भी ध्यान रखना स्वामी कि स्त्री और प्रकृति का स्वभाव एक है। जब कभी ख़ुद पर हुए अत्याचार का बदला लेने पर आ जाएँ तो माफ़ नहीं करतीं। सीता ने दुख के दिनों में तो राम का साथ दिया, सुख के दिनों में बुलाने पर भी वापस नहीं आई। राम के सुख के दिनों को विरह के कष्ट में बदल दिया। राम के विरह में सबसे ज़्यादा कष्टप्रद रही होंगी, वह यादें जो मर्यादाओं के नाम पर अत्याचार को ढाँकने के लिए उसने रची। ख़ुद से कैसे छिपा पाया होगा वह ईश्वर कि उसकी हरकतें ही मर्यादाएँ बन जानी थीं।

देखो स्वामी, कितने उपायों से हमने ज़ंजीरों को स्त्री का आभूषण बना दिया है। हमारे तथाकथित धर्म ग्रंथ, डर पैदा करने वाली कहानियों की किताबें हैं। इनकी कहानियों ने स्त्री के स्वाभाविक विकास में सबसे बड़े बाधक की भूमिका निभाई है। हम स्त्री को बाँधकर रखने में विश्वास करने वाले लोग हैं। हम कभी चाहते ही नहीं कि स्त्री स्वतंत्र हो। गहरे में समझो तो तुम्हें पता चलेगा कि यदि स्त्री को बचपन से बाँधकर नहीं रखा जाए तो पुरुष समाज मुश्किल में

पड़ जाएगा क्योंकि स्त्री बहुत शक्तिशाली है। मनोवैज्ञानिक उपायों से स्त्री को सम्मोहित रखा जाना आवश्यक है कि वह कमज़ोर है। समाज धर्मखोर स्त्री को सम्मानजनक आसन पर बिठाकर मर्यादाओं की सम्मानजनक बेड़ियाँ पहना देता है। बचपन से रोक-टोक, धार्मिक और सामाजिक आयोजन स्त्री को सिखाते हैं उन्हें कैसे रहना चाहिए और उनके व्यवहार नियंत्रित करते हैं। पुरुष के लोचन कमलों का लुच्चापन है अगर कोई माँ अपनी बेटी को पैर फैलाकर बैठने नहीं देती या सीढ़ियाँ चढ़ने-उतरने पर हिलते हुए स्तनों को छिपाने के गुर सिखाती है।

सीता आदर्श स्थापना की श्रेष्ठ मॉडल है। बड़ी आसानी से उससे कहा जा सकता है कि मैंने युद्ध करके जो जयलाभ प्राप्त किया है वह तुम्हारे लिए नहीं, अपने प्रसिद्ध वंश के कलंकों को मिटाने के लिए किया है। और यह भी कहा जा सकता है कि 'तुम सच्चरित्र हो या दुश्चरित्र, तुम्हें आज से मैं भोग नहीं सकता। मैथिली! तुम उस घी की तरह हो, जिसे कुत्ते ने चाट लिया है।' शायद सीता जैसे स्त्री जीवन के कारण ही प्राचीन काल में पुरुषों को शाप दिया जाता था कि अगले जन्म में स्त्री जन्म हो।

इतने शानदार तरीक़े से हमने स्त्री को दोयम बनाया है कि वह ख़ुद अपना नंबर दो स्वीकार करती है। अपने ही बनाए समाज का डर दिखाकर स्त्री को आत्मनिर्भर ना बनने देने का भरपूर प्रयास हम करते हैं। होशियारी के कुछ साइड इफ़ेक्ट भी होते हैं। आधुनिक समाज ने कभी स्त्री पुरुष की मित्रता को स्वीकार नहीं किया। सिर्फ़ रिश्तों की बनियागिरी को स्वीकार किया कि कौन स्त्री तुम्हारी क्या लगती है। सिर्फ़ मित्र लगे तो रस आना शुरू हो जाता है, इस रस ने ही स्त्री की स्वतंत्रता में विष का काम किया है। सहज मित्रता स्वीकार्य नहीं है हमें।

धन अब वास्तविक सत्ता है, इसलिए हमने स्त्री को अनुत्पादक बनाया। तुम क्या सोचते हो उन परिवारों में जिनमें पुरुष नहीं कमाता वह मुखिया होता है परिवार का? बिलकुल नहीं। कोई स्त्री किसी पुरुष से ज़्यादा कमाती है, तो ज़ाहिर तौर पर वह परिवार की मुखिया होती है और पुरुष कुंठाग्रस्त। कैसे जुमलों से स्त्री के कमाने को गाली की तरह उपयोग में ले आया गया कि बेटी की कमाई, बहन की कमाई, बीवी की कमाई, और इनकी कमाई खाने वाले को तो धिक्कार है। किसी को भी ग़ुलाम बनाने का सबसे आसान तरीक़ा यही है स्वामी, उसे उत्पादक मत बनने दो। जिसे तुम्हें ग़ुलाम बनाना है अधिक-से-अधिक निर्भर कर लो ख़ुद पर। स्त्री की हर छोटी-बड़ी आवश्यकताओं और निर्णयों के लिए पुरुष

पर निर्भरता ग़ुलामी की राह बनाती है। स्त्रियों को हमारे समाज ने परजीवी की तरह प्रस्तुत किया है, जिसे जीवित रहने के लिए किसी पुरुष की आवश्यकता होती है।"

उन्होंने हँसते हुए कहा, "मज़ा देखो, स्त्री इस सुविधा के लालच में आ गई। असल में उसने परतंत्रता ओढ़ ली।"

"पर गुरुजी, आप कहते हैं कि स्त्री का स्वभाव सत्ता हथियाने का है ही नहीं, तो वह किस सत्ता के लिए उत्पादक बने?" मैंने संशय किया।

"बिलकुल ठीक पूछा स्वामी तुमने। स्त्री का रस नहीं है सत्ता में, शक्ति में। उसका रस है प्रेम में। पुरुष प्रेम का लालच देकर ही तो स्त्री को अपने मायाजाल में फँसा लेता है। बहुत बार खेल समझते हुए भी स्त्री फँस जाती है। स्त्री को उस अच्छाई की आशा पुरुष से होती है जो उसमें है। मैं यह नहीं कह रहा स्वामी कि स्त्री शक्ति के मोह में उत्पादक बनें, वह पुरुष जितनी उत्पादक कभी हो नहीं सकेगी। स्त्री को अपनी स्वतंत्रता के लिए उत्पादक होना होगा। यह कैसे समझा जा सकता है कि कोई पक्षी अपने जीवन के लिए उत्पादक है तो वह सत्ता चाहता है। स्त्री जब भी शक्ति और प्रेम में से किसी एक को चुनेगी, तब वह प्रेम का चुनाव करेगी। पुरुष को जब तुम इस चुनाव की स्वतंत्रता दोगे तो वह शक्ति चुनेगा। पुरुष को लगता है कि वह शक्ति से प्रेम उत्पन्न कर लेगा। धन होगा तो प्रेम करने वाले भी आ जाएँगे। ज़्यादा धन ज़्यादा भ्रम भी पैदा करता है, जिसमें प्रमुख है ख़ुद को श्रेष्ठ समझने का भ्रम। एक अध्ययन में यह बात सामने आई कि विकसित समाजों में कॉल गर्ल्स के साथ रात गुज़ारने वाले आधे पुरुष प्रेम ढूँढते हैं और केवल आलिंगन करके सोना चाहते हैं।

पहले ख़तरा उत्पन्न करना फिर सुरक्षा देकर, देने के भाव का आनंद पुरुष स्वभाव है, इसके विपरीत स्त्री की धन और सुरक्षा लेने की प्रवृत्ति विकसित हो गई है। दस-बारह हज़ार सालों पहले जब कृषि की शुरुआत हुई, स्त्री उन पुरुषों की ओर जाने लगी जो उनको और उनके बच्चों को सुरक्षा दे सके। यह आज तक जारी है। ज़रा सोचकर देखना स्वामी कि दुनिया की अमीर स्त्रियों में ऐसी कितनी हैं, जिन्होंने वह दौलत ख़ुद कमाई है और अपने पिता या पति से नहीं ली। कमाने वाली स्त्रियों का भी हाल यह है कि वे जितना कमाती हैं जीवन में, उससे कई गुना ख़र्च करती हैं।

स्वतंत्रता का मूल्य स्त्री को इतना तो चुकाना होगा कि वह उत्पादक होकर

पुरुष पर अपनी निर्भरता समाप्त कर सके। अधिक उत्पादकता के साथ कोई स्त्री अपना साम्राज्य बनाना चाहे तो उसे इसकी भी स्वतंत्रता होनी चाहिए। हालाँकि लाखों में कोई एक स्त्री ही यह करेगी, जिसमें पौरुष गुण हावी होंगे।

आवश्यकताओं के लिए धनार्जन और हवस के लिए धनार्जन में बहुत अंतर है स्वामी। इस समाज में समस्याएँ बढ़ती ही जाएँगी जब तक योग्यता की कसौटी धन माना जाता रहेगा और बेशर्म धनी इस सम्मोहन से चुँधियाता हुआ दुनिया चलाने का दंभ पाले मदमस्त रहेगा। क्लियोपैट्रा का सौतेला बेटा सिकंदर विश्व विजेता होकर डायोजनिस होना चाहता है।

वास्तविकता में हम ख़ुद को पूरा महसूस कराने के लिए नये-नये प्लेज़र ढूँढते हैं; धन, कैबरे, शराब, वेश्या। परंतु शांति कभी भी नहीं ढूँढ पाते। तुम किसी भी उस व्यक्ति को कैसे प्रेमपूर्ण पा सकोगे जिसने प्रेम को कभी प्राथमिकता दी ही नहीं। जो समय प्रेममय होकर जीया जा सकता है, वह समय धन के उत्पादन में लगा दिया। अंत में विपरीत आकर्षक लगता है, जब धन के सुख को जान चुकोगे तो हो सकता है तुम्हें निर्धनता वास्तविक सुख लगे। क्या तुम्हें लगता है करोड़पतियों, अरबपतियों के पास प्रेम जैसी कोई चीज़ पाई जाती होगी, या शक्तिशाली षड्यंत्रकारी नेताओं के पास कोई प्रेम होता होगा? नहीं स्वामी, धनी होने के लिए भावनाओं को दोयम बना देना होता है। धन पुरुष का ही गुण है, जिसके अर्जन में भावनाओं की जगह या तो बहुत थोड़ी है या है ही नहीं।"

गुरुजी के मोबाइल पर अनुश्री का कॉल आया तो उन्होंने उसे भी मेरे कमरे में ही आने को कहा, वैसे सामान्यतः गुरुजी मोबाइल साथ नहीं रखते।

"स्वामी, अनुश्री आ रही है, एक कुर्सी और लगा लो।"

"जी गुरुजी।"

फटाफट कपड़े पहनकर, स्टडी टेबल की कुर्सी लाकर मैंने बालकनी में रखी।

"हा...हा...हा... स्वामी, कपड़े पहन लिए। सच ही है स्त्री की उपस्थिति सभा में सभ्यता ले आती है; कहने वाले ने तो यह भी कहा है कि सौम्यता भी लाती है। अब देखो मैं कितना सौम्य हो पाता हूँ।"

उन्होंने वैसी ही मस्ती से कहा, "वैसे तो अनुश्री में बंगालियों वाले कोई अवगुण नहीं हैं ना ही गुण, लेकिन माछ भात अल्टीमेट बनाती है। यह एक गुण रह गया है उसके ख़ून में बंगालियों वाला...हा...हा...हा..."

"स्वामी, पानी देना।"

"जी गुरुजी।'

पानी की बॉटल लेने कमरे में आया तभी अनुश्री आ गई। उसने अभी ही शॉवर लिया है, गीले बाल देखकर पता लग रहा था। लेडीज़ परफ़्यूम की मस्त ख़ुशबू ने मन महका दिया। उसे पता था कि गुरुजी बालकनी में बैठे होंगे। 'हाय' कहते हुए वह सीधे उस तरफ़ ही चल दी। पीछे-पीछे मैं भी बालकनी में आ गया।

"अनु, मैं स्वामी को बता रहा था कि तुम्हारे ख़ून में बंगालियों वाली कुछ बात तो है।"

गुरुजी की शरारत उनके चेहरे पर दिखने लगी।

"और वो क्या है?" उसे पता था कि गुरुजी कुछ-न-कुछ परिहास ही करेंगे।

"माछ भात बनाने की तुम्हारी प्रिमिटिव आर्ट।"

"हाँ गुरुजी, बहुत दिनों से आपने कहा नहीं मुझे बनाने को, यह ना हो ये आर्ट मैं भूल जाऊँ।" उसकी आँखों में मुस्कुराहट थी।

"नहीं, नहीं अनु। ख़ून में रची बसी चीज़ें भूला नहीं करती।"

उन्होंने दूसरी सिगरेट उठा ली, और अपनी कुर्सी थोड़ी दूर कर ली। शायद अनुश्री सिगरेट नहीं पीती थी, उसे परेशानी ना हो इसलिए उन्होंने यह किया।

"अनु, स्वामी के साथ मैं नारी पर बात कर रहा था, अब तुम आ गई हो तो यह और आसान होगा, नारी होने से तुम बेहतर समझा सकोगी।"

"मैं क्या समझा पाऊँगी गुरुजी। सिगरेट कम पीने के लिए तो कब से समझा रही हूँ, समझते हैं आप?" उसने बीवी की तरह ही गुरुजी को फटकारा।

"जानती तो हो तुम, जब समझना होगा समझ जाऊँगा। अभी तो सब मशीनरी सही काम कर रही है, पिछले महीने ही तो हेल्थ चेकअप कराया था।"

"जी गुरुजी, वह चेकअप था। आपका सिगरेट पीने का लाइसेंस नहीं।" कजरारी आँखें बड़ी करते हुए अनुश्री ने गुरुजी की आँखों में झाँका।

"अच्छा, अब यह शिकायत छोड़ो। मैं सोच रहा था जैसे तुम्हारे ख़ून में कोई कला रची बसी है, वैसे ही हम सभी के ख़ून में समाज बहुत धीरे-धीरे अपनी बातें इंजेक्ट कर देता है। अद्‌भुत कलाकार है समाज। इसको इस तरह भी समझा जा सकता है कि समाज हमें बात मानने के लिए डिज़ाइन करता है। बच्चे को सबसे पहले हम हँसाते हैं, उलू...लू करके या अजीब शक्लें बना के या जैसे भी।" उन्होंने अनुश्री को जीभ निकालकर चिढ़ाया। "हा...हा...हा... धीरे-धीरे उठो बैठो

से लेकर पूजा-पाठ, भाषा, खानपान और हमारी सब मान्यताएँ पूरी तरह से समाज पर निर्भर हो जाती हैं। समाज जो भी देना चाहता है दे देता है और हम उसे सर माथे लगा लेते हैं। हम व्यक्तिगत हो ही कितने पाते हैं। पिछले सौ वर्षों के दौरान विज्ञान सिद्ध कर चुका है कि अपराध के लिए ज़िम्मेदार समाज है ना कि व्यक्ति। जिसे समाज अच्छा कहे वह अच्छा, जिसे बुरा कहे वह बुरा। जानते हो स्वामी इस बात मानने के डिज़ाइन में सबसे बुरी बात क्या है?"

"क्या गुरुजी?" बहुत देर बाद मैंने कुछ कहा।

"बात मानते-मानते हमारी कंडिशनिंग हो जाती है। मानव प्रकृति अनुकूलन की है। जैसी परिस्थितियाँ मिलती आई, मानव ख़ुद को उनके अनुकूल बनाता चला गया; यह केवल शारीरिक नहीं मानसिक तल पर भी हुआ। हम समाज स्वीकृत अवधारणाओं को दैवीय या प्राकृतिक समझने लगते हैं, और सच मान बैठते हैं। जैसे हमने स्त्री को समझा दिया वह समझ भी गई। नियति मान लिया उसने अपने दोयम दर्जे को। और मज़े की बात देखो स्वामी, एक स्त्री ही दूसरी स्त्री को इन मान्यताओं की वेदी पर चढ़ा देती है। हमारे विचारों के साथ भीड़ ज़्यादा हो, तब वह ज़्यादा सच लगने लगती है। पर स्वामी बहुमत कभी ठीक हो, इसकी संभावनाएँ बहुत ही कम है। औसत के धरातल पर खड़े लोगों का बहुमत भी औसत से बहुत झूठा है।"

"बिलकुल ठीक कहा आपने गुरुजी, इसलिए तो आप सिगरेट नहीं छोड़ते, क्योंकि ज़्यादातर लोग इसे ग़लत और नुक़सानदायक कहते हैं।" अनुश्री ने गुरुजी की तरफ़ देखा और जैसे किसी बच्चे को डपटने के बाद उससे मुँह फेरकर दूर तालाब की ओर देखने लगी। उसका ध्यान अब तक सिगरेट वाली बात से हटा नहीं था। वह गुरुजी को लगातार इसके लिए बोलती होगी, यह मैं समझ सकता था। उसकी समझाइस को गुरुजी ने नज़रअंदाज़ कर बात बदल दी थी। इतनी बड़ी और गंभीर बातचीत में भी उसने वह मौक़ा ढूँढ लिया था, जिससे वापस सिगरेट वाली बात ट्रैक पर लाई जा सके।

"यही समझ लो अनु... हा...हा...हा... अच्छा सुनो, चाय मँगा लो न।"

"हाँ, फिर आपको एक और सिगरेट पीने का बहाना मिल जाएगा कि कुछ खाने-पीने के बाद तो लगती ही है।" अनुश्री ने जम्मन को तीन चाय लाने के लिए कॉल कर दिया।

"देखो स्वामी, ये जो स्त्री की झगड़ालू प्रवृत्ति है न, यह युद्ध वाली नहीं है।

प्रेम की प्रवृत्ति है।" कहते हुए गुरुजी हँसने लगे और अनुश्री मुस्काने लगी। उन्हें पता था कि अनुश्री जिस बात पर बहस करना चाह रही है, उससे बचकर निकल जाने में ही उनकी भलाई है। थोड़ी प्रशंसा इसमें मददगार होगी।

"स्त्री का यही स्वभाव सच है स्वामी, उसे युद्ध पर नहीं जाना। उसे अपने प्रेममय संसार से मतलब है। इसी का लाभ उठाये हुए हमने स्त्री को बाँध दिया, वह भी समर्पण करती चले गई। किसी व्यक्ति, विचारधारा या मान्यताओं के प्रति समर्पण हमें उनका ग़ुलाम और कम बुद्धि बनाता है। किसी एक पक्ष के लिए पूर्ण समर्पण बौद्धिक ईमानदारी कैसे हो सकती है?

यह भी सोचो स्वामी, आदमियत की शुरुआत से हमने किन बातों के लिए श्रम किया है? निश्चित तौर पर इसी बात के लिए कि जीवन अधिक आनंददायक, सुविधाजनक होता जाए।"

"जी गुरुजी, इंसानों को सुखों के अतिरिक्त और चाहिए भी क्या।" गुरुजी ने जब तक पानी पीया, ख़ालीपन भरने के लिए मैंने कहा।

"सब सुखी रहें यह विरोधाभासी है स्वामी। उन्नति किसे कहा जाए, जब हम इंसानों के सबसे सुनहरे दिन हमारा बचपन है। किसी से भी बात कर लो, इस पृथ्वी का हर इंसान अपना इकट्ठा किया हुआ ज्ञान और धन लुटा देना चाहेगा अगर उसे बचपन में वापसी की सुविधा मिल जाए। मानव जाति ने कुछ भी धनात्मक जोड़ा होता तो जुड़ते-जुड़ते पृथ्वी सुंदर होती जानी चाहिए थी, ख़ुशियों का ग्राफ़ तो निश्चित तौर पर मानव सभ्यता के साथ बढ़ता जाना चाहिए था। हर इंसान की उम्र के साथ उसकी ख़ुशियाँ बढ़ती हैं या घटती जाती हैं? हमने जो आनंद अपने बचपन में जाना होता है बाक़ी के सारे जीवन में नहीं पा पाते। टुकड़ा-टुकड़ा सुख जमा करते रहते हैं फिर भी खाता ख़ाली। जब से हम होश सँभालने लगते हैं हमें समाज और परिवार यह सिखाते हैं कि कैसे जीवन अच्छा बनाया जाए, और हम पाते हैं हम ठगे गए हैं। अच्छा, और अच्छा बनते-बनते हम कूड़ा करकट ही इकट्ठा करते हैं, नहीं तो क्या कारण है कि हमारे सारे प्रयास ग़लत सिद्ध होते हैं। जीवन का उद्देश्य अगर केवल आनंद मानो तो यह भी समझना होगा कि हमारे आनंद का मार्ग कभी ना ख़त्म होने वाली उन शर्तों से होकर तो नहीं आता, जिनका मार्ग आनंद नहीं बल्कि मंज़िलें आनंद हैं। अपने वहशी लक्ष्यों के पीछे दशक के दशक जलाते जाओ, नये लक्ष्य हमेशा सिर उठाए रहेंगे। सफलताएँ तुम्हारा आनंद है, यह भी तो मिथ्या साबित होता है। कुछ या

बहुत सालों के परिश्रम और तनाव के बाद जो लक्ष्य हम हासिल कर लेते हैं, कुछ समय का ईगो होता है; फिर नये लक्ष्य, नये आनंद ढूँढो। ज़्यादा सोचने समझने की तकलीफ़ उठाए बग़ैर, आने वाली पीढ़ी को हम वापस वही सिखाने लगते हैं। प्राकृतिक रूप से होना भी ऐसा ही है। जो हमें आता है वही तो हम सिखाएँगे। वर्षों के हमारे जिस फालतूपन को हम अनुभव कहते हैं, नई पीढ़ियों में इंजेक्ट कर देते हैं। नादान उम्र में हमारे अवचेतन पर छपाई कर दी जाती है, जब हममें ग्रहण करने की क्षमता सबसे ज़्यादा होती है। बदलाव कष्ट से पैदा होता है और हमारे सारे प्रयास कष्टों से बच निकलने के हैं। कष्टों या दुखों के प्रति इतनी कृतघ्नता क्यों है स्वामी? हम आसानी से समझ लेते हैं जीवन का उद्देश्य आनंद है, सुख है। दुख को जाने बग़ैर सुख को जाना ही नहीं जा सकता। दुख की जितनी गहरी अनुभूति से हम गुज़रे होंगे, उतना ही सुख समझ पाएँगे। अँधेरे का कोई अस्तित्व नहीं, पर अँधेरे को जाने बग़ैर प्रकाश के बारे में बात कर पाना असंभव है। गर्म को जाने बग़ैर ठंडे को नहीं जान सकते, धूप को जाने बग़ैर छाँव को नहीं जान सकते। परतंत्रता का कोई अर्थ नहीं अगर हम स्वतंत्रता जानते ही ना हों, और स्वतंत्रता का अर्थ ही क्या जब परतंत्र होने जैसी किसी बात का हमें पता ना हो। सुख और दुख तो वास्तव में विपरीत हैं ही नहीं। कहावतें कहती हैं कि सुख और दुख एक सिक्के के दो पहलू हैं, मुझे लगता है सिक्के के दोनों तरफ़, दोनों हैं। सुख वास्तव में दुख की अनुपस्थिति नहीं है, दुख का शांत पड़ जाना है। बग़ैर समस्याओं के रह भी ना पाओगे, उलझना तुम्हारी समस्या है, दुख मिट गया तब करोगे क्या ख़ाली होकर। हम चाहें तो अभी और यहीं दुख के हज़ार कारण ढूँढ लें और चाहें तो माइकल जैक्सन लगाकर झूम लें, कौन रोक लेगा हमें नाचने से? दुख की दुखता अस्वीकार कर दो, दुख स्वीकार कर लो तो दुख पर विपत्ति आ जाएगी। जीवन को समग्रता से स्वीकार किया जाना ही एकमात्र मार्ग है। किसी भी विपरीत से दुर्भावना हमें पूरा इंसान बनने से रोकती है। जॉर्ज बर्नार्ड शॉ ने लिखा था- 'आशावादी और निराशावादी दोनों ही समाज के लिए योगदान करते हैं। आशावादी हवाई जहाज़ का आविष्कार करता है और निराशावादी पैराशूट का।'

इस विपरीत को स्त्री-पुरुष के संदर्भ में देखो तो तुम्हें कई आश्चर्यजनक तथ्य मिलेंगे। अनुभूतियों और ख़ुशियों की बात हो तो हम समाज के आधे हिस्से को एक जैसा समझने की भूल कर बैठते हैं।"

"मैं समझा नहीं गुरुजी, क्या हमें स्त्री को अलग समझना चाहिए?"

"अलग है ही स्वामी। अब मैं तुमसे कहूँ कि गुलाब और रजनीगंधा में कौन अच्छा है, तब यह प्रश्न ही ग़लत है। दो एक जैसी चीज़ों में तुम बता भी सको कि किसका स्थान ऊँचा रखा जाना चाहिए। तुम कैसे बता सकोगे कि तुम पानी के बिना जीवित रह सकते हो या हवा के बग़ैर। एक की अनुपस्थिति में रहने का प्रश्न ही ग़लत है। सही प्रश्नों के बग़ैर सही उत्तर की आशा स्वस्थ दिमाग़ नहीं कर सकता। मैंने पहले भी कहा स्त्री भिन्न है। दो अलग व्यक्तित्व हैं, अलग जातीयाँ। स्त्री-पुरुष उलझनों और परस्पर संघर्ष का केंद्र यही भिन्नता है।

इस समय यह बहुत अच्छे से ध्यान रखना कि आज की स्त्री; वास्तविक कितनी है। पुरुष प्रधान समाज में स्त्रियाँ पुरुषों की बनाई कृतियाँ हैं। वह प्रकाश नक़ली है स्वामी जिसकी उपस्थिति रहने पर भी अँधेरे का अस्तित्व बचा रहता है। स्त्री के स्त्रैण गुण खोते जा रहे हैं पूरी दुनिया से। वह मिर्च कितनी उपयोगी है स्वामी, जो ना खाने में तीखी है ना आँखों में फेंकने पर।

जब से मानव सभ्यता का इतिहास लिखा जाने लगा, उसे पुरुष ने ही लिखा। स्त्री को पुरुष ने प्रेम और बराबरी के तराज़ू की कहानियाँ सुनाकर पथभ्रष्ट किया। हमारी सारी शिक्षा, मर्यादाएँ पुरुषों ने निर्मित कीं। आज की स्त्री को देखो, किस भ्रम में पड़ी है। उसे लगता है उसे पुरुष के बराबर अधिकार चाहिए। पुरुषों का जीवन जीना चाहती है स्त्री। पुरुष जैसे कपड़े पहनना, और वह सब जो पुरुष करता है। स्त्री की माँग दिशाभ्रमित है। यह मूर्खता है स्वामी। सच यह है कि जब स्त्री पुरुष बनने की दौड़ में आ जाती है तब उसकी स्त्री मरने लगती है। मकान को घर बनाने के लिए किसी की सबसे ज़्यादा ज़रूरत है तो वह है स्त्री की। स्त्रियों का दिशाभ्रम आधी मानव जाति को मार डालने के कुचक्र का हिस्सेदार है। पुरुष की कॉपी बनने की चाह उन्नत्ति नहीं, आत्महत्या है।"

"तो क्या स्त्री की शिक्षा और लालन-पालन अलग तरीक़े से होना चाहिए?"

"बिलकुल होना चाहिए स्वामी। वास्तव में स्त्री पुरुष का आकर्षण भी इसलिए है कि वे विपरीत हैं। जितनी ज़्यादा हम समानता लाते जाएँगे, आकर्षण समाप्त होता जाएगा और प्रेम मरता जाएगा। मुझे तो यह भी लगता है कि सत्ता यदि स्त्री के हाथों में होती तो ना शायद इतने देश बनते ना इतना कोहराम मचा होता दुनिया में। युद्धों और क्रूरता का इतिहास पुरुषों की देन है। दुनिया भर के सबसे बदमाश लोग हमें बताते हैं कि देशभक्ति क्या है। जॉर्ज बर्नार्ड शॉ मुझे अक्सर याद आते हैं। उन्होंने कहा था- देशभक्ति मूल रूप से धारणा है कि कोई

देश इसलिए दुनिया में सबसे अच्छा है क्योंकि आप वहाँ पैदा हुए थे। और यह भी कहा है कि युद्ध यह तय नहीं करता कि कौन सही है, यह तय करता है कि कौन बचा है।

मुझे नहीं लगता हमारे मुहल्ले में अगर कोई चाइनीज़ या अफ्रीकन परिवार प्रेमपूर्ण तरीक़े से रह रहा हों तब अनु को कोई आपत्ति होगी इससे। क्यों अनु?" गुरुजी कोई गंभीर बात कहते-कहते इसलिए मस्ती के मूड में आ गए कि अनुश्री की उपस्थिति को वे नज़रअंदाज़ नहीं करना चाहते थे।

"बिलकुल गुरुजी, मुझे क्या परेशानी होगी। अगर कोई भी इंसान रह रहा है और वह इंसानों की तरह रह रहा है शराफ़त से, तो मैं क्यों उनको भगाने जाऊँगी और मैं होती कौन हूँ उनको भगाने वाली।" अनुश्री ने कहा। उसके लिए कोई बहुत गंभीर विषय नहीं थे देशों के लड़ाई-झगड़े।

"क्या बात करती हो अनु, तुम शराफ़त की बात करती हो? छोड़ा कहाँ है तुम स्त्रियों ने किसी को शरीफ़।" गुरुजी ने मसखरी की।

"अब हमने क्या कर दिया गुरुजी?"

"वाह! शराफ़त का सैंपल हैं आप तो। तुम्हीं तो पुरुष की बराबरी पर आने की ज़िद करती हो। समाज को, बच्चों को शराफ़त और प्रेमपूर्वक रहना सिखाना तो स्त्रियों की ड्यूटी है। तुम लोग बच्चों को सिखाती नहीं ठीक से, तब तो वे इंसानों की तरह रह नहीं पाते। रही सही कसर सोशल मीडिया पूरी कर दे रहा है। स्त्रियों को भी तो अपने बच्चों से ज़्यादा लगाव अपने लुक और डी.पी. से हो गया है, बच्चे तो ख़ैर जो ख़ुद से सीख रहें हैं वह सीख रहे हैं।" डायरेक्ट अटैक ने अनुश्री को हँसा दिया।

"ठीक कहते हैं आप गुरुजी, हम स्त्रियाँ ही तो बच्चों के हाथों में चाकू देकर उन्हें मर्डर करने की ट्रेनिंग देती हैं।" अनुश्री ने यह कहते हुए तीनों कपों में चाय डाली, जो अभी जम्मन रख गया था।

शरारती मुस्कान से प्रेरित अनुश्री के खिले हुए चेहरे पर दिख रहा था कि उसे इस विचार विमर्श में कोई ख़ास रुचि नहीं है। गुरुजी को यह बात पता थी इसलिए बीच में अनुश्री को हमारी बातचीत में शामिल करने के लिए बातों को हल्के-फुल्के मूड की तरफ़ ले जाते थे। हम तीनों ने बहुत ही शांति से चाय पी। बरसाती धूप की उमस बालकनी में महसूस तो हो रही थी, पर उसकी इतनी परवाह किसी को नहीं थी।

अनुश्री ने टेबल पर कप रखते हुए कहा, "अब मैं चलती हूँ गुरुजी, शाम का याद रखिएगा, आपने मुझे टाइम देने को कहा है।"

"हाँ बिलकुल, मैं भूलना भी चाहूँ तो तुम मुझे भूलने थोड़ी ना दोगी।" गुरुजी ने मुस्कुराते हुए कहा।

अनुश्री के चेहरे पर वही शांत मुस्कुराहट थी। गुरुजी ने फिर कहा, "अरे सुनो, आज माछ भात क्यों नहीं बना लेती, बंगाली साथ का मज़ा तो इसके बिना अधूरा रह जाएगा।" गुरुजी ने अनुश्री को छेड़ा।

"हाँ क्यों नहीं। मैं तो आपके बोलने का वेट कर रही थी। डन।" उसने खुले बालों को झटककर एक ओर किया और तीनों ख़ाली कपों को उठाकर ले गई।

"देखा स्वामी, हम हँसना और ख़ुश होना भूल जाते अगर स्त्री ना होती। प्रेम करना तो हमें बिलकुल नहीं आता। क्रूरता के वंशजों को प्रेम का पाठ यही पढ़ा सकती हैं।"

"पर गुरुजी, दो अलग-अलग बातें चल रही हैं मन में। अगर हम स्त्री से अग्रेसिव होने की उम्मीद रखते हैं, जैसा हमने सीता के केस में देखा, तो इससे तो उसका व्यक्तित्व विरोधाभासी हो जाता है।" चाय पीते समय यह उठा पटक मेरे दिमाग़ में चल रही थी।

"बिलकुल स्वामी, हम दो नज़रियों से देखते हैं। लाओत्से कहते हैं पक्ष तभी अर्थपूर्ण है जब विपक्ष मौजूद हो। सुंदरता का भान या परिभाषा करने के लिए हमें कुरूपता को जानना ही होगा। शोषित भी उतना ही दोषी है जितना शोषक। हम जिस युद्ध को जानते हैं वह स्त्री का तरीक़ा नहीं है। ज़रूरी नहीं कि वह पुरुष को थप्पड़ जड़े तभी अपनी बात समझा पाए। स्त्री के नाराज़गी ज़ाहिर करने और लड़ने के अपने तरीक़े हैं। उसके गाँधीवादी तरीक़े भी कम ख़तरनाक नहीं हैं। मार्ग तो वह ढूँढना जानती है स्वामी, ज़रूरत है तो इस बात की कि वह अपनी स्थिति स्वीकार तो करे। ज़रा अख़बारों में वैवाहिक विज्ञापन देखो; एम.बी.ए., गृहकार्य में दक्ष, सुंदर, गोरी कन्या के लिए वर चाहिए। कोई द्वंद्व दिखता है?

हमने स्त्री में आत्मा रहने भी कहाँ दी है, ना कोई अलग पहचान ना बराबरी। बराबरी पर आकर स्वतंत्रता, परतंत्रता अपना अर्थ खो देते हैं। विरोधाभासों में बराबरी करोगे कैसे? विपरीत के बराबर भी आना हो तो दोनों की अलग सत्ता पहले स्वीकार करनी होगी। सीता का उदाहरण हमें ग़लत को ग़लत कहने के लिए लेना ही होगा। प्रेमपूर्ण, ममतामयी छवि देखने के लिए तुम अपनी माँ, बहन

या प्रेमिका की ओर ना देखो तो किसकी ओर देखोगे? फिर से याद आते हैं सआदत हसन मंटो। अश्लील आँखों में खटकने वाले मंटो कहते हैं- 'हम औरत उसी को समझते हैं जो हमारे घर की हो, बाक़ी हमारे लिए कोई औरत नहीं होती बस गोश्त की दुकानें होती हैं और हम उस दुकान के बाहर खड़े कुत्तों की तरह होते हैं जिनकी हवशज़दा नज़र गोश्त पर टिकी रहती है।'

लक्ष्मी धन की देवी है, यह धन पारिवारिक सुख से भी संबंध रखता है। पहली सरस्वती तुम्हारी माँ है, बाद में जितनी स्त्रियाँ आएँगी तुम्हारे जीवन में तुम उन सबसे जीवन की उन वास्तविक चीज़ों को सीख पाओगे जिनके बग़ैर तुम्हारा जीवन शुष्क है। यह बताओ तुम क्या सिर्फ़ जोड़-घटाव के प्रश्नों को हल करते जीवित रहना चाहोगे?"

"इस जीवन का क्या करूँगा गुरुजी।"

"तुम्हें संगीत चाहिए, नृत्य चाहिए। प्रेम चाहिए, आनंद चाहिए। यह सब भी हमारी शिक्षा का अनिवार्य अंग होना चाहिए, जिससे जीवन के विपरीत ध्रुवों को जाना जा सके। केवल गणित के प्रश्नों से संसार कैसे ख़ूबसूरत बन सकेगा? बहुत-सी भौतिक उलझनों को गणित ने भले ही सुलझाया हो परंतु संसार को जीने लायक़ बनाने के लिए तुम्हें उस कला की भी आवश्यकता होगी, जो हृदय से आती है। गणित, विज्ञान या कला सब अधूरे तथ्यों पर आधारित हैं। तथ्यात्मक सत्य का इतना ही अर्थ है कि अब तक इतना खोजा जा सका है। हमारा आज वैज्ञानिक सोच के अतिशय दबाव में भटकता जा रहा है, वह तथ्यों के अलावा और कोई सत्य समझना नहीं चाहता। जीवन के पक्षधर जानते हैं कि तथ्यात्मक सत्य, सौंदर्य और प्रेम को नहीं परख सकते, हाँ उसकी थोड़ी व्याख्या ज़रूर कर सकते हैं। हृदय की शिक्षा पर हमारा ध्यान जितना कम होता जाएगा, प्रेमपूर्ण जीवन, संगीतमय जीवन उतना दूर होता जाएगा। गणित, विज्ञान या इतिहास का विद्यार्थी बलात्कारी हो सकता है, जिसे किसी माँ ने प्रेम और सम्मान की शिक्षा दी हो, किसी प्रेमिका की एक झलक या मैसेज के लिए रात भर प्रतिक्षा कर सकता हो, वह व्यक्ति जिसकी हृदय की धड़कन इसलिए बढ़ जाती हो कि उसकी प्रेमिका दशहरे के मेले में गई हुई है; वह व्यक्ति बलात्कार कर सकेगा, इस बात में मुझे संदेह है। जिस किसी पुरुष ने जीवन में एक बार भी प्रेम में डूबने का ख़तरा उठाया है, एक बार भी विरह में ठीक से तपा है वह ना बलात्कारी हो सकेगा ना ऐसिड फेंक सकेगा। बहुत बार बलात्कार शरीर की नहीं मर्द के अहं

की ज़रूरत होता है, एसिड अटैक भी मर्द का अहं है; और इस अहं को जन्म देने वाला कौन है ? इसलिए मैंने पहले भी तुम्हें कहा था, अपराधों के लिए जितना व्यक्ति नहीं उससे कहीं अधिक समाज ज़िम्मेदार है।

'ब्यूटी विथ ब्रेन' जैसी हमारी आधुनिक पंक्तियाँ जिसे स्त्री अपना सम्मान समझती हैं, पुरुष की अहम संतुष्टि के लिए रची गई हैं। इसके मूल में यह भावना छिपी हुई है कि सुंदर स्त्रियों में या स्त्रियों में दिमाग़ की आशा रखना कठिन है।" गुरुजी की चाय के बाद वाली सिगरेट आज बहुत देर से जली।

"स्वामी दुर्गा के ग़ुस्से को भूल मत जाना, वह अत्याचारी की गर्दनों की माला पहन सकती है या अपना शेर तुम्हारे ऊपर छोड़ सकती है। लक्ष्मी, सरस्वती और दुर्गा, इनको अलग-अलग समझने की भूल मत करना। तीनों और इससे अधिक गुण एक ही स्त्री में पाए जा सकते हैं। पृथ्वी की समस्त भावनाओं को एक जगह रख दो तो स्त्री बनती है। एक ही स्त्री से ज़्यादा क्रूर तुम किसी को नहीं पाओगे और उसी में तुम आँसुओं का सैलाब भी देख पाओगे। पुरुष क्रूर है तो ज़्यादातर संभावना यही है कि वह क्रूर ही रहेगा और अगर किसी पुरुष का स्वभाव प्रेमपूर्ण है तो तुम उसे अधिकतर वैसा ही पाओगे। दूसरे गुण होंगे तो भी गौण होंगे। एक ही स्त्री क्रूरता और दया, दोनों चरमों पर जा सकती है। मीरा की तरह प्रेम की दीवानी पागल और कौटिल्य की विष कन्याओं के गुण एक ही स्त्री में मिल जाएँ तो आश्चर्य नहीं। स्त्रियों को त्रिया चरित्र इन्हीं अर्थों में कहा गया है।

हज़ारों वर्षों की कहानी है स्वामी। इतनी छोटी बात नहीं कि तुम किसी को इस हद तक परतंत्र कर सको कि वह तुम्हारे मायाजालों को सच और दैवीय मान ले। और सच का चरित्र भी तो देखो स्वामी। तथ्यों से बदल जाने वाला सच ख़ुद को सच कहता है। तथ्यात्मक स्थिरता के सच और विचार इस दुनिया के सबसे बड़े झूठ हैं। झूठ परिवर्तनशील है और सच भी परिवर्तनशील है। सही ग़लत का चिह्नांकन और चिह्नों के प्रति हमारी आसक्ति ही सच पर परदा है। यह आसक्ति ही हमारे भ्रमों को ज़िंदा रखती है। अंतिम सच क़यामत तक तलाशा जाना चाहिए। उन आस्थाओं और अच्छाइयों को पेशाब में बहा दो स्वामी जो अविचार की पैदाइश हैं। कुछ लोग तुम्हें वह अच्छाई और आस्थाएँ पकड़ा देंगे जो उनके लिए अच्छी हैं, और उन कहानियों को धार्मिकता के कपड़े पहना दिए जाएँगे।" सिगरेट का आख़िरी कश लेकर ऐश ट्रे में बुझाते हुए उन्होंने दोनों पैर टेबल पर उठाकर रख लिए। बातों में ज़्यादा ध्यान होने से इस सिगरेट का

ज़्यादातर हिस्सा ख़ुद ही फुँक गया था। पानी पीने के बाद आधे मिनट के लिए वे रुके और दूसरी सिगरेट सुलगा ली।

"स्वामी, मैं बचपन से थोड़ा आज़ाद और मस्तीख़ोर हूँ। मेरी दादी मुझसे कहा करती थी- 'बेटा तं म्हारी मर्ज़ी स तो ब्याह करअ कोनी, बस इतना मान लिए कि किसे मुसलमानी न ना ले आइए।' हा...हा...हा... स्वामी धर्मों की राजनीति की बातें फिर कभी करेंगे, लेकिन समझो कि घृणा किस तरह दिलों में इन्जेक्ट कर दी जाती हैं। वो कहती थी 'बाक्कि किसे न बी ले आइए, कीमें दिक़्क़त कोनी।' और सबसे मज़ेदार तो उनकी हरियाणवी लोकोक्ती थी 'राजा क ब्याही, रानी कुहाई' समझो ज़रा इसमें स्त्री है कहाँ। वह तो सिर्फ़ पुरुष के नाम और पहचान से जानी जाती है। उसकी औक़ात इससे ही तय होती है कि वह पत्नी किसकी है। क्या आज स्थितियाँ बदल गई हैं? नहीं स्वामी। हज़ारों वर्षों के दमन का परिणाम है यह कि हमारी लड़कियाँ किसी राजकुमार का सपना देखती हैं। आर्थिक स्थिति देखकर स्त्री का पति पसंद करना सौदा करना है। पुरुष को तत्क्षण सेक्स चाहिए, जीवन भर की दासी चाहिए इसलिए उसने विवाह इजाद किया; स्त्री ने विवाह में बढ़-चढ़कर भाग लिया क्योंकि उसे और उसके बच्चों को सुरक्षा का लालच दिया गया और प्रेम के सब्ज़बाग़ दिखाए गए। शादी के लिए प्रेम एक कमज़ोर कारण है, शक्तिशाली कारण है शक्ति और धन की शक्ति। पहचान खोना तो जाने दो, अपनी आत्मा तक तो वह भूल चुकी है।"

भगत सिंह ने अपनी जेल नोट बुक में नोट्स लेते हुए लिखा है- 'विवाह के दोष- ख़ासतौर से एक दीर्घकालिक लगाव, दस मामलों में से नौ में व्यभिचार का एक पक्का प्रशिक्षण स्कूल होता है।' दुनिया की गिनती की महिला दार्शनिकों में से एक मेरी वोल्सटॅन क्राफ़्ट ने कहा है- 'विवाह एक तरह की क़ानूनी वेश्यावृत्ति है, जिससे सामाजिक न्याय हासिल नहीं किया जा सकता।' इंग्लैंड के बुद्धिजीवी स्टुअर्ट मिल लिखते हैं- 'आज के युग में विवाह ही एकमात्र ऐसा क्षेत्र है जहाँ दास प्रथा अब भी मौजूद है। हमारे विवाह क़ानून के माध्यम से हमारे पुरुषगण एक मनुष्य के ऊपर पूरा अधिकार प्राप्त करते हैं। मालिकाना हक़ और हुकूमत।' स्त्री को कमज़ोरियाँ विरासत में कितनी मिलती हैं और कितना हर स्त्री को व्यक्तिगत तौर पर कमज़ोर किया जाता है भावात्मक, सामाजिक और आर्थिक दबाव से; यह सोचना स्वामी। इस समाज में स्त्री को स्त्री होने का आर्थिक दंड भुगतना पड़ता है।

अमानवीयता का चरम सहने वाले यहूदी धर्म के हुए अल्बर्ट आइंस्टीन। दुनिया इनको जानती है स्वामी, लेकिन मिलोवा मैरीक को नहीं। आइंस्टीन की पत्नी और शायद उनसे अधिक विद्वान जिसने आइंस्टीन के पेपर्स लिखने में बराबर की भूमिका निभाई; किसी पेपर में उनका नाम तक देना ज़रूरी नहीं समझा गया। वे पेपर्स किसी एक व्यक्ति के नहीं थे। पत्नी होने से उनकी बराबर की सहभागिता को कर्तव्य समझा गया। दोनों का प्यार फ़िज़िक्स था, इससे ही वे एक-दूसरे के क़रीब भी आए थे। इस भावनात्मक अत्याचार से मैरीक अवसाद में चली जाती हैं और उन्हें मायके भेज दिया जाता है। ये तो मैरीक थी जो इतना सोच भी पाई कि अवसाद में चली गई हमारे यहाँ तो स्त्री को यह अधिकार भी शायद ना मिलता।

आज स्त्री का प्रमुख काम है मेकअप और फ़ैशन की दुनिया का सितारा होना और पुरुष को ख़ुश करना, रोमांस करना। हमारी नायिकाओं को देखना, उन्हें केवल पुरुष की कहानी के हिसाब से डिज़ाइन किया जाता है। घर-घर में बच्चियों की ट्रेनिंग अच्छी पत्नी और माँ बनने की होती है। बचपन से बाहरी सौंदर्य को लेकर इतना दबाव झेलती हैं बच्चियाँ कि भीतर की सुंदरता, कुरूपता में बदलती जाती है। म्यांमार यानी बर्मा में लंबी गरदन सुंदरता का प्रतीक माना जाता है, पाँच साल से ही बच्चियों की गरदन में पीतल के छल्ले डालकर गरदन लंबी करने की कोशिश की जाती है। चीन में छोटे पंजों को सौंदर्य समझने की दुहरी चाल है। कम उम्र से ही लोहे के जूते पहनाए जाते हैं ताकि पैर छोटे रहें और स्त्री समझे वह सौंदर्यशाली हो रही है। पर इसके पीछे एक षड्यंत्र यह भी रहा है कि छोटे पंजों से शरीर का अच्छा संतुलन ना बन सके और दौड़-भाग ना कर सके। हमारे यहाँ पायल और चूड़ियाँ उन बेड़ियों के अवशेष हैं जो चौखट से बाहर जाती आवाज़ पर ध्यान खींच सके। मान्यता का अर्थ ही है जो मान लिया गया, सच होने ना होने से इसका कोई लेना देना नहीं। सौंदर्य केवल मान्यताओं का नाम है। जबरदस्ती दी जाने वाली भीख हैं मान्यताएँ, जो दो कौड़ी की भी नहीं हैं। आत्मसम्मान से समझौता ना कर सकने वाली स्त्री के लिए विवाह संभव ही नहीं है, पत्नी होने की ट्रेनिंग अमानवीय है।

नीत्शे का जरथुष्ट्र कहता है- 'वे जिसे विवाह कहते हैं, उसके बारे में उनका ख़याल है कि वह स्वर्ग में संपन्न होता है। मुझे यह फालतूपन पसंद नहीं। मुझे उन जानवरों से नफ़रत है, जिनके रिश्ते स्वर्ग तय करता है।

देखो, मेरे पीछे ईश्वर लंगड़ाता हुआ आ रहा है और उन्हें आशीष देना चाहता है, जिनके रिश्ते उसने तय नहीं किए। ऐसे विवाहों पर हँसो मत, जिनके रिश्ते स्वर्ग में तय हुए थे। भला बेटा भी कहीं माँ-बाप की ग़लती पर हँसता है!

हो सकता है, वह आदमी स्वर्ग में रिश्ते तय कराकर अपने आप को धरती के लिए सार्थक मानता हो; लेकिन जब मैं उसकी पत्नी की ओर देखता हूँ, तो मुझे लगता है, यह दुनिया पागलों से भरी हुई है।

ज़रूर यह ज़मीन थर्राएगी, अगर वह एक संत को किसी बतख के साथ मैथुन करते देख ले।

एक आदमी सत्य की तलाश में निकलता है और एक झूठ खोज लाता है, जिसे वह विवाह कहता है।

एक और आदमी विवाह के बारे में खासा संयम बरत रहा था और हमेशा के लिए उसने एक ज़हमत ओढ़ ली। वह इसे विवाह कहता है।'

गुरुजी ने लंबी चुप्पी ली। आसमान की ओर देखते सँभले हुए लहजे में कहा, "एक भविष्यवाणी याद आती है स्वामी। जो फ्रेडरिक एंगेल्स ने आने वाले युग के बारे में की थी- 'आगे आने वाले काल में एक नई मानवता का जन्म होगा। तब, पुरुषों की एक ऐसी पीढ़ी आएगी जिन्हें कभी यह ही नहीं मालूम होगा कि धन से या किसी दूसरी शक्ति से औरतों के सम्मान को ख़रीदा जा सकता है। तब औरतों की भी एक ऐसी पीढ़ी आएगी जिन्हें यह न मालूम होगा कि सच्चे प्रेम के अलावा किसी और विचार से भी अपने आपको किसी पुरुष को समर्पित किया जा सकता है।'

वैसे स्वामी! सृष्टि के हर प्राणी को अधिकार है कि वे अपनी ग़लतियाँ ख़ुद करें। हा...हा...हा...

ज़्यादा पुरानी बात नहीं स्वामी, आज से अस्सी-नब्बे साल पहले ही चीन में स्त्री पर की गई किसी क्रूरता पर दंड का प्रावधान नहीं था, यह माना जाता था कि स्त्री में आत्मा होती ही नहीं। जिसमें आत्मा नहीं वह जड़ है। मसखरी में मानसिकता नंगी होती जाती है। चीन में जिन लड़कियों की शादी तीस साल तक नहीं होती, उन्हें 'शैन्ग नू' बुलाया जाता है; मतलब बची-खुची चीज़।

स्त्री को देखो; जो बाबा, पंडित-पाखंडी स्त्री को नर्क का द्वार और उसकी परछाई तक से दूर रहने को कहते हैं, उन्हीं के महानता के परचम लिए फिरती है। इनके प्रवचनों में आशीर्वाद लेने, दूर और पीछे बैठी स्त्री की जीवंतता, जीवित

होने के विरुद्ध है। मूर्खता की तो कोई हद निर्धारित कर लो स्वामी।" गुरुजी पानी पीने लगे थे।

"शूद्रों ने सैकड़ों सालों तक ख़ुद को शूद्र मानने की ग़लती की, क्यों? क्योंकि उन्हें लोमड़ीनामों में लोक-परलोक, नियती की पट्टी पढ़ा दी गई। वही पट्टी स्त्री को पढ़ाई गई। हमारे ग्रंथ भरे पड़े हैं इन व्यभिचारों से। राम ने शूद्र के कानों में शीशा पिघलवाकर डलवा दिया इसलिए कि उसने वेदों के वचन सुन लिए थे। इतने क्रूर हृदय में किसी मनुष्य के लिए कभी प्रेम जन्म ले सका होगा? धर्म की रक्षा के लिए राम को यह निर्णय लेना पड़ा और कोई मार्ग शेष नहीं था। उस राज्य में कैसे मनमोहक दृश्य होते होंगे जहाँ ग़रीब और स्त्रियाँ बिकती थीं। ऋषि-मुनि भी तो इनके ख़रीदार हुआ करते थे। किसी दूसरे से अधिक क़ीमत पर बिक जाना या अधिक क़ीमत देकर ख़रीद लेना व्यक्ति का सम्मान है। धन के बल पर बाज़ार से स्त्री ख़रीद लाने की मानसिकता पुरुष में कोई आज से थोड़ी है जो तुम इसे ग़लत कह सको। ऋषि-मुनि तक इस व्यवस्था के साथ थे, तो अवश्य सही होंगे। धनवान स्त्रियों की ख़रीद-बिक्री के लिए 'जीवन भर' टाइप के वचन देने और मंत्र पढ़े जाने आवश्यक थे। सीता जैसी स्त्रियाँ केवल धन से नहीं बिक सकतीं स्वामी, ग़रीब स्त्रियाँ ही बिक सकती होंगी।

इंद्र अहिल्या की कहानी में अहिल्या का क्या दोष था? हमारे धर्मराज पुरुष, धर्म के सम्मान में अपनी संपत्ति स्त्री को दाँव पर लगा सकते हैं और पत्नी की उलाहना से तुलसीदास बन सकने वाले तुलसीदास सीधे कह सकते हैं कि शूद्र और नारी को प्रताड़ना दो। हदीस शरीफ़ कहता है- दुनिया में सब कुछ भोग्य सामग्री है और दुनिया की सर्वोत्तम सामग्री है स्त्री। फटे हुए कपड़े-जूते नौकर को और बचा हुआ जूठन स्त्री को देने का विधान शास्त्रों में लिखा हुआ है। हमारी स्त्रियाँ इन किताबों को आग लगा देने की जगह नहा धोकर, हाथ जोड़े, माथे से लगाती हैं और पाठ करती हैं। श्रद्धा का यह काला जादू कैसे जन्म ले पाता है। अठारह वर्षों तक अफ्रीका के कालापानी रॉबिन आइलैंड में सात फ़ीट लंबी और इतनी ही चौड़ी कोठरी, यातनाओं से भी नेलशन मंडेला को लगाव हो जाता है। यहाँ से आज़ादी भी उन्हें दुख दे रही थी। लोमड़ीनामें तो ख़ैर फिर भी मीठा नशा हैं। इस नशे में ग़रीब ही नहीं अमीर स्त्री भी उलझ गई है। उच्च वर्गों में भी स्त्री उतनी ही दमित है; वहाँ वह कामगारी का भी हिस्सा नहीं केवल सौंदर्य का मॉडल और किट्टी पार्टी कर सकने वाली बच्चे पैदा करने की कोमल मशीन है।

शबरीमाला मंदिर में प्रवेश को लेकर लड़ाई करती स्त्री उतनी ही दयनीय मानसिकता का शिकार है स्वामी। स्त्री को अब यह कह देना चाहिए कि जो पुरुष उन मंदिरों से होकर आएगा जहाँ हमको अछूत समझा जाता है, वह हमारे लिए अछूत हो जाएगा। मंदिर में प्रवेश देने, ना देने का निर्णय करने वाले पुरुष और न्यायालय होते कौन हैं, यह हर स्त्री का व्यक्तिगत विषय होना चाहिए। पिछड़े समाजों का सच ही कहा जा सकता है जहाँ महिलाओं के निर्णय पुरुष करें। यह खोखलापन केवल भारत में ही नहीं है स्वामी। पश्चिमी सभ्यता के जनक कहे जाने वाले ग्रीस जिसने सुकरात, प्लेटो, अरस्तु और लोकतंत्र की अवधारणा दी; उसी ग्रीस में धार्मिक कारणों से माउंट एथोस में स्त्री का प्रवेश निषेध है। जापान जैसे विकसित देश में माउंट ओमाइन में स्त्रियाँ नहीं जा सकतीं। यह तो पूछो इन स्त्रियों से, इन जगहों में रस ही क्यों हैं? क्या उनके गले का थूक सूख गया है? रस इसलिए ही है कि वह पुरुष से बराबरी की मानसिकता से जूझ रही है। वह कैसे मंदिर-मस्जिद हैं जो अपवित्र हो जाते हैं। क्या मंदिर, मस्जिदों, चर्चों में वह शक्ति नहीं कि किसी आरोपित अपवित्र को पवित्रता दे सकें।

मुस्लिम हदीस कहता है कि शौहर संगम करने की इच्छा से स्त्री को बुलाता है तो वह तुरंत उसके सामने हाज़िर हो जाए, भले ही रसोई के काम में लगी हो। और यह भी कि जब कोई शौहर अपनी बीवी को बिस्तर पर बुलाए और वह नहीं जाए तो सुबह होने तक फ़रिश्ते उस औरत को शाप देते रहते हैं। तिरमीज़ी हदीस कहता है कि जो स्त्री बेशर्मी भरा काम करती है, उसे बिस्तर से त्याग दो और स्त्री की कुछ पिटाई भी करो। 'सूरा निसा' के पाँचवे आयत में लिखा है- पुरुष स्त्री का शासक है, क्योंकि अल्लाह ने एक पर दूसरे को श्रेष्ठता प्रदान की है और पुरुष उन्हें धन-संपदा प्रदान करता है।

यह भी तो सोचो स्वामी, हम दो पुरुष स्त्री की स्थिति पर बैठे विचार कर रहे हैं, स्त्रियाँ मेकअप और सोशल मीडिया में व्यस्त हैं। सोशल मीडिया अपने अंदर के ख़ालीपन को भर लेने का भ्रम है। मनोवैज्ञानिक उपायों से सोशल मिडिया इस तरह डिज़ाइन किया जाता है कि तुम्हारे अर्धचेतन मन को इसकी आदत पड़ जाए। लाइक, कमेंट, शेयर को हमारा मन सच्चा जीवन समझने लगता है। दूसरे लोग किस नज़र से देख रहे हैं उसे हम अपनी असलियत समझने लगते हैं। वास्तविक जीवन में जो जितने असफल हैं सोशल मिडिया में उनका उतना अधिक समय बिताना संभावित है। अपनी सफलताएँ-असफलताएँ हम सोशल

मीडिया की पोस्ट से आँकने लगते हैं। तुम ग़ौर करना जब भी तुम इस तरफ़ जाओ और कुछ रुचिकर मिले या ना मिले, तब तक मोबाइल या कंप्यूटर देखते रहोगे, जब तक तुम्हें यह समझ ना आ जाए कि समय ख़राब कर रहे हो। यह लत जल्द ही हमारे असली व्यवहार को बदलने लगती है। तुम्हारी सबसे ख़ूबसूरत तस्वीरें तुम्हारी डिस्प्ले पिक्चर बनती हैं। यह वास्तव में वह छलावा है जो तुम ख़ुद को देना चाहते हो। तुम जैसा दिखना और होना चाहते हो उसे अपनी असलियत समझने लगते हो और झूठी पहचान बना लेते हो, तुम जैसे और जो हो वह तो कहीं पीछे रह जाता है। कितने भी दोस्त बना लो स्वामी, तुम्हें अंदर से अलगाव अनुभव में आएगा।

और मेकअप की कहानी तो बहुत दुष्टतापूर्ण है स्वामी। सात हज़ार साल पहले इजिप्ट में मेकअप की शुरुआत हुई तब किसे पता था यह इतना क्षमतावान है कि एक जाति को ढाँक दे। विज्ञापनों के बहकावे में आकर ख़ुद को असुंदर समझना और उनके बताये हुए उत्पादों से सुंदर बन जाने की सोच में, हर कवर पर एक प्रोडक्ट बन जाने या किसी प्रोडक्ट की तरह हो जाने की सोच दिमाग़ में डाल देने को स्त्री होना सिद्ध कर देने में, निश्चय ही पुरुषों ने सदियों तक मेहनत की है। हम दरिद्रों को तो यह भी नहीं पता कि मेकअप में लगने वाले माइका की चमक की परत जो हमारे चेहरों पर पुती है, वह अँधेरी और संकरी खदानों में दबकर मर जाने वाले या फेफड़ों के कैंसर से चमकते बिहार-झारखंड के बच्चों के ख़ून की लालिमा है।"

गुरुजी ने मोबाइल पर टाइम देखा और कहा, "अरे, बहुत देर हो गई। आज तो मैं नहाया भी नहीं हूँ। फिर मिलते हैं स्वामी।" वे उठे पर बाहर निकलने से पहले ठिठके और कहा, "अरे हाँ स्वामी! तसलीमा नसरीन याद आ गई, उन्होंने कहा है- 'एक संपूर्ण और अकेले मनुष्य के रूप में चिह्नित करने का पहला उपाय है कि स्त्री अपने नाम से, अंग से विवाह और विधवापन की पोशाक उतार फेंके। अगर वह बेवक़ूफ़ नहीं है; तो अवश्य ही अलंकार अब उसे और कलंकित नहीं करेगा, 'मिस' और 'मिसेज़' के चिह्न उसे अब और जड़ वस्तु में परिणित नहीं करेंगे, सफ़ेद विधवापन उसे एक कोने नहीं टिकाएगा... स्त्रियों, अब तुम सारे मिथ्या संस्कारों और अलंकारों को तोड़कर मनुष्य बन जाओ।"

(15)

आज सुबह घंटी की आवाज़ ने नींद चटका दी। उठने की थोड़ी भी इच्छा नहीं थी और मन ग़ुस्सा रहा था कि क्या आफ़त आन पड़ी। सुबह की नींद से ख़ूबसूरत किस चीज़ को कह दिया जाए, यह समझने की ज़्यादा कोशिश कभी की भी नहीं थी।

केमी की आवाज़ आई- "स्वामीजी, चलिए।"

केमी ने मुझे प्रोत्साहित किया कि मुझे मेडिटेशन के लिए ज़रूर जाना चाहिए। पर इस तरह उठाने आ जाएगी यह सोचा न था। सुबह-सुबह उठना और नहाना मेरे न जाने का सबसे बड़ा कारण था। बचपन से देर तक जागने और देर तक सोने का सुख लेता आया था।

"अरे उठिए स्वामीजी।"

"हाँ माँ।" मैंने फटाफट नाइट ड्रेस डाली और दरवाज़ा खोला। केमी का खिला चेहरा सामने था। मरून गाउन में खड़ी केमी, हड़बड़ी में थी।

"गुड मॉर्निंग, जल्दी चलिए।" फँस तो गया ही था होशियारी में।

"गुड मॉर्निंग माँ, मैं बस तैयार होकर आता हूँ।"

"स्वामीजी, कुछ नहाने-वहाने में टाइम मत ख़राब करना अब। दस मिनट में मेडिटेशन स्टार्ट हो जाएगा। आप जितनी जल्दी हो सके पहुँचो।" कहते हुए केमी चहकती-सी निकल गई। हमारे कमरों की बालकनी के दूसरी ओर तालाब के एक किनारे मेडिटेशन सेंटर था। आवाज़ें कई बार सुनीं पर ख़ुद को कभी झिझक और कभी नींद का बहाना देता रहा था, अब यह संभव नहीं था। हो जा बेटा रेडी। सिगरेट सुलगाते हुए वॉशरूम में घुस गया।

कितनी भी जल्दी हो, सुबह की पहली सिगरेट दुबारा सो जाने जैसी ही दिलकश होती है। ब्रश करते-करते ही मेडिटेशन सेंटर से म्यूज़िक की आवाज़ें

आने लगीं। मैंने मरून गाउन डाला और सेंटर पहुँच गया।

मैंने देखा सात-आठ लोग अस्त-व्यस्त से आँखें बंद किए बाँसुरी जैसी किसी धुन पर झूम रहे हैं। ऐसा लगा मानो यह धुन सुप्रभात कहने के लिए रची गई है।

थोड़ी झिझक और साहस से उन लोगों में शामिल हो गया। अपने हाथ पैर थिरकाने लगा। आँखें बंद करता तो और लोग क्या कर रहे हैं यह देखने के लिए उत्सुक आँखें बार-बार खुल जातीं। दस मिनट में मुझे एहसास हुआ कि कुछ और फ़ायदा हो या नहीं, लेकिन अब नींद और आलस तो बिलकुल नहीं है शरीर में।

मेडिटेशन हॉल अंदर से चर्च और मंदिर की तरह था। छत इसकी पिरामिड की तरह उठी हुई थी जो लोहे के पाइप्स पर टिकी थी और छप्पर की जगह एल्यूमिनियम प्रोफ़ाइल शीट लगी हुई थीं। दीवारें बारह फ़िट ऊँची रहीं होंगी, जिन पर काँच की खिड़कियाँ थीं। पचास फ़िट चौड़ाई और इतनी ही लंबाई के इस हॉल में खिड़कियाँ कुछ ज़्यादा और बड़ी भी थीं। पूर्व की ओर की खिड़कियों से आती सुबह की धूप ने हॉल में पीलापन पोता हुआ था। हॉल के बीच में कोई भी खंभा इत्यादि नहीं था। दीवारों से लगकर कुछ गद्दियाँ रखीं हुई थी। दो गद्दियों पर दो अधेड़ लोग आँखें बंद किए बैठे थे, जिन्हें मैंने यहाँ पहले कभी देखा नहीं था। आठ-दस लोग नृत्य की मुद्राओं में थे। हॉल के एक कोने में माइक और डीजे सिस्टम था।

केमी ने आँखें खोली और मुझे देखकर मुस्काई, शायद वह देख रही थी कि मैं आ गया हूँ या नहीं। वह डीजे सिस्टम की ओर बढ़ी और माइक उठाकर कहा, "म्यूज़िक के साथ-साथ गुनगुनाए, कराहें, आनंद से झूमें। किसी एक्शन में कोई अर्थ ना ढूँढें बस आप ये फ़ील करें कि आप पहले से ज़्यादा लवेबल होते जा रहे हैं। यह लव आप सूरज की इस रौशनी को भी दे पा रहे हैं। आँखें बंद रखें और रौशनी से गुलाबी हुई पलकों को देखें। सूरज को धन्यवाद दें कि वह आज हमारे जीवन में इतना सौंदर्य ले कर आया है।"

म्यूज़िक पहले से कुछ धीमा हो गया और केमी आँखें बंद किए झूमते हुए हॉल में इधर-उधर टहलने और थिरकने लगी। बाक़ी लोग भी थिरक रहे थे और कुछ भी आवाज़ें निकाल रहे थे, जैसे बच्चे बेमतलब का गुनगुना रहे हों।

पंद्रह-बीस मिनट तक यह चलने के बाद म्यूज़िक बंद हो गया। सब लोग दीवार किनारे लगी एक-एक गद्दी उठाकर यहाँ-वहाँ बैठ गए। पाँच मिनट के

मौन के समय, सिर्फ़ बाहर के पंछियों के चहचहाने का संगीत सुनाई पड़ रहा था।

केमी ने माइक लेकर कहा, "अब हम नटराज ध्यान करेंगे। यह एक एक्टिव मेडीटेशन है, लगभग सिक्स्टी फ़ाइव मिनट का। पहले चालीस मिनट में आपको इस तरह नाचना है, जैसे आप केवल नाचने के लिए ही पृथ्वी पर आए हैं। बस नाचें, कोई स्टेप फ़ॉलो करने की ज़रूरत नहीं है। जिधर और जैसे शरीर ले जाए, जाते जाना है। दूसरे पार्ट के बीस मिनट में आपको शांत होकर लेट जाना है। विचारों के लिए बस साक्षीभाव रखें। एक विटनेस की तरह देखते रहें बस। कर्ता होने की ज़रूरत नहीं है। ख़ुद को कर्ता होने के सम्मोहन से मुक्त करने का प्रयास करें। तीसरे पार्ट में इस ख़ुशी से पाँच मिनट नाचें कि आपको यह जीवन उत्सव मनाने के लिए मिला है।"

हॉल तेज़ म्यूज़िक से गूँजने लगता है। गिटार, तबला, बाँसुरी की अलग-अलग धुनें धनात्मक ऊर्जा लिए हुए कानों के रास्ते दिमाग़ में घुसने लगती हैं और सभी लोग मस्त बच्चों की तरह नाचने लगते हैं। अनुश्री को खुले बालों में देखा मैंने, चुड़ैलें होती होंगी तो इसकी तरह ही सिर घुमाती होंगी। मेरी भी झिझक मिट चुकी थी और खोने लगा था, इस नो माइंड अनुभव में।

(16)

"माँ, आप अपना देश छोड़कर यहाँ क्यों आ गईं?" मैंने पूछा। केमी, मैं और लक्ष्य आज शाम के साथी थे। हम तीनों स्विमिंग पूल के बग़ल के छोटे लॉन में बैठे थे, इससे लगा हुआ एक बड़ा लॉन था जो आगे जाकर कैंटीन से जुड़ जाता था। इस छोटे लॉन में अकेली ही टेबल मैंने हमेशा देखी थी। शायद यह सिटिंग अरेंजमेंट उनके लिए ही था जिन्हें लोगों से दूरी बनाकर रखनी हो। प्लास्टिक की टेबलों पर बीच से छतरी निकलती थी, जो टेबल और पुल की सुंदरता बढ़ाती थी। चाँदनी रातें लौट आई थीं। रातरानी की ख़ुशबू इस पूल और कैंटीन एरिया की पहचान थी। चाँद की रौशनी और बारिश के दिनों के साफ़ आसमान में बादलों की खिलवाड़। ख़याल आता कि संघर्ष से थके बुद्धिजीवियों के लिए यह टेबल बहुत सुकून का काम करती या आज कोई कालिदास होते तो मेघदूत लिखने उन्हें किन्हीं पहाड़ियों की तलाश नहीं होती।

"कुछ भी नहीं छोड़ा स्वामीजी, मेरा सोलह साल का एक बेटा है, देखो।" केमी ने कहा और मोबाइल पर उसकी फ़ोटो दिखाने लगी। साइकिल चलाते, फुटबाल खेलते, स्कूल यूनिफ़ॉर्म में, माइक लेकर गाना गाते। आज मैंने और लक्ष्य ने प्लानिंग की थी कि संतरों के साथ पकी महुआ की शराब को ऑरेंज कोल्ड ड्रिंक्स, पुदीना और नींबू के साथ कॉकटेल की तरह ट्राई किया जाए। शाम को लक्ष्य ने कॉल करके मुझसे पूछा कि अगर माँ केमी आ जाए तो मुझे कोई आपत्ति तो नहीं। मुझे क्या आपत्ति होनी थी। केमी के साथ मॉनसून उत्सव के समय टकीला शॉट लगा ही चुका था।

"पर माँ, सोलह साल? आपकी एज इतनी तो नहीं लगती।" मैंने थोड़ा आश्चर्य भी किया और किसी महिला के सामने यह कहना शिष्टतापूर्ण भी है। हम अपने देश की महिलाओं की सही उम्र भले ही बता सकें, विदेशी महिलाओं

के साथ थोड़ी उलझन होती है।

"स्वामीजी, अठारह की होते-होते तो मैं माँ बन गई थी।" केमी ने हँसते हुए कहा। लक्ष्य अपनी कला प्रदर्शन की तैयारी में था कि कितने अच्छे से वह इस कॉकटेल को परोस पाए। थैले में उसने अपना सब सामान रखा हुआ था। बड़े लॉन में बैठे दो लोगों को देखते हुए उसने कहा कि वह किचन से बनाकर लाता है। इस कैंटीन के बग़ल में अलग से एक छोटा किचन बना हुआ था, जिसके सभी बर्तन अलग थे। कैंटीन में मांसाहार और शराब प्रतिबंधित थी। यह छोटा लॉन, बड़े लॉन के 'स्मोकिंग ज़ोन' वाले हिस्से से जुड़ा था। हमारी टेबल पर अब तक एकमात्र काँच की कटोरी जैसी ऐश ट्रे रखी हुई थी।

"इतनी जल्दी शादी हो जाती है आपके देश में?" दुबारा आश्चर्य दिखाया मैंने।

"शादी नहीं, मैं तो सिंगल मदर हूँ।"

"सिंगल मदर?"

"हाँ स्वामीजी, अपने इंडिया में यह नहीं होता, हमारे यहाँ यह कोई बहुत बड़ी बात नहीं है।" केमी ने इंडिया को अपना कहा।

"पर माँ, बच्चे के पापा?"

"मेरा बहुत प्यारा दोस्त था।"

"था? मतलब माँ?" आश्चर्य पर आश्चर्य।

"वह नशे में डूब गया। मैंने मुश्किल से उससे पीछा छुड़ाया। बहुत कोशिश की पर किसी भी तरह मैं उसे पहले की तरह नहीं देख पाती थी, ना उसे मुझसे कोई प्यार रह गया था। उसके जिस आकर्षण और समझदारी से मैं उसकी ओर खिंची चली गई थी, वह सब कुछ ख़त्म हो गया था, उसे बस नशे में ही मैं अच्छी लगती थी। हमारे रिलेशन में कुछ भी रोमांटिक नहीं रह गया था। वह अपनी कही हुई बातों और किए हुए वादों से निकल नहीं पा रहा था, यह मैंने समझ लिया था।"

"तो आपने अकेले ही बच्चे की ज़िम्मेदारी ली?"

"क्यों न लूँ, मेरा प्यार था, मेरा बच्चा है। अपनी ज़िंदगी मैं अपने कंट्रोल में रखती हूँ स्वामीजी।" उसने ख़ुश होते हुए फिर से मोबाइल पर बच्चे की फ़ोटो देखी और उसे चूमा।

बातें समझने की कोशिश करते हुए मैंने सिगरेट सुलगाई। ख़त्म होते तक

लक्ष्य ट्रे में काँच के तीन लंबे ग्लास सजाकर ले आया, जिनमें स्ट्रॉ और संतरे के कटे हुए टुकड़े फँसे हुए थे। किसी फ़ाइव स्टार होटल की शानदार ऑरेंज ड्रिंक लग रही थी, जिसमें बर्फ़ के टुकड़ों के साथ पुदीने की पत्तियाँ और नीबू के टुकड़े भी दिख रहे थे। जिस ख़ूबसूरती और सलीक़े से लक्ष्य ने ड्रिंक सजाया था, जीभ से पहले आँखों में स्वाद उतर आया।

"अरे वाह!" केमी ने ख़ुश होते हुए कहा, "क्या शानदार लग रहा है, तुमने तो मन बढ़ा दिया लक्ष्य।"

"माँ, आप पहले टेस्ट करके तो देखिए, फिर बताइएगा कि सिर्फ़ दिखने में अच्छी है या कुछ दम भी है?"

"आप भी देखिए स्वामीजी।" उसने मेरी ओर देखा।

मैंने स्ट्रॉ से ही एक छोटी घूँट पी। ऑरेंज कोल्ड ड्रिंक्स और पुदीने के साथ नींबू का मिलना कमाल कर रहा था। नीबू के छिलके के साथ नमक और मीठे का भी थोड़ा स्वाद अनुभव में आया।

मैंने भी कहा, "लक्ष्य, शानदार है तुम्हारा ड्रिंक तो।"

"थैंक्यू!" लक्ष्य की ख़ुशी में अब कोई संदेह नहीं था।

पहले पेग के साथ छल्ले वाली सिगरेट से मुझे प्यार है। ऑरेंज कैंडी के साथ सिगरेट का मज़ा स्कूल के दिनों में कई बार लिया था, इस ड्रिंक के साथ सिगरेट ने उन दिनों की याद दिला दी। केमी का कॉल आया, 'एक्सक्यूज़ मी' कहते हुए वहीं बैठी बात करने लगी। शायद अपने बेटे से ही बात कर रही थी, उसके भावों से यह लगा। थाई समझने की अपनी कुछ बिसात तो है नहीं। लक्ष्य की ओर सिगरेट बढ़ाई, तो उसने 'बाद में' कहते हुए नहीं ली।

केमी की बात ख़त्म होते तक हम तीनों के पेग ख़त्म हो चुके थे। लक्ष्य दूसरा पेग भी बना लाया था।

केमी ने कहा, "सॉरी-सॉरी।"

हम दोनों मुस्कुरा दिए जैसे कोई ख़ास बात नहीं। हालाँकि मुझे ग़ुस्सा बहुत आता है जब हम किसी के साथ हों और वह मोबाइल पर लगा हो। मैंने अपना समय दिया और आपको कोई वैल्यू नहीं, ना हमारे समय की, ना साथ की। मोबाइल में व्यस्त होना हमें भी आता है, पर हम तो वैल्यू कर रहे हैं। यहाँ मैं पहले वाला मैं कहाँ था; सब कुछ शांत था, स्वीकार्य था।

केमी ने कहा, "अरे लक्ष्य, तुम्हारा गाना सुने बहुत दिन हो गए, इस बार

तो आने के बाद एक बार भी नहीं सुना। ड्रिंक के साथ तुम्हारे सॉन्ग हों तो मन हवाओं में उड़ने लगता है। प्लीज़ सुनाओ ना।"

"हाँ माँ, क्यों नहीं।" लक्ष्य ने अपना ग्लास उठाया और जल्दीबाज़ी में निपटा दिया। हम दोनों ने तो शुरुआत ही की थी।

"माँ, ये गाना वैसे तो फ़ीमेल वॉयस में है ओरिजनली। लेकिन मुझे बहुत पसंद है।"

"हाँ हाँ, सुनाओ ना।"

"हम भूल गए रे हर बात... मगर तेरा प्यार नहीं भूले... क्या-क्या हुआ दिल के साथ... मगर तेरा प्यार नहीं भूले..."

"सुपर्ब लक्ष्य, मैंने सुना तो है यह गाना। जो दर्द उस आवाज़ में था, वह दर्द यहाँ भी है। रियली सुपर्ब..." गाने के दर्द से मैंने ख़ुद को एकाकार पाया। केमी ने धीरे से ताली बजाई।

"लक्ष्य एक और प्लीज़।"

"हाँ माँ, मेरा मन भी गाने का हो रहा है और दूसरा याद भी आ गया।" उसने देखा कि दोनों के ग्लास ख़ाली हो चुके थे।

उसने कहा, "पहले मैं एक-एक और बना लाता हूँ, फिर सुनाता हूँ।"

"नहीं लक्ष्य, मैं और नहीं लूँगी।" केमी ने कहा।

"कोई बात नहीं माँ, मैं बना तो लाता हूँ; क्या पता आपका मन हो जाए, और नहीं तो हम दोनों तो हैं ही।" वह हँसता हुआ किचन की ओर भागा।

"बहुत प्यारा है लक्ष्य?" केमी ने कहा।

"हाँ माँ, बहुत ही शानदार है। वैसे माँ; यहाँ आकर मैंने किसी ऐसे को देखा ही नहीं जो प्यारा ना हो।"

"ये पूरा सच नहीं है स्वामीजी।" केमी ने मेरी आँखों में देखा "सच यह है कि हर इंसान और हर जानवर प्यारा ही है, हर जगह प्यारा ही होता है। उसे प्यार से देखने की आँखें यहाँ खुल जाती हैं, बात इतनी ही है।" वह हँसने लगी। गुरुजी का प्रभाव निःसंदेह सभी पर था।

केमी ने कहा, "स्वामीजी, पहले पेग के साथ ही सिगरेट लगती है या दूसरे के साथ भी?" मैं समझ गया वह सिगरेट चाहती थी।

"सिगरेट का क्या है माँ, कितनी भी लग जाए।" मैंने सिगरेट निकाली जो आदतन जेब में डाल ली थी। किसी समूह में शिष्टाचार यही है कि, जब आप

सिगरेट पिएँ तो पैकेट टेबल पर ही रख दें। मैंने उसकी ओर सिगरेट बढ़ाई, उसने एक निकाल ली और एक मैंने। कुर्सी से उठते हुए मैंने लाइटर से उसकी सिगरेट सुलगाई और फिर ख़ुद की।

"माँ, आपका बेटा हॉस्टल में रहता है वहाँ?" मेरी उत्सुकता शांत कैसे हो जाती।

"नहीं, वो मेरी बहन के साथ रहता है, मेरी ही कॉपी है मेरी बहन भी। मेरे से हाफ़ ऑवर बड़ी।"

"तो आप दोनों जुड़वाँ हैं?"

"हाँ, और क्या। इस बात पर हमारी बचपन से लड़ाई होती है, वो बोलती है मैं उसकी कॉपी हूँ, क्योंकि वो मेरे से पहले दुनिया में आई। मैं बोलती हूँ कि मेरा सुंदर चेहरा देख के कॉपी कर लिया और चोरों को भागने की जल्दी होती है।"

"हा...हा...हा... मतलब भाई बहनों की लड़ाई यूनिवर्सल है।" मुझे लगा वह उसे मन से याद कर रही है और मुस्कुरा रही है, नोक-झोंक याद करके।

"अरे, जब हमारी लड़ाई होती थी, एक-दूसरे के बाल खींच-खींचकर लड़ते थे। मम्मी से हमेशा डाँट खाते थे। पापा तो और मज़ा लेते थे कि किसी तरह लड़ाओ इनको, तो उनका इंटरटेनमेंट हो।"

लक्ष्य तीन और ड्रिंक बनाकर ले आया था। टेबल पर रखते हुए उसने कहा, "माँ, आपकी पसंद का गाना सुनाऊँ? आ चल के तुझे..."

"हाँ सुनाओ लक्ष्य, यह तो मैं कितनी बार भी सुन सकती हूँ।"

लक्ष्य ने गाना शुरू किया-

"आ चल के तुझे मैं ले के चलूँ... एक ऐसे गगन के तले... जहाँ ग़म भी ना हो, आँसू भी ना हो... बस प्यार ही प्यार पले..." टेबल पर रखे उसके मोबाइल की वाइब्रेशन से उसका ध्यान भटका- "ओह, माई गॉड, गुरुजी का कॉल है, क्या करूँ... क्या करूँ..."

"अरे उठाओ लक्ष्य।" केमी ने कहा।

"हैलो, जी... जी... गुरुजी... मर गया।" उलझन उसके चेहरे पर थी।

"क्या हुआ?" मैंने पूछा।

"गुरुजी ने आने को कहा, ऐसे उनके पास जाना नहीं चाहता। कैसे करूँ?" उसने थोड़ा परेशान होते हुए कहा।

"मैं बोल देती हूँ गुरुजी को कि तुम मेरे साथ हो, देर हो जाएगी।" केमी ने

अपना मोबाइल उठाया।

"नहीं माँ, मैं जाता हूँ। हल्का-सा ही सुरूर है सँभाल लूँगा। अमरूद के पेड़ की पत्तियाँ चबा लूँगा, स्मेल नहीं आएगी।" वह जाने लगा, तभी उसे कुछ याद आया "स्वामीजी, अगर और ड्रिंक लगे तो नॉनवेज वाले किचन के साइड रखी हुई है। मुझे शायद लेट हो। वैसे जम्मन को पता है।" वह भागा।

"गुरुजी ने तो गाने का मज़ा ही ख़राब कर दिया।" केमी ने कहा तो मैं बस मुस्कुरा दिया।

तीसरा पेग तो अभी स्टार्ट भी नहीं हुआ था, हमारी सिगरेट ज़रूर ख़त्म हो गई थी।

"ये चीज़ तो अच्छी है, पर थोड़ी तेज़ नहीं लग रही स्वामीजी?"

"हाँ माँ, मैंने सुना है हवा लगने से इसका नशा थोड़ा तेज़ होता जाता है।"

"तो क्या, इसको बॉटल से ही पीना चाहिए?"

"नहीं नहीं माँ। पीने के बाद जब हमको हवा लगती है तब इसका असर तेज़ लगता है।"

"ओ... मैं तो और नहीं लेती, आप लीजिए। ज़्यादा हो गई तो कुछ कांड न हो जाए।" उसके दाँत बिलकुल साफ़ एक पंक्ति में, जैसे टूथपेस्ट की मॉडल हो। मैंने एक और सिगरेट सुलगाई और तीसरे पेग से पहली घूँट भरी।

"माँ, कुछ खाने के लिए लाऊँ?"

"नहीं स्वामीजी, आप ड्रिंक ले लो, फिर जम्मन को बोल देंगे। यहीं लगा देगा खाना। आपको ख़ुद के लिए कुछ लाना हो तो ले आओ।"

"नहीं माँ, मैं भी खाना ही खाऊँगा। इधर-उधर का कुछ खा लेने से फिर खाना नहीं खाया जाएगा।"

मेरे मन में बहुत इच्छा थी कि मैं केमी की और कहानी पूछूँ, पर यह झिझक भी कि उसे कहीं यह ना लगे कि मैं उसकी लाइफ़ में क्यों घुसा जा रहा हूँ।

"माँ, थाईलैंड में हाथी बहुत होते हैं क्या?"

"हाँ। आप इतना ही जानते हैं थाईलैंड के बारे में? इंडियंस तो बहुत जाते हैं थाईलैंड, आप नहीं गए कभी?"

"वो... वो... माँ, जाने का मौक़ा तो था एक बार, लेकिन थाईलैंड के नाम से यहाँ थोड़ी बदनामी हो जाती है, तो..."

"हा...हा...हा... तो नाम बचाने के लिए नहीं गए।"

"ऐसा ही समझ लीजिए माँ।"

"आपको पता है ज़्यादातर इंडियंस सिर्फ़ एक ही काम से जाते हैं थाईलैंड। लेकिन ऐसा नहीं है, बहुत प्यारा है थाईलैंड। और स्वामीजी, दुनिया के हर कोने में जिसको जो चाहिए अवेलेबल ही तो है।"

"माँ, क्या है वहाँ?"

"थाईलैंड टू हंड्रेड छोटे-छोटे आईलैंड से बनी कंट्री है और कभी किसी की ग़ुलाम नहीं हुई, बहुत सुंदर 'सी बीच' हैं। जेम्स बॉण्ड आईलैंड सुना है आपने? हमारे फुकेट के पास है।"

"नहीं माँ।"

"वहाँ जेम्स बॉण्ड मूवी की शूटिंग हुई थी, तब से वो बहुत फ़ेमस हो गया। एकदम साफ़ समुद्र और गुफाओं जैसी पहाड़ियों से घिरा हुआ है। पहाड़ों के बीच में समुद्र है, जब बोट से जाओ तो इतना सुंदर लगता है कि वापस आने का मन नहीं करता।"

"माँ, मार्बल की व्हॉइट पहाड़ियों और बीच में बहती नदी का मज़ा जबलपुर के पास भेड़ाघाट में है, मैं आपको दिखाता हूँ पिक्चर सर्च करके।" मैंने मोबाइल पर केमी को वहाँ की फ़ोटो दिखाई, उसने कहा "वाह, मैं जाऊँगी यहाँ ज़रूर, जेम्स बॉण्ड आईलैंड भी सर्च कीजिए, देखिए कैसा है।"

मैंने सर्च किया। इतनी ख़ूबसूरत और साफ़ जगह; पॉण्डिचेरी, मंदारमनी, गोआ, विशाखापट्नम, चेन्नई, मुंबई और अंडमान के कई समुद्री किनारे घूमें हैं, लेकिन जेम्स बॉण्ड की तुलना किसी से की नहीं जा सकती।

"माँ, यह तो सच में, सपने जैसा है।"

"ये क्या सब कुछ तो सपना ही है स्वामीजी।" कहते हुए केमी ने टेबल पर रखी सिगरेट उठाई और सुलगा ली। कहा, "यहाँ के साथ बहुत यादें जुड़ी हैं स्वामीजी। मैंने अपना बहुत अच्छा टाइम यहाँ बिताया है, हर कोने को पहचानती हूँ यहाँ के, एक-एक जगह का रोमांस मेरी आत्मा में अब भी रहता है।"

मैंने अपना तीसरा पेग ख़त्म किया, जब जम्मन आया। "माँ जी, खाना लगा दूँ?"

केमी ने जैसे जागते हुए कहा, "हाँ जम्मन लगा दो, क्या बना है आज?"

"खिचड़ी और दही है माँ। आलू की सब्ज़ी भी है, रोटी या परांठा बना दूँ?"

"नहीं, मुझे तो पसंद है तुम्हारी खिचड़ी जम्मन। आपको कुछ और चाहिए

स्वामीजी?" मेरी ओर देखते हुए केमी ने पूछा।

"नहीं माँ, ज़्यादा कुछ खाने का मन नहीं। मेरा भी लगा दीजिए।"

आमतौर पर कैंटीन में खाना परोसने का चलन नहीं है। बुफे लगा होता है। केमी के साथ बैठा था और नौ बजने वाले थे, शायद इसलिए जम्मन ने यह स्पेशल ट्रिटमेंट दिया। मैंने केमी की ओर देखा, उसने पूरी नज़रों से मुझे और उसी आहिस्ता से आसमान की ओर। आँखों के नशे के बीच जीने की इच्छा बढ़ गई।

(17)

"तू अपनी बंदी को समझा यार, तेरे को तो जीने देती नहीं मेरी ज़िंदगी में और आग लगाती रहती है।"

सोने के लिए बहुत शांति चाहिए मुझे। थोड़े भी शोर से नींद खुल जाती है। दरवाज़े की ओर से कुछ आवाज़ें आ रही थीं। रात के एक बजे होंगे, मैं समझ गया कि आज जो दो कॉलेज कपल्स मेरे बग़ल वाले कॉटेज में आए हैं, आवाज़ें उनकी ही हैं। दोनों लड़के शायद पीने-पिलाने के बाद इधर सिगरेट के बहाने आपस में बातें करने आए थे। मेरे कॉटेज के सामने बने छोटे से शेड में वैसी ही कुर्सियाँ और टेबल थे जैसे बालकनी में। शायद उन्हें इसका ध्यान नहीं होगा कि वे किसी और के कमरे के सामने बैठे हैं और उनकी आवाज़ें भी तेज़ हैं। मेरे कॉटेज के एक ओर तो लक्ष्य का कॉटेज था, दूसरी ओर इन कॉलेज परींदों के कॉटेज।

"अबे, तू रुक तो। ये ट्रिप ख़त्म होने दे। इसके साथ ये लास्ट है भाई, अत्ती हो गई है। वापस जाते ही इसको लात मारूँगा।"

"रहन दे साले, पीछे-पीछे तो दुम हिलाता फिरता है।"

"भोस...के, तू मेरे को जानता नहीं है, प्लेबॉय है तेरा भाई। शर्त लगा ले, अगले महीने का प्रोग्राम फिर बना ले, नई बंदी के साथ नहीं आया तो मेरा नाम बदल देना।"

"हाँ, तेरे पास तो दो-चार एक्स्ट्रा में पड़ी रहती हैं न।"

"एक्स्ट्रा भी रहती हैं भाई और वेटिंग भी।"

"सुन ना बे। वो सब तो ठीक है, बाद में देखेंगे। इस कमीनी टिनी को क्या खुजली मचती है भाई... कहाँ से उठा लाया तू इस कमीनी को, मेरी सेटिंग ख़राब करके इसको क्या मिलेगा यार। मेरे पास तो तेरी माँ की क़सम एक ये ही है। ये

तेरी टिनी इसको भी भड़का देती है।"

"अबे... भोस...के, तू अपनी माँ की क़सम खा ना। मेरी माँ की क़सम क्यों खाता है?"

"अबे तेरी माँ मेरी माँ, क्या फ़र्क़ है भाई!"

"साला हरामख़ोर, सुधरेगा नहीं। कल बोलेगा, तेरी बीबी... मेरी बीबी..."

"भाई ये तो बता, साला तेरे से इतनी लड़कियाँ पट कैसे जाती हैं, एक इस माँ की लौंडी को पटाने में तो गाँ...ड से पसीना निकल जाता है।"

"अबे तुम साले भिखारी की तरह लगे रहते हो, अपुन शिकारी है बॉस।"

"भाव मत खा मादर..."

"अबे कुछ ज्ञान ले ले... गुरु बना ले।"

"बना दिया बे। बोल गुरु के आन्..."

"देख, सबसे पहले तो भाई, मर्द बनो।"

"और क्या मादर... मेरे सामने तेको भो...ड़ा नज़र आता है?"

"सुनेगा भोस... अपने ज्ञान को पोंगली बना के डाल ले।"

"हाँ डाल लिया, बोल।"

"देख, पहले तो मर्दों की तरह सख़्त बनो। इन लौंडियों को सख़्त लौंडे पसंद आते हैं। इनके लिए दुनिया में कभी कुछ मत छोड़ना, इनको हमेशा ऑप्शन में रखना। और सुन, एक साथ पाँच-सात पर ट्राई मारते रहना, कोई गई तो किसी दूसरी-तीसरी को पकड़ लेना। एक से चिपके तो ख़त्म कहानी। और इनकी तारीफ़ तो कभी मत करना, साली इसीलिए मरती रहती हैं। प्रपोज़ करने में कभी कोई शरम मत करना, आती तो ठीक नहीं तो भाव मत देना। सब होगा भाई, बस थोड़ा चू...या बनाना पड़ता है इन कमीनियों को।"

मुझे इनकी बातों में रस आने लगा। नींद खुलने का दुख नहीं था, इनको सुनने की इच्छा उठ रही थी। तभी इनकी वे दो बंदियाँ भी आ गईं।

लड़की 1- "क्या बे, साले तुम लोग यहाँ बकर-बकर करने आए हो, हमारे माथे पर 'सी' लिखा है?"

लड़का 1- "आ रहे हैं यार"

लड़की 1- "रहन दो भोस...वालों हम यहीं आ गए हैं। तुम दोनों साले ज़्यादा होशियार बनते हो।"

लड़का 2- "अरे टिनी, चुप ना बे। मूड की माँ-बहन मत कर।"

लड़की 1- "हाँ, आजकल ना तेरे को यही लगता है। जब मैं बोलती हूँ, तो तेरी माँ-बहन की बज जाती है।"

लड़का 2- "अब ना बहुत हो गया, तेको चढ़ जाती है तो इतना पीती क्यों है बे, इतना रायता फैला रही है।"

लड़की 1- "देख बता रही हूँ..." आवाज़ थोड़ी और तेज़ की उसने तो दूसरी लड़की ने रोका।

लड़की 2- "अबे टिनी, प्लीज़ ना यार। चुप ना। प्लीज़ चुप। मेको बोलने दे... गाइज़ लिसन प्लीज़। यार तीन दिन के लिए आए हो, तो क्यों नहीं ठीक से रहते? इतना मस्त मौसम है, रोमांस करो ना यार। काहे को एक-दूसरे की माँ-बहन के पीछे पड़े हो।"

लड़का 1- "हाँ यार, मैं भी तो तब से यही कह रहा हूँ, इन दोनों की लड़ाई ख़त्म हो तब ना... प्लीज़, प्लीज़ गाइज़ हाथ जोड़ता हूँ। अब लड़ाई वाली बातें बिलकुल मत करो, दारू को तो कोई हाथ भी मत लगाना सबको ज़्यादा हो गई है।"

लड़का 2- "तू फिर ज्ञान बाँटने लगा बे, भोस..."

लड़का 1- "भाई माफ़ कर दे, तोहफु लेगा क्या?"

लड़का 2- "भाग भोस... सड़ी तेरी तोहफु!"

लड़की 1- "तेको कैसे पता बे इसकी सड़ी है? क्यों बे तू मेको चीट कर रहा है?" अब सब मज़ाक़ के मूड में आने लगे थे।

लड़का 1- "माँ क़सम, मैंने नहीं दी किसी को आज तक।" सब हँसने लगे थे।

लड़का 1- "भाई ये सब तो ठीक है, ये बता तुझे दुनिया में कोई और जगह नहीं मिली थी प्रोग्राम बनाने को; यहाँ ले आया? न रूम सर्विस, न टीवी।"

लड़का 2- "अबे चू...या, यहाँ टीवी देखने आया कौन है?"

लड़का 1- "नियम-क़ानून देखा है यहाँ के, आश्रम है साला ये तो।"

लड़की 1- "चलो गाइज़, यहीं बैठ के रात बितानी है क्या, या सोना भी है।"

लड़की 2- "पता है साली, कितना सोएगी तू हा...हा...हा..." ठहाके गूँजने लगे और धीरे-धीरे आवाज़ें धीमी पड़ती गईं।

नींद खुलने के बाद दुबारा नींद आना महाभारत है। मैं सोच रहा था कि इन लोगों को क्या फ़र्क़ पड़ता है कि समाज कैसा है, क्या इतिहास है, कौन किसका

ग़ुलाम कभी रहा या नहीं। जिन चीज़ों से सीधा मतलब ना हो उन्हें जानने की कोई ज़रूरत ही नहीं। परिवार में आते ही जो कंडिशनिंग कर दी गई; राम या अल्लाह के नाम जो पकड़ा दिए गए, उसको सच मान लेना इनकी नासमझी नहीं, परिस्थिति है। जब किसी विषय के बारे में हमें कुछ पता ना हो तब जो कहा जा रहा उसे सच मान लेना ही एकमात्र रास्ता होता है। हो सकता है ये लोग कल डॉक्टर, इंजीनियर भी हो जाएँ, उनसे मतलब रखने वाली किताबों को रट कर। लेकिन समाज को जान कैसे सकेंगे? लड़कियाँ जिन्हें यह पता है, वे इस प्लेनेट में इन्जॉय करने आई हैं, और लड़के मरते हैं हर लड़की पर। उनका थोड़ा फ़ायदा उठा लेना और अपने पीछे घुमाने में उन्हें रस है। अपने मेकअप और तारीफ़ों में रस है। इस चीज़ को इन्हें समझने की क्या कभी कोई ज़रूरत नहीं महसूस होती होगी कि क्या इनका इतिहास है और क्या भविष्य हो जाने वाला है। आधुनिकता के लिबास में अपने जानवर होने को ढाँक लेना ही इनका सच है। क्या बिना सोचे इस तरह मस्ती से जीवन बिता देना भी वह स्थिति नहीं जो हमारे जीवन का उद्देश्य है। अगर हम कहें आनंद ही लक्ष्य है, तो ये लोग ग़लत कैसे कहे जा सकते हैं? क्यों दिमागी उलझनों में पड़ना और दुनिया भर की कहानियाँ जानना। इतना जान लिया कि सुख कैसे लेना है। विपरीत लिंगी से आने वाला या कहें संभोग का सुख ही परम सुख है।

(18)

मैंने गुरुजी से शिकायत की कि हम ऐसे लोगों को अपने आश्रम में अलाउ क्यों करते हैं?

"कैसे लोगों को?"

मैंने उन्हें बताया कि मेरे कॉटिज के बग़ल में कौन लोग रुके हुए हैं और क्या उनकी मंशा है।

गुरुजी हँसने लगे- "हा...हा...हा... क्या तुम यह सोचते हो कि तुम ख़ुश रहो इसलिए यह ज़रूरी है कि दुनिया में सब लोगों को तुम्हारी मर्यादाओं पर खरा उतरना चाहिए, और तुम जो नहीं कर पाए, किसी और को नहीं करना चाहिए... हा...हा...हा..."

"नहीं-नहीं ऐसा नहीं है गुरुजी, पर आश्रम की गरिमा इससे धूमिल होती है।" थोड़ा तो कंफ़्यूज़ मैं था ही।

"स्वामी, तुम यह सोच कर देखो कि तुम अभी की स्थिति में उस बहुमत की जगह नहीं ले रहे, जिसके षड्यंत्रों और मनोविज्ञान के बारे में हम इतने दिनों तक बात करते आए हैं?"

"मैंने सोचा था गुरुजी, पर मैं इस दिशा में सोच नहीं पा रहा कि इन्हें सही कैसे कहूँ?"

मैंने रात में बहुत देर तक समझने की कोशिश की थी, तब तो शिकायत की।

"स्वामी, तुम इस बात की परवाह ही क्यों करते हो कि वे सही हैं या ग़लत। उनकी दृष्टि है, अपनी दृष्टि में वे सही हैं। तुम्हारी दृष्टि में तुम और मेरी दृष्टि में मैं। मेरे ख़याल से हमें अपनी दृष्टियों की परवाह करनी चाहिए और अपने चश्में के नंबर ठीक रखने चाहिए।" लगा जैसे गुरुजी मुझे वही बात समझा रहे थे जो लक्ष्य ने आश्रम में आने के साथ ही मुझे समझाई थी कि अपने काम से काम

रखना यहाँ अच्छा माना जाता है।

गुरुजी आज फिर बगीचों और खेतों में टहलते हुए मेरे कमरे में आ गए थे। जगह भी तय थी। वही बालकनी और बेंत की कुर्सियाँ। समय शाम का था।

"स्वामी, जानते हो हम सबका सच क्या है? हम सब के अंदर एक खोखलापन है। इसका उपचार तुम एक तरीक़े से करते हो, मैं दूसरे तरीक़े से और ये नये बच्चे तीसरे तरीक़े से। सबके अपने तरीक़े हैं। यह कहा जा सकता है कि इन बच्चों का तरीक़ा बचकाना है, पर जीवन का सच वह भी है। नीत्शे के शब्दो में कहूँ तो युवावस्था की कब्र इन्हें सांत्वना देगी। तुमने कहा कि लड़कियाँ भी अश्लील भाषा में बात कर रही थीं। तुम ग़ौर करो अपने शब्दों पर। यह नहीं लगता है जैसे, लड़कों का इस तरह बात करना तुम स्वीकार कर सकते हो पर लड़कियों का इस तरह बात करना तुम्हारा तथाकथित संस्कारित मन स्वीकार नहीं कर पाता। ज़रा सोचो तुम्हारा मन लैंगिक भेदभाव से प्रेरित नहीं है? इस भाषा का अविष्कार किसने किया है? द्विअर्थी शब्दों के अविष्कार का श्रेय भी तो हमारे पुरुषों को ही जाता है। किसी गाली में तुमने पुरुष के वेश्या या यौन चरित्र ख़राब होने की बात सुनी है? पुरुष ने ही अरबी के 'माल' शब्द का उपयोग अपने अर्थों में कर लिया, जिसका वास्तविक अर्थ है बिकने वाली चीज़।

"स्वामी, क्या यह सोचा जा सकता है कि आज गौतम बुद्ध होते तो शायद इसी भाषा में बात कर रहे होते बुद्धत्व के पहले। बुज़ुर्गों ने सब धर्मों का नाश कर दिया है, बुड्ढों के बनाए नियम-क़ायदों पर कौन जवान चलता है स्वामी। हा... हा...हा... ये सठियाए बुड्ढे सामूहिकता और धर्म के नियम बनाते हैं, इसलिए नई पीढ़ी को बहुत मज़ा आता है उन्हें तोड़ने में। यह आज की ही बात नहीं, जिन बुड्ढों ने ये नियम क़ानून बनाए उन्होंने भी जवानी में भरपूर ग़लतियाँ की होती हैं। इसलिए तो वे सिखा पाते हैं कि आगे ग़लतियाँ न हों। यह संभव कैसे है स्वामी? उन चारों में बुद्ध होने की संभावना तुम क्यों नहीं देख सकते? अगर साथी बदलने की बातों पर तुम्हें आपत्ति है तो बुद्ध और कृष्ण को भी याद कर लेना।"

"मैंने इस तरह नहीं सोचा।"

"देखो स्वामी, अगर यह लोग किसी दूसरे के लिए परेशानी का कारण बनते तो निश्चित तौर पर इन्हें हटा दिया जाता। बहुत प्यारे हैं यह लोग। अभी जूझ रहे हैं, अपने खोखलेपन से। जूझने दो। एक दिन इन लोगों में से ही वे निकलकर आएँगे जो इस ज़मीन के नमक कहे जा सकें। यह सोचना मूर्खता है कि अब

कभी कबीर, नानक या मोहम्मद पैदा ही नहीं होंगे। यह मत सोचना कि नई और पुरानी पीढ़ी में कुछ अंतर होता है। यह सदियों से सिखाया जाने वाला झूठ है। सब पीढ़ियों की परवरिश एक ही तरह से होती है, वैचारिक पृष्ठभूमि पर। सुविधाएँ कम ज़्यादा दे सकते हो उन्हें फलने-फूलने की। नई फ़सलों का त्योहार मनाओ, पुरानी फ़सलों के बीज आगे बढ़ चुके। इंसान की नई फ़सलों पर उपकार का समय कब आएगा; उपकार यह कि हम उनसे उनकी पहचान छीन लें; गेहूँ होना चाहे तो होने दें, धान होना चाहें तो होने दें। जैसे हम अपने बच्चों को बात मानना सिखाते हैं वैसे ही सदियों से हम उन्हें विश्वास करना सिखाते हैं, आस्था सिखाते हैं और यह सिखाते हैं कि जो सर्व स्वीकार्य है, उसके लिए उन्हें सोचने की ज़रूरत नहीं; वह सत्य है। दो और दो की सार्वभौमिक स्वीकार्यता कूड़ा है। जिस तथ्य को हम जीवन पर लागू ना कर सकें उसकी सत्यता पर संदेह किया ही जाना चाहिए। संदेह का मार्ग नये मार्गों की तरफ़ जाने की सीढ़ी है। जीवन और प्रेम की कसौटी में दो और दो चार झूठ साबित होते हैं। पीढ़ी-दर-पीढ़ी वही शिकायतें चलती रहती हैं कि नई पीढ़ी ऐसी है और वैसी है। व्यवस्था है बगुलों की। नई पीढ़ी को स्मार्ट कहे जाने का प्रसाद उनको बहकाने का ईंधन है।"

गुरुजी ने सिगरेट सुलगा ली और मेरी ओर डिब्बी बढ़ा दी। मैंने भी सिगरेट सुलगाई और कहा, "गुरुजी, परिवार का क्या होगा? क्या ये लड़कियाँ कभी किसी परिवार का हिस्सा बन पाएँगी, जितना समर्पण किसी गृहणी को देना होता है क्या इन लड़कियों से कोई उम्मीद की जा सकती है?"

गुरुजी मुस्कुरा दिए, "स्वामी, समाज ने उसकी व्यवस्था कर रखी है। एक दूध वाले से लेकर अड़ोसी-पड़ोसी, पास-दूर के सब रिश्तेदारों के पास इसका हिसाब होता है कि कौन विवाहित है और कौन नहीं। हा... हा... हा... देखो स्वामी, कोई लड़का बिगड़ गया है तो उसकी शादी कर दो। सीधा है तो शादी कर दो। शराब, सिगरेट पीता है तो शादी कर दो। ज़्यादा काम में रम गया है तो शादी कर दो, काम नहीं करता तो शादी कर दो। यही हाल लड़कियों के साथ है, ज़्यादा बोलती है तो शादी कर दो। अरे! उम्र निकली जा रही है, शादी कर दो। सब सहेलियों की शादी हो गई, इसकी भी कर दो। पीढ़ियों की दुश्मनी में तड़का देना हो तो कह दो लड़की का चरित्र ठीक नहीं, सुनने वाला समझ जाएगा कि क्या ठीक नहीं और लड़की का जीवन नर्क। यह लगभग तय है कि विवाह के बाद औसत स्त्री को समाज और सुरक्षा का भय दिखाकर नियंत्रित कर लिया

जाएगा। स्त्री पर इस बात का भी भरपूर दबाव है कि वह अत्याचार, मार-कुटाई खाकर भी अपने केयरिंग नेचर से लड़के को सुधारे और स्त्री अस्त्रों का उपयोग करे, पति चाहे नशेड़ी, ताक़त की आज़माइश का प्रेमी हो। प्रेम की तो भनक पड़ते ही शादी कर दो। प्रेम तो आवश्यक रूप से शादी के बाद उत्पन्न हो ही जाएगा और लड़की अपने पुराने प्रेम को भूल जाएगी। लड़की की उम्र की फ़िक्र सबसे ज़्यादा उस समाज को होती है जो उसके मर जाने पर ठीक से आँसू नहीं ला पाता, उसका कहीं चक्कर तो नहीं था सबसे पहले यह सवाल होता है। और समाज में स्त्री को उसके ही घर में बाहरी समझे जाने की परंपरा चली आ रही है; उनकी आशाओं का क्या? अनुबंध से प्रेम आता तो आज यह पृथ्वी प्रेम से सिंचित होती।

हमारी शादियाँ पश्चिम से ज़्यादा चलती हैं, जीवन भर चलने के लिए उन्हें डिज़ाइन किया गया है, इतना बड़ा ड्रामा। इतने बड़े सम्मोहन और भारी-भरकम बेड़ियों की व्यवस्था है जिससे निकल पाने से ज़्यादा आसान है घुट-घुटकर मर जाना। शादी सिर्फ़ और सिर्फ़ एक विश्वास तंत्र है, जो हम पर हसीन सपनों की तरह पोत दी जाती है। बैंड-बाजा, बाराती। इतने बड़े समारोहों और तरह-तरह के रीति रिवाजों से देवता ख़ुश होते हों या नहीं, तुम्हारा यह विश्वास मज़बूत होता है कि तुम शादीशुदा हो। सात फेरे, वचन, लोक-परलोक के संबंधों की कहानी और धार्मिक कर्मकांडों का संबंध शादी से और उसके बाद के पूरे जीवन से जोड़ दिया जाता है। अब यह और अच्छे से हो सकता है। दो-तीन साल तो शादी की विधियों में और फ़ोटो देखते निकल जाते हैं स्वामी।

दुनिया की हर स्त्री को पाँच-सात उन स्त्रीयों के बारे में पता है, जो विवाह में सिर्फ़ इसलिए बँधी हुई हैं कि उससे मुक्ति का कोई उपाय नहीं और वे और उनके बच्चे आर्थिक रूप से निर्भर हैं। तसलीमा नसरीन लिखती हैं- " अधिकांश विवाहित लड़कियों के साथ मैं पंद्रह सेकेंड से ज़्यादा बात नहीं कर सकती। क्योंकि आमतौर पर वे आरंभ में ही कहना शुरू करती हैं कि पति महोदय क्या खाना एवं पहनना पसंद करते हैं। इसके अलावा इनकी अपनी कोई बात ही नहीं होती। यह सब कहकर वे समाज में बनी रहना चाहती हैं क्योंकि वे समझती हैं कि बनी रहने के लिए इसके अलावा और कोई चारा नहीं है।

इसलिए पति यदि प्यार से एक क़ीमती साड़ी ख़रीद दे या सोने का गहना बनवा दे या फिर और ज़्यादा प्यार करके ज़मीन का एक टुकड़ा वसीयत में सौंप

दे, फिर तो कहना ही क्या! इन विषय संपत्ति के सम्मोहन के समक्ष कमज़ोर लड़कियाँ धीरे-धीरे पराजित हो जाती हैं। कोई बहुत तेज़ी से पराजित होती है तो कोई धीरे-धीरे। दरअसल दुनिया का यह 'सुख' नामक लालच एक कुएँ की तरह है। जिस प्रकार मेंढक कुएँ को विशाल झील समझकर ख़ुशी से उलझता फिरता है, उसी तरह दो साड़ियाँ और कान-नाक में पहनने के दो-चार क़ीमती चीज़ें पाकर वे अपने परिवार रूपी कुएँ को विश्व ब्रह्मांड समझने की भूल करती है। मनुष्य भूल जाता है कि स्वतंत्रता सर्वप्रथम अधिकार है। नारी अपनी स्वतंत्रता को छोटे से घर के लिए बेच देती है। हालाँकि मनुष्य जानता है घर किसी की दुनिया नहीं होती। घर है मनुष्य के लिए विश्राम एवं निहायत व्यक्तिगत काम-काज के लिए अपनी एक आड़। लेकिन कोई पुरुष जब शादी करता है तो स्त्री को परिवार और बंधन दोनों ही उपहार देता है। दरअसल कोई पुरुष अकेले यह नहीं देता, देता है पुरुषशासित समाज।

परिवार किसी का कर्म नहीं हो सकता, किसी का कवच हो सकता है, लेकिन किसी का धर्म नहीं हो सकता। जो लोग किसी पर इस तरह का धर्म लादना चाहते हैं, वे चाहे कुछ भी हों धार्मिक तो क्या, सचमुच के मनुष्य भी नहीं हैं।"

हा...हा...हा... यह सब सम्मोहन है। दुल्हा-दुल्हन समाज के लिए मॉडलिंग कर रहे होते हैं जिसका प्रतिफल है सोशल मीडिया पर 'सुपर्ब कपल', 'लव बर्ड' टाइप के कमेंट्स। प्री वेडिंग शूट अनुबंध से उपजे विवाहों को प्रेम विवाह की तरह प्रस्तुत करने का असफल प्रयास है। इस समय सब अभिभावक इसमें भरपूर सहयोग भी देते हैं और साथ में यह संदेश भी सब चीज़ों में छिपाया होता है कि यह संबंध जीवन भर का है। फालतू-सी प्रेम कहानी के हीरो-हीरोईन बनने को मर रहे इन नादानों को शायद यही पता है कि रोमांटिक और हसीन सात जन्मों वाले सच्चे प्यार का नाम शादी है। रब ने बना दी मूर्खों की जोड़ी।

हमारे शेख़ चिल्लियों द्वारा लिखी गई फ़िल्मों की प्रेम कहानियों का बहुत बड़ा योगदान है रिश्ते ख़राब करने में। झूठे सपनों को प्यास में बदलती हैं ये कहानियाँ। हीरोईन के साथ सड़क पर नाचता हीरो हास्यास्पद नहीं है? वास्तविक जीवन में इसकी कल्पना तो कर के देखो। ख़ौफ़नाक मनोरंजन ख़ुद ही खाई है। अच्छा... इसकी बात कोई नहीं करता कि हीरो-हीरोईन की शादी के बाद क्या हुआ, वे मिले कहानी ख़त्म। काले अध्याय छिपा लिए जाते हैं... हा...हा...

हा... माँ बाप तुम्हें प्रेम करने के लिए ठीक सामाजिक और आर्थिक स्थिति का विपरीतलिंगी ख़रीद देते हैं, उसी तरह जैसे बचपन से तुम्हारे लिए सामानों का प्रबंध करते आए हैं। लड़की की शादी किए जाने के पीछे सबसे बड़ा कारण यही होता है कि लड़का कमाने वाला था या परिवार की आर्थिक स्थिति अपेक्षाकृत अच्छी थी। कितनी स्त्रियाँ ऐसी हैं जिनको आकर्षित कर पाने और प्रेम कर पाने की औक़ात ख़रीददार पतियों में नहीं थी। असमर्थ पुरुषों को भी अच्छी स्त्री मिल पाने का यही कारण है। पाश के बारे में अपनी पहले कुछ बातें हुई थीं, उनकी कुछ पंक्तियाँ याद आ रही हैं-

वक़्त आ गया है
कि अब उस लड़की को
जो प्रेमिका बनने से पहले ही
पत्नी बन गई, बहन कह दें।"

"तो क्या हमें इस सम्मोहन के ख़िलाफ़ होना चाहिए?"

"मैंने यह नहीं कहा स्वामी। यह सम्मोहन एक ओर इन तितलियों को परम उत्तरदायित्व से बाँध देता है, दूसरी ओर ग़ुलामी और दोयम दर्जे की स्वीकार्यता का मार्ग प्रशस्त कर देता है। तुम यह समझने की ग़लती मत करना कि इन लड़कियों को अपने भविष्य का नहीं पता। लड़कियाँ यह जल्दी समझ जाती हैं कि ज़िंदगी और दुनिया हमें अच्छा महसूस कराने के लिए नहीं बने हैं। लड़कियों का लालन-पालन इस तरह किया जाता रहा है कि उनकी नीदें ख़राब ना हों। इस नशे का इंजेक्शन दिया जाता है कि उन्हें किसी दूसरे घर जाना है। हमारे निकाहों में माँगी जाने वाली रज़ामंदी; तय रज़ामंदी है। मज़ा देखो स्वामी, इन समझदार लड़कियों ने चोर रास्ता निकाल लिया कि ठीक है, जब जाना है तो जाएँगे। बाप की मजबूरी है पति ख़रीद ही देगा, वहाँ क्या स्थिति रहती है क्या नहीं, तब तक तो धरती का स्वर्ग यहीं देख लो। हा...हा...हा..."

"पर गुरुजी, आज जब लड़कियाँ कमाने लगी हैं, धारणाएँ बदली नहीं हैं?"

"धारणाएँ तो वही हैं, हाँ एक-दूसरे से आशाएँ ज़रूर बढ़ गई हैं। कमाऊ पत्नी पर दबाव थोड़ा कम होता है। अब यह दिक़्क़त होती है कि पति-पत्नी लगभग एक जैसा ही चाहते हैं एक-दूसरे से। उस साथी की उम्मीद जिस पर भरोसा हो। पारिवारिक हो, मनोरंजन करना जानता हो और उनके उदास रहने पर जोकरपना भी कर सके। जीवन को गंभीरता से समझे और ज़िम्मेदार भी हो।

समझदार तो हर हाल में इतना होना ही चाहिए कि किसी भी परिस्थिति में वह ख़ुद को ढाल सके। दुनिया के किसी और पुरुष-स्त्री को हर्गिज़ ना देखे पर इनके नखरे ज़रूर उठाए। शाहरुख़ ख़ान की तरह हाथ में गिटार लेकर रोमांटिक डायलॉग बोल सके और इमरान हाशमी की तरह होंठों पर सूजन दे सके। इतनी चाहतों के चलते तो द्रौपदी को पाँच पति मिले थे। हा...हा...हा... एक़ सिगरेट और पिलाओ।" गुरुजी ने कहा।

"जी गुरुजी।" कहकर मैंने सिगरेट उनकी ओर बढ़ाई और ख़ुद भी एक क्लासिक रेग्यूलर सुलगा ली।

गुरुजी ने लंबा-सा कश लिया और धुआँ छोड़ते हुए कहा, "लड़की होने का थोड़ा फ़ायदा उठाना बचपन ही सिखा देता है। स्त्रियों को जो सम्मान देने की बातें हमें वूमेन्स डे में सिखाई जाती हैं, उन सुविधाओं के बदले जो क़ीमत उन्हें चुकानी होती है ख़ुद उन्हें नहीं पता, कितनी ज़्यादा है। सेल्फ़ी, लाइक्स, कमेंट और सेलिब्रेशन की नशेबाज़ स्त्री यह सोचने की ज़हमत नहीं उठाती कि आज दुनिया को वूमेन्स डे मनाने की ज़रूरत क्या है।"

"गुरुजी, स्त्री को अतिरिक्त सुविधा लेने से इनकार कर देना चाहिए।"

"बिलकुल करना चाहिए स्वामी। बस की सीट से लेकर, पब में फ़्री एंट्री। सब इनकार कर देना चाहिए। 'लेडीज़ फ़र्स्ट' जैसी बातें स्त्री को विकलांग, असहाय और कमज़ोर कर देने की सम्मानजनक चाल है। 'वृद्ध, दिव्यांग, महिला को जगह दें'; यह मानसिक दबाव है कि कमज़ोरी स्वीकृत की जाए। नादानों को लगता है, हम पुरुष बिना मतलब के कुछ सुविधा इन्हें फ़्री में दे देंगे।

हमारी भारतीय समझ यह समझदारी भी पैदा करती है कि वह पुरुष को अविश्वसनीय मानती है। विधवा रह जाने की व्यवस्था गहरे में स्त्री का सम्मान है कि वह बग़ैर पुरुष जीवन जी सकती है और संयमित रह सकती है। लम्पट पुरुष को विधुर रह जाने की अधिक सुविधा ना देना उसका अपमान है। स्त्री के पर्दों का हिसाब भी तो पुरुष की आँखों से माँगा जाना चाहिए। तुम्हें नहीं लगता स्वामी कि स्त्री का इतना ढका और छिपा होना भी पुरुष का ही अपमान है ?"

"हाँ गुरुजी। पुरुष की बनाई मर्यादाएँ उसी की पोल खोल दे रही हैं।"

"मुझे रक्षाबंधन भी पुरुष का अपमान और स्त्री के प्रति दुर्भावना लगता है। बहन छोटी हो या बड़ी उसे अपनी सुरक्षा के लिए भाई पर निर्भर रहना ही होता है और भाई भूल ना जाए इसलिए इस कांट्रैक्ट का नवीनीकरण होता है। ख़ून

के रिश्ते ना हों तो सामाजिक मान्यता के लिए राखी भाई जैसे रिश्ते को मान्यता है। यह पुरुष का अपमान ही तो है कि उसकी साख गिरी हुई समझी जाती है।

हमारे बहुत से रीति-रिवाज इस प्रेरणा से रचित हैं कि पुरुष ही शक्ति संपन्न है, और स्त्री को किसी-ना-किसी तरह पुरुष पर निर्भर रहना ही चाहिए। दुल्हन को दुल्हे के बाएँ खड़े करने और कटार वग़ैरह रखने में भी यही भेद है। कोई दुल्हन पर हमला करे तो दुल्हे भाई साहब दाएँ हाथ से अपनी तलवार खींचकर अबला को बचा सकें। बाद में यह रिवाज बना और धार्मिक, सामाजिक अनुष्ठानों में स्त्री का बायाँ स्थान हो गया; जो बाद में शुभ-अशुभ की भावनाओं से आज तक प्रचलित है।

यह हमारा ही समाज है, जहाँ यह लोकोक्ति प्रचलित थी कि, भाग्यवान की बीबी मरती है और दुर्भाग्यवान की गाय। बीवी मरेगी, दूसरी आएगी तो कुछ लाएगी। इसी समाज का हिस्सा है वह ख़ुशी, जो मादा पशुओं के जन्म लेने पर दिखती है; और वह दुख भी इस समाज का हिस्सा रहा है जो लड़की के जन्म लेने पर होता है। मादा पशुओं से मादा मनुष्य की तुलना शर्मनाक है। तसलीमा नसरीन फिर याद आती हैं- 'जिस दिन यह समाज स्त्री शरीर का नहीं, शरीर के अंग-प्रत्यंग का नहीं; स्त्री की मेघा और श्रम का मूल्य देना सीख जाएगा, सिर्फ़ उसी दिन स्त्री 'मनुष्य' के रूप में स्वीकृत होगी।'

हम स्त्री को दोयम और कमज़ोर बनाकर रखना चाहते हैं। थोड़ी सुविधा में पट जाने वाली, गहनों और नखरों को अपनी शान समझने वाली स्त्रियाँ विक्षिप्त ही समझी जा सकती हैं। वे हमसे नफ़रत करेंगी और अपना दुश्मन समझेंगी अगर हम उन्हें इसके परिणामों के बारे में समझाएँगे, हम उन्हें बताएँगे कि शिक्षित लड़कियाँ आधुनिक दासी की भूमिका अपना रही हैं और वे हमें दैत्य समझेंगी अगर हम दैत्यों के गुरु शुक्राचार्य की तरह कहेंगे कि वेश्या से सबसे बड़ा गुण यह सीखा जाना चाहिए कि वे कभी किसी की दासी बनकर नहीं रहती।"

(19)

"एक सिगरेट और पिलाओ स्वामी।" गुरुजी ने बॉटल से पानी गटका।

"आज मैं तुम्हें अपने बारे में सच बताना चाहता हूँ स्वामी, सुन पाओगे? तुम मेरे विश्वासपात्र हो इसलिए तुम्हें यह बात कहना चाहता हूँ। मेरे पास के भी बहुत कम लोगों को यह बात पता है।"

"हाँ गुरुजी, बिलकुल सुन पाऊँगा।"

उनका स्वर तेज़ और सख़्त हुआ, "तो सुनो स्वामी, मैं अश्वत्थामा का भाई हूँ।"

"मैं समझा नहीं गुरुजी।" इस तरह की अजीब बातें गुरुजी कभी करते नहीं, बल्कि मुझे तो हमेशा यही लगा कि वे पौराणिक कथाओं को कथा ही समझते हैं।

"संक्षेप में बताता हूँ। तुमने जल में वीर्य बह जाने की बातें सुनी होंगी। यह सच है स्वामी, मैं आचार्य द्रोण के शरीर से स्नान करते समय निकल गया था। मेरे पिता का जन्म भी मेरे पितामह महर्षि भारद्वाज के गंगा में वीर्य स्खलन से हुआ था। मेरे पिता में इतना तेज़ था कि उनका वह अंश पाँच हज़ार सालों तक जल में भटकता रहा। नदियों से होता हुआ समुद्र में जा मिला और एक सीप में आश्रय लिया। मैं बहता हुआ गहरे समुद्र में चला गया, सुनामी की ऊँची लहरों ने मुझे किनारे पहुँचा दिया। मेरी माँ से मेरा जन्म सिर्फ़ एक घटना है, मेरी इस जन्म की माँ जब मेरे कथित पिता के साथ समुद्र में अठखेलियाँ कर रही थी तब मैंने मेरी माँ में प्रवेश पाया।"

मैं आश्चर्य से गुरुजी की ओर देखने लगा। विश्वास हो भी तो कैसे, उस समय का मानव आज और हमारी ही तरह, मेरे सामने। गुरुजी ने कुछ ज़्यादा तो नहीं पी ली, या कोई और नशा। लेकिन दोपहर का समय था, पिए हुए हो नहीं सकते थे। ना किसी और नशे की बात उनके लिए सोची जा सकती थी। विश्वास

भी कैसे कर लूँ। उन्होंने मुझे देखा और कहा, "हाँ स्वामी, आज के संसार में तुम इन सब बातों पर भले विश्वास न कर पाओ, पर यही सच है। श्री कृष्ण के श्राप से मेरा भाई अश्वत्थामा भी ज़िंदा है और गला-सड़ा शरीर लिए पृथ्वी के अंत तक भटकने को मजबूर है। जानते हो स्वामी, मेरे पिता आचार्य द्रोण को अपनी दिव्य दृष्टि से पहले ही यह पता था कि अश्वत्थामा के साथ क्या बीतने वाली है। उन्होंने मन-ही-मन श्री कृष्ण से यह चाहा था कि उन्हें भले ही अधर्म का साथ देना पड़ा हो लेकिन एक पुत्र और वंश बढ़ाने के अधिकारी तो वे हैं ही। उनकी इच्छा के सम्मान में मुझे जन्म तो मिला किंतु धर्म की ओर से विमुख होकर युद्ध करने के कारण मुझे पाँच हज़ार वर्षों तक प्रतीक्षा करनी पड़ी कि मैं जन्म ले पाऊँ।"

मेरी कुछ समझ में नहीं आ रहा था। क्या करूँ, कैसे करूँ, क्या कहूँ। कुछ कहने की स्थिति में था ही नहीं। मन में चल रहा था कि हो सकता है यह सच हो। उन्होंने कहा, "मेरा मन होता है स्वामी कि, मैं अपने भाई से मिलूँ, पर उसके भटकने का मुझे भी पता नहीं चला। तुम्हें यह बात इसलिए बता रहा हूँ स्वामी, ताकि मेरे बाद तुम इस स्थान में विराट मंदिर की स्थापना कर सको जो लोगों को धर्म की राह पर ले जाए।"

गुरुजी की ज़ुबान और चेहरे पर शांति छा गई। आदतन सिगरेट जलाकर डिब्बी और लाइटर मेरी ओर खिसका दिया।

"क्या कहते हो स्वामी?"

"जी, समझ रहा हूँ गुरुजी।"

"कुछ नहीं समझे तुम। यही बात तुम कहते रहना। धीरे-धीरे लोग आते जाएँगे और मैं अवतार बन जाऊँगा... हा...हा...हा..." क़सम से, अमिताभ यहीं होकर तो नहीं गए। क्या शानदार और गंभीर भाव-भंगिमाएँ थीं उनकी।

"हा...हा...हा..."

"हा...हा...हा..." गुरुजी से सिगरेट पी नहीं जा रही थी, खाँसी आने लगी। हँसते-हँसते सिगरेट बुझा दी। मैं भी हँसी में पागल हुआ जा रहा था।

"बस करो स्वामी, हा...हा...हा... मेरे पेट में दर्द होने लगा... उह..."

उन्होंने ख़ुद को सँभाला और मैंने भी ख़ुद को। उन्होंने पानी पिया और शांत होते हुए दूसरी सिगरेट जला ली। "स्वामी एक क़िस्सा है, चार्ली चैपलिन के रहते किसी शहर में चार्ली चैपलिन बनने और उनकी नक़ल करने की प्रतियोगिता थी।

चार्ली भाई साहब को पता लगा तो वे अपनी असली पहचान छिपा ख़ुद पहुँच गए उस प्रतियोगिता में हिस्सा लेने। तुम्हें जानकर आश्चर्य होगा कि ख़ुद उनका नंबर साँतवा आया। असली दुनिया में, असल पर नक़ल भारी हो सकता है।

मैं तुम्हें कहता हूँ कि यह मुझे भगवान ने कहा है तो तुम आसानी से विश्वास नहीं करते, क्योंकि तुम्हारे अंदर यह भावना है कि भगवान भी कहीं होते हैं, फिर आवरण आएँगे कि भगवान ऐसे नहीं मिलते। पर मैं इस बात को दुहराता रहूँ और हाथ की थोड़ी सफ़ाई सीखकर कुछ करतब दिखा पाया तो तुम्हारी मूर्ख आस्था जाग जाएगी, बुद्धि सोती जाएगी। यही इस दुनिया का सच है। सच क्या होता है जानते हो न... जिस झूठ को बार-बार दुहराया जाए वह। मार्क ट्वेन ने कहा था 'जो पढ़ता नहीं है, वह उस व्यक्ति से क़तई बेहतर नहीं है जो अनपढ़ है।' यह हमारी बेवक़ूफ़ जनता है स्वामी। इनसे जो चाहे करा लो, जो चाहे कहानी सुना दो। बस इतना ध्यान रखो कि दुहराव का क्रम ना टूटे। अब तो विज्ञापन के युग में यह और भी आसान है।

मेरे बारे में यही बात यदि तुम्हें किसी और ने बताई होती तो तुम्हें ज़्यादा भरोसा होता। कई लोगों से सुन लेते और बहुत समय से सुनते रहते तो तुम्हारी आस्था का जन्म हो जाता। मेरे मंदिर के किसी पुजारी ने कोई भाट गाथा ठीक तरीक़े से सेट कराकर गा दी होती और कोई किताब वग़ैरह छप जाती तो तुम्हें पक्का विश्वास हो जाता। धर्म ग्रंथों की रचना का प्रमुख उद्देश्य आमजन को नियंत्रण में रखना व वर्ग विशेष के हाथों में सत्ता देना और दान के लिए उकसाना ही है। ऐसा कोई ग्रंथ मेरे पक्ष में लिखवा मारना। किसी को नहीं पड़ी इतनी पड़ताल करने की, और पड़ताल भी किस आधार पर कर लेता कोई। इतना सिर खपाना भी किसे है। दो-चार लोग हुए भी सिर खपाने वाले तो वे लोग उनको नास्तिक बताकर ठिकाने लगा देंगे जिनकी आँखें आस्था के नशे से लाल हो रही होंगी। कहानी सोचो, मेरी कहानी में दिमाग़ लगाने वालों का तुम क्या हश्र करते और कितना बड़ा पापी सिद्ध करके सज़ा देने पर आ जाते। आस्था की राह आदमियत के सम्मान की नहीं है ; ना ही बहुमत की सोच का किसी सत्य-असत्य से कुछ लेना देना है। वोटों से जीता हुआ सत्य निरंकुश चर्च की सत्ता का वह सच है जिसके अनुसार धरती स्थिर है और सूर्य पृथ्वी के चक्कर लगाता है। संख्या बल केवल विरोध कुचलने का मार्ग है, सत्य की खोज का नहीं। यह बहुमत का तर्क तो ऐसा है कि आँखों वाला कोई एक व्यक्ति इसलिए रास्ता नहीं

देख सकता; क्योंकि सौ अंधे इस बात की पुष्टि कर चुके हैं कि कोई रास्ता है ही नहीं। किसी एक वैज्ञानिक की खोज से उन बीमारियों के टीके इजाद कर लिए गए जिनका बहुमत के पास कोई इलाज नहीं था। बहुमत के पक्षधर भी इनका लाभ लेंगे, वे इनकार क्यों नहीं कर देते कि बहुमत की खोज नहीं है यह।

यह भी समझो स्वामी, इसी दुहराव से स्त्री को हम ग़ुलाम बना पाए हैं और हज़ारों सालों तक शोषण कर पाए हैं उनका। मैंने जो कहानी तुम्हें सुनाई, अगर यह पाँच-सात सौ सालों से प्रचलित होती तो आज जगह-जगह मेरे मंदिर हो सकते थे और मैं लोगों की मुरादें पूरी करता फिरता, मरने के बाद भी। तुम आज से शुरू कर सकते हो। तुम्हारी आने वाली सब पीढ़ियाँ तर जाएँगी। शराब की तरह मान्यताओं का भी असर बढ़ता है, पुराने होते जाने में। इतना सस्ता कोई धंधा नहीं। आगे के आगे अपनी पीढ़ियों को मंदिर की गद्दी देते जाना। हा...हा...हा...

विश्वास किया जाना आलस है स्वामी। कुछ खोजा जाना जिनके वश का नहीं वे विश्वास करते हैं, जो विश्वास करते हैं उनसे विचार करने की आशा मत रखना। विचार और विश्वास एक साथ हो नहीं सकते। विचार करके विश्वास करना चाहोगे तो वह तुम्हारे व्यक्तिगत विचार होंगे। तुम अपनी सच्चाई और समझ पर विश्वास कर सकोगे, किसी और के लिखे षड़यंत्रों पर नहीं। दिक़्क़त यही है हमारे धर्मों की, वे विश्वास करना सिखाते हैं। कितने ही हमारे ऐसे तथाकथित पोंगे साधु हैं जो कहते हैं विश्वास करो, स्वर्ग विश्वास करने वाले ही पा सकते हैं। बच्चों को पैदा होते ही जितनी जल्दी हो सके हम अपने थोथे विश्वासों से भर देना चाहते हैं। विश्वास से मुक्ति ही वास्तविक धर्माचरण की स्थापना है स्वामी। धर्म सामूहिक नहीं, व्यक्तिगत है। हर व्यक्ति को यह कहा जाना चाहिए कि वह अपने विचारों के अनुसार जिए। हर सुनी, पढ़ी बात को अस्वीकार कर दो जब तक कि तुमने उस पर विचार ना किया हो। प्रकृति ने हर इंसान को नया बनाया है, सामूहिक विचार की धारणा गंदली है। समूहों द्वारा स्थापित सत्य केवल झूठ के नाले हैं, बदबूदार हैं वह सब सत्य जो वोटों के सलीब से विजयी लौटे हैं।"

अंतिम पंक्तियाँ कहते हुए उन्होंने एक मिनट के लिए अपनी आँखें बंद कर लीं और जैसे नींद से जागते हुए कहा, "अरे हाँ, सुनो स्वामी, एक कहानी और सुन लो। पर यह सच है। तेरहवीं शताब्दी में नारायणी नाम की एक चमत्कारी लड़की हुई। महम, हरियाणा के एक अग्रवाल परिवार में। हिसार के एक बड़े धनी परिवार में उसकी शादी हुई। पति का नाम था तनधन... तो तनधन साहब को

दहेज में बहुत सारे सामानों के साथ एक चमत्कारी घोड़ी भी मिली। अब वहाँ के शहज़ादे का मन उस घोड़ी पर आ गया। शहज़ादे महाशय एक रात चोरी करने पहुँच गए तनधन के घर। अँधेरे में लड़ाई के दौरान शहज़ादा मारा गया। तनधन और उसके पिता ने देखा तो डर के मारे फटाफट राजस्थान के झुंझुनु भाग लिए। नारायणी का गौना नहीं हुआ था। एक साल बाद जब गौने का समय आया तो नारायणी को लिवाने झुंझुनु से महम आए तनधन और उसका परिवार। वापसी के समय शहज़ादे के पिता ने बदला लिया और तनधन को मार डाला। नारायणी तनधन की चिता पर सती हो गई। बोलो सती दादी की जय!

किन्हीं पंडों को अपना उल्लू सीधा करना होगा या सती प्रथा को महिमामंडित करना होगा, तब इसका उपाय निकाला कहानी धर्म से जोड़ दो; ताकि मार्क्स की जनता अफ़ीम के नशे में झूमती रहे। पंडों की कहानी में कहीं यह क्यों नहीं आता कि हर मरने वाले के साथ एक पंडे को भी सती होना पड़ेगा, ताकि सब स्वर्गीय लोगों के पर्सनल पुजारी हों। अब सोचो यह नारायणी जो है, यह पूर्व जन्म में अभिमन्यु की पत्नी उत्तरा थी। अभिमन्यु की चिता पर उत्तरा इसलिए सती नहीं हो पाई कि उसकी मृत्यु के समय उत्तरा गर्भवती थी।

उत्तरा के सती धर्म का पालन नहीं हो पाया तो कृष्ण ने उत्तरा को वरदान दिया कि आगे किसी जन्म में उसे इस धर्म के पालन का अवसर मिलेगा, पति स्वरूप भी अभिमन्यु ही प्राप्त होगा।

अब तुम नारायणी को माँ पुकारो या दादी। इनके कितने मंदिर भी बनवा दो, इनकी कहानियों में जो संभव हो जोड़ दो। मज़ा देखना, पागल जनता कैसे आती है। तुम्हारे भक्तों में सबसे ज़्यादा कौन होगा पता है? स्त्री। यही नशा है स्वामी, अफ़ीम का नशा तो फीका पड़ सकता है, धर्म बेचो। बग़ैर लागत और इतने लाभ का कोई दूसरा धंधा नहीं। क्या पता कल रिलायंस और अडानी के मंदिर हों। किसी फ़ैक्ट्री से उतना धन आना मुश्किल है स्वामी जितना मंदिरों से आ सकता है। हमारे तथाकथित धर्म बलि, शक्ति और सही ग़लत के नाम पर नरसंहार की ही तो कहानी हैं।"

"पर गुरुजी, इस बात में सच्चाई नहीं ढूँढी जा सकती?"

"ढूँढ लेना स्वामी, तुम्हें इसकी स्वतंत्रता है। लेकिन मेरे प्रश्नों का उत्तर देते जाना। पहले तो यह कि कहानी कही किसने? जो उत्तरा अपने मूल जन्म में ही कुछ चमत्कारी नहीं थी वह कलयुग में कैसे चमत्कारी हो गई और अभिमन्यु जो

इतना बड़ा योद्धा था इस शहज़ादे के बूढ़े बाप के हाथों वीर गति को प्राप्त हो सकता था? कृष्ण ने वरदान दिया या अभिशाप? उत्तरा के जन्म में तो विधवा बनी, अगले जन्म में भी विधवा हो जाना और वह भी मिलन के प्रथम दिवस, क्या सुपर्ब वरदान है। किसी धार्मिक व्यक्ति के मुँह से यह वरदान निकले उससे पहले उसकी ज़बान को लकवा मार जाना चाहिए और ये ठहरे... एक बात और सोचो स्वामी, यदि स्त्री का सती होना धर्म था तो कुंती क्यों जीवित थी? और भी तो विधवाएँ थीं महाभारत में। इतने बड़े युद्ध में लाखों की संख्या में विधवाएँ इकट्ठी हुईं। इनकी कहानी कहती है कि महाभारत के पंद्रह-बीस सालों बाद इन्होंने गंगा में समाधी ले ली थी, और सब अपने परिजनों के साथ स्वर्ग या दूसरे लोकों में चली गईं। उत्तरा तब नहीं गई? और परिजनों से मिल ही जाना था, तो काहे को सती होना?

स्वामी, इतिहास में इस तरह की घटनाएँ मिलती हैं कि इंसान ने जीवित रहने के लिए इंसान का भी माँस खाया है। उन लोगों के चेहरों की कल्पना भी तुमसे शायद ना हो पाए जिन्होंने किसी निर्दोष जीवित व्यक्ति को जला देने की पैरवी इसलिए की हो कि कुछ दक्षिणा प्राप्त की जा सके और जीभ को स्वाद मिल सके। यह लोग तो उन लोगों के चरणों की धूल माथे पर रखने योग्य भी नहीं हैं जिन्होंने अपनी जान बचाने के लिए अपने साथियों को खा लिया। कोई अपनी ख़ुशी से नहीं जलता था स्वामी। उस स्त्री को तरह-तरह के नशे जबरदस्ती दिए जाते थे जिसे जलाया जाना हो। बहुत ढोल-नगाड़ों की व्यवस्था होती थी कि इन जबरदस्तियों और जलने पर चीख़-पुकार की आवाज़ें दबाई जा सकें। दिख भी ना सके इसलिए अधिक घी और लोहबान से धुआँ किया जाता था।"

मैं उन दृश्यों की कल्पना के प्रयास में ही था जब गुरुजी ने एक च्वींगम मेरी ओर बढ़ा दी, दूसरी ख़ुद चबाने लगे। मन बदलते हुए उन्होंने कहा, "आज तो कहानियों का दिन है स्वामी... हा...हा...हा... मुझे एक और कहानी याद आ रही है। शेक्सपियर की रोमियो-जूलियट पढ़ी है तुमने?"

"हाँ गुरुजी, काफ़ी पहले पढ़ी थी। इतना याद है कि जूलियट के प्यार में रोमियो मर जाता है और उनकी कहानी अमर हो जाती है।"

"बिलकुल ठीक स्वामी। बहुत से लोग ऐसे होंगे जिन्होंने कहानी पढ़ी नहीं होगी, फिर भी वे रोमियो-जूलियट का नाम जानते हैं। ये हमारी लोकोक्तियों में लैला-मजनू, रोमियो-जूलियट, शीरी-फ़रहाद की तरह आ जाते हैं। उन लोगों से

भी इनकार नहीं किया जा सकता स्वामी, जो इसे इतिहास समझते होंगे।" गुरुजी मुस्काने लगे।

"अब एक और तलाश करो स्वामी, नारायणी से लगभग तीन शताब्दी बाद शेक्सपियर हुए थे। उस समय हमारे यहाँ धार्मिक ग्रंथों को ही साहित्य माना जाता था या यह कह लो साहित्य के नायक-नायिका धार्मिक हुआ करते थे। शेक्सपियर की यह कहानी अगर भारत में लिखी जाती तो रोमियो का मारा जाना और जूलियट की आत्महत्या सती प्रथा से जुड़ती। इसके बाद क्या होता पता है? हा... हा... पाप का अंदेशा होता, अधर्म का अंदेशा होता कि रोमियो मरा हुआ समझा गया था, मरा नहीं था। पत्नी की आत्महत्या को सती धर्म की पूर्णता देने के उद्देश्य से और उसकी आत्मा को मुक्त करने के लिए रोमियो ने भी आत्महत्या कर ली। थोड़ा आगे पीछे कर के चीज़ों को धर्म से लिंक कर लो। हा...हा...हा...

आज रोमियो स्क्वॉयड बनाकर पुलिस आशिक़ों को पकड़ती है, हमारी कहानी लिखी गई होती तो रोमियो जूलियट के मंदिर होते। रोमियो बाबा की जय... धर्म का सहारा रोमियो बाबा हमारा, और जूलियट दादी की जय सतीत्व की जय। बोलो प्रेम से जय रोमियो बाबा... हा...हा...हा..."

हम दोनों फिर खिलखिलाने लगे। आज गुरुजी बहुत हल्के-फुल्के मूड में और खिलखिलाने का सोचकर आए थे।

"देखो स्वामी, जंगल में धर्म की स्थापना करने के मार्ग मैंने तुम्हें दिखा दिए हैं। तुम्हारे लिए भी यही ठीक होगा कि मुझे अश्वत्थामा का भाई बना दो, हा... हा...हा..."

जब हमारी ठिठोली रुक गई तो उन्होंने कहा, "अरे स्वामी एक और कहानी याद आई, रोमियो बाबा के स्मरण मात्र से। हा...हा...हा... सुनो, महाभारत की ही कहानी है। भीम-हिडिम्बा का विवाह तो तुम जानते ही होगे?"

"हाँ गुरुजी, मैंने टीवी में देखा था।"

"भीम और हिडिम्बा का पुत्र हुआ घटोत्कच। घटोत्कच का पुत्र हुआ बर्बरीक।"

"जी गुरुजी, जिन्हें खाटू श्याम के नाम से जाना जाता है।"

"बिलकुल ठीक स्वामी। पांडवों और धर्म की ओर से युद्ध में घटोत्कच ने भाग लिया। बर्बरीक ने अपनी माँ को वचन दिया था की वह कमज़ोर लोगों का साथ देगा। यह वचन माँगने के पीछे घटोत्कच की पत्नी और बर्बरीक की माँ का

यही उद्देश्य था कि बर्बरीक अपनी शक्तियों का दुरुपयोग ना करे। अब शब्दों का खेल देखो स्वामी, जैसे 'अश्वत्थामा मारा गया' धर्म के पक्षधरों की एक चाल थी, वैसे ही बर्बरीक ने शब्दों को पकड़ लिया कि जो कमज़ोर और हारता हुआ होगा उसका साथ देगा। इसलिए बाद में खाटू श्याम को हारे का सहारा कहा गया। अपने वचन के कारण बर्बरीक ने कौरवों का साथ देना चाहा, बर्बरीक ऐसा ना कर पाए इसलिए कृष्ण ने उसकी हत्या कर दी। कुछ जगह यह मिलता है कि बर्बरीक ने ख़ुद अपना सर काटकर कृष्ण के चरणों में रख दिया, जिससे वह शीशदानी भी कहलाया। बाद में कृष्ण ने उसे कुछ वरदान दिए कि वह कहाँ स्थापित हो और पूजा जाए।"

"पर गुरुजी, एक समस्या है, ऐसे तो बर्बरीक किसी का साथ नहीं दे पाएगा। जो हार रहा है, वह जीतने लगेगा तो क्या फिर वह पार्टी बदल लेगा?" मैंने थोड़ी बुद्धि लगाई।

"हा...हा...हा... समस्याएँ तो हैं स्वामी! हारे का साथ देने से वह जीत जाता है तब अंतरिम रूप से तो साथ विजेता का ही दिया गया। सिर्फ़ यही नहीं स्वामी, प्रश्न तो और भी उठते हैं। बर्बरीक को इस वचन की याद थी और उसे वह अपनी मोटी बुद्धि से सही भी समझता था तो वह युद्ध से अलग भी तो रह सकता था। उसे अधर्म का पक्षधर होने, अपने पितामह-पिता के ख़िलाफ़ युद्ध करना, उन्हें मार डालना धार्मिक आचरण लगा। बहुत मज़े की कहानियाँ हैं स्वामी। कोई इनके भक्तों से पूछे कि तुम सब क्यों और किससे हारे हुए हो भाई कि तुम्हारा सहारा बने श्याम। और यह भी तो दिमाग़ लगा लें कि श्याम का दिया हुआ विजेता का ताज छलावा है वह तो वापस तुम्हारे दुश्मनों के साथ जाकर मिल जाएगा। 'बिन पेन्दी का लोटा'। धर्म-अधर्म, शब्दों के पीछे छिपे अर्थ न समझ पाने वाला कैसा भगवान है स्वामी? और वह कैसा भगवान है जिसने बिना किसी ग़लती के बर्बरीक को मृत्युदंड दे दिया? ग़लती तब समझी भी जा सकती थी जब वह युद्ध करता। किसी को मारने का विचार करना क्या वह अपराध है जिसके लिए मृत्युदंड दिया जाए? तो हम सभी इस दंड के भागी हैं। हर व्यक्ति ने जीवन में कभी ना कभी किसी को मार डालने की कल्पना की होती है। रही बात बर्बरीक की मूर्खता की कि वह अपनी माँ के वचनों को समझ नहीं पाया। कृष्ण जो अपने परिवार की हत्या के लिए अर्जुन को बहका सकते हैं, हत्या ना करने या माता के वचनों को सही तरीक़े से समझने में बर्बरीक की मदद नहीं कर सकते?

अधर्मों की कहानी है महाभारत। अनैतिक संबंधों, छल, कपट, नियोग और नारी के लुट जाने की कहानी है। दुष्यंत का विश्वामित्र और मेनका की कन्या शकुंतला से अनैतिक संबंध, भरत के पुत्रों की हत्या, कामुक शांतनु और गंगा के सबंधों की कहानी, शांतनु और मल्लाह की लड़की सत्यवती की कहानी। अंबिका और अंबालिका से भीष्म का किसी गुणवान ब्राह्मण से नियोग कराने को कहना या ऋषि पराशर की अवैध संतान का व्यास से नियोग; और पांडु, धृतराष्ट्र, विदूर का जन्म। चीरहरण में द्रौपदी और उसके धर्मवीर पतियों के साथ अंधे धृतराष्ट्र, वेदों के ज्ञाता भीष्म से लेकर द्रोण तक का दर्शक बने रहना, और यह ज्ञान देना कि किसी दास को भी अपनी पत्नी को दासी और वस्तु समझना धर्मानुरूप आचरण है। महाभारत कहता है 'न स्त्री स्वांतंत्रमर्हति' अर्थात् स्वतंत्रता पर नारी का कोई अधिकार नहीं है। यह साबित करता है कि महाभारत ज्ञान की नहीं षड्यंत्रों की कहानी है। कितनी ही घटनाएँ हैं अश्वथामा से लेकर कर्ण और एकलव्य-द्रोणाचार्य की कथाएँ, जो छल-कपट और अनीति पर चलती हैं। आचार्य द्रोण को शकुनि से भिन्न चारित्रिक विशेषताओं का स्वामी समझना कही हमारी भूल तो नहीं? इनकी रची गई धर्म की परिभाषाएँ और मर्यादाएँ उन बदबूदार, आदमख़ोर सियारों की देन हैं जो धूप और कपूर की गंध में स्वयं को छिपाने की कला में पारंगत हैं। ध्यान रखना स्वामी, धर्म तभी तक ज़िंदा है, जब तक उसका बाज़ार ज़िंदा है; बग़ैर बाज़ार धर्म चिथड़ों पर भी ना बचेगा।"

"गुरुजी, कथा सुनने-सुनाने में मज़ा तो आता है।"

"मज़े का तो ऐसा है स्वामी, कभी इन भगवानों के सत्संग देखना आजकल। नाच-गाने से इनका क्या लेना-देना। भक्त आशिक़ी फ़रमाते हैं। फ़िल्मी नाच गानों में भाग लेने से प्रतिष्ठा धूमिल होती है और धार्मिक कार्यक्रमों में भांगड़ा करके आप भगवान को प्राप्त करते हैं। अजीब हालात हैं।

रस संगीत का है, भावनाओं का है। संगीत जीवन में तनाव कम करने और आनंद की प्राप्ति का मार्ग है। स्वयं के अंदर ग़ोता लगाने में मददगार है संगीत। परमात्मा को पाने के दो मार्ग स्वीकृत किए जाते हैं, एक है प्रेम का, दूसरा है भक्ति का। अब समस्या यह है कि हमने प्रेम को निंदनीय बना दिया। लेकिन देवलोक ही नहीं, इह लोक में भी जीवन की सुगंध प्रेम ही है। चालबाज़ियाँ देखो स्वामी, प्रेम को भक्ति के साथ मिला दिया गया, ताकि भक्ति की आड़ में संगीत और नाच गानों का आनंद लिया जा सके। फ़िल्मी गानों की धुन के भजन उनकी

श्रेष्ठता और उनका ही रस दिखाते हैं। भक्ति का मार्ग परम शांति का, ध्यान का मार्ग है। यहाँ संगीत प्राणों से आता है वाद्य यंत्रों से नहीं। प्रेम का मार्ग आसान है, इसमें स्वतंत्रता है महामानव होने ना होने की। इन चालबाज़ियों में उलझकर इंसान ना प्रेम कर पाता है ना भक्ति के मार्ग पर चल पाता है। तुम भटको मत स्वामी। प्रेम का मार्ग चुनो, रस का मार्ग चुनो, आनंद का मार्ग चुनो। लेकिन यह भी ध्यान रखो कि सिर्फ़ भौतिकता का रास्ता आनंद दे नहीं सकता, बुद्ध की तरह ध्यान मग्न होने में भी आनंद तलाशो। प्रेम और शराब के नशे में भी झूमो।"

"गुरुजी, आप धर्म और ईश्वर में विश्वास रखते हैं या नहीं, यह नहीं समझ पाता।"

"मैं धार्मिकता में विश्वास रखता हूँ स्वामी, और किसी धर्म में अविश्वास। नीत्शे मुझे फिर याद आते हैं- 'बीमार लोगों ने ईश्वर की कामना की है और वे चाहते हैं सभी उनके इस विश्वास को ओढ़ें।' लेकिन तुम मेरे विश्वासों को मत ओढ़ना। तुम्हारा और मेरा सत्य अलग हो सकता है, तुम अपना सत्य ढूँढो। मैं तुम्हारी मदद करना चाहता हूँ बग़ैर माँगे भीख में मिले हुए तुम्हारे विश्वासों की जड़ें खोदने में। तुम मेरी बातों में विरोधाभास भी पा सकते हो, पर तुम्हें मेरा नहीं अपना रास्ता चुनना है। मुझ पर अविश्वास करो, अपने तर्कों और अनुभवों से विचारों को गुज़रने दो, विश्वास के परदे नोच दो।"

गुरुजी की आवाज़ और ज़्यादा दृढ़, और ज़्यादा दूर से आती हुई मालूम हुई- "मेरे ईश्वर के चार-पाँच हाथ पैर या सिर नहीं हैं। मेरा ईश्वर ख़ूबसूरत है और ज़िंदा है, बस उसकी आँखें तीन हैं।"

(20)

"मैंने कितनी बार कहा है आपको, लेकिन आपको कुछ लेना-देना कहाँ है आजकल?" मैंने नेत्री की आवाज़ बहुत कम सुनी थी; ऑफ़िस जाने पर दो-तीन बार ही। मॉनसून उत्सव के समय या मेडिटेशन के समय नेत्री दिखती तो थी, पर ज़्यादातर ख़ुद में ही खोई रहती थी। उसके पास ऑफ़िस का क्या काम था यह भी मुझे नहीं पता। हाँ, किचन में भी एक-दो बार दिखी थी, कुछ बनाते। नेत्री से ज़्यादा कुछ बात करने की कभी हिम्मत नहीं हुई। उसको देखते ही यह ख़याल हावी होता था कि वह चिल्ला ना पड़े।

गुरुजी की निचली मंज़िल के पाँच में से एक कमरे में रहने वाली नेत्री, हाइट पाँच फ़िट से कुछ कम ही होगी, मोटी कहने में तो नहीं, पर भरे शरीर की थी। बहुत ख़ूबसूरत नहीं कही जा सकती थी, पर देखने में अच्छी थी। उसे पहले मुहासों की बहुत समस्या रही होगी, यह उसके गाल के छोटे गड्ढे बताते थे। ऑफ़िस में फ़ेस पैक लगाए भी बैठे देखा था। नाइट सूट या फिर मेडिटेशन सेंटर में गाउन, इन्हीं कपड़ों में हमेशा दिखी। उम्र से भी शायद वह पाँचों में सबसे कम थी। ज़्यादा-से-ज़्यादा सत्ताईस की होगी। लंबे बालों का उसे शौक़ था, जो चमकदार और वज़नी लगते थे। हमेशा खुले बालों और थोड़े से तमतमाए चेहरे में ही मैंने उसे देखा था। यह लगता था कि बाक़ी चार देवियाँ भी इससे थोड़ा तो बचती हैं, और बेकार में इसके मुँह नहीं लगतीं।

आज मुझे गुरुजी ने शाम को आने को कहा था। यह पहली बार ही था जब निचली मंज़िल पर रहने वाली पाँचों देवियों के आने के बाद मैं आया था। उनकी ऊपरी मंज़िल पर पहुँचते ही मुझे नेत्री की यह ग़ुस्से वाली आवाज़ सुनाई दी।

"इसलिए मुझे कहा था यहाँ आने को, मैं वेट करती रही आपका। इतना तो सोचना चाहिए था।"

"अरे, सुनो तो एक बार..." गुरुजी ने बेचारगी से कहा।

"मुझे नहीं सुनना कुछ। कितनी बार सुनूँ, बस कुछ-न-कुछ बहाना।"

"अरे क्या बहाना होगा, फ़ोन भूल गया था न..."

"हाँ पता है मुझे। जानबूझ के छोड़ दिए होंगे कि बोल दूँगा भूल गया। कुछ याद तो रहता है नहीं। ये ठीक है यार, जब मन चाहे भूल गया था बोल दो बस। किसी की फ़ीलिंग्स की कोई वैल्यू ही कहाँ है..."

"सॉरी न प्लीज़! अब ध्यान रखूँगा।"

"मुझे नहीं चाहिए हर बार आपकी ये सड़ी हुई सॉरी। रखे रहो अपने पास। मैं जा रही हूँ, मुझे न फ़ोन करना ना मैसेज। मुझे बात ही नहीं करनी आपसे।" गुरुजी गृह स्वामी का कर्तव्य जानते थे इसलिए तो धौंस भी सह लेते थे।

मैं समझ गया कि अब यह बाहर आ सकती है। पीछे हटकर, जैसे अभी ही आ रहा हूँ, अभिनय किया। नेत्री से इस ग़ुस्से में कुछ पूछना तो नहीं चाहिए था, पर वह जैसे ही दरवाज़े से निकली मैं सामने था, चोरी न पकड़ी जाए शायद इस डर से मुँह से निकला, "गुड इवनिंग माँ, गुरुजी हैं?"

"गुड इवनिंग! हाँ हैं।" उसने इतना ही कहा और लाल चेहरे, तेज़ क़दमों से निकल गई।

मैंने दरवाज़ा खटखटाया।

गुरुजी की आवाज़ आई- "हाँ..."

"आ जाऊँ गुरुजी?"

"अरे हाँ, आओ स्वामी, आओ।" उन्हें देर नहीं लगी मेरी आवाज़ पहचानने में।

"बैठो स्वामी, बैठो।" उन्होंने सोफ़े की तरफ़ इशारा किया और बैठने का इंतज़ार किए बग़ैर "मैं आता हूँ स्वामी, तुम बैठना प्लीज़" कहकर वह अपने कमरे की ओर चले गए। मैंने सोफ़े पर पसरते हुए देखा, उनकी कुछ किताबें सामने ग्लास के टेबल पर रखी हुई थीं और कमरा भी थोड़ा अस्त-व्यस्त था। मुझे लगा कि गुरुजी मुझे बुलाकर शायद भूल गए थे। मैंने सामने रखी एक किताब उठा ली और गुरुजी का इंतज़ार करने लगा। किताब थी 'मनोविश्लेषण' फ्रॉयड। विषयवस्तु समझने की कोशिश कर रहा था, तब तक गुरुजी गीला चेहरा और हाथ पोंछते हुए आए। चिरपरिचित मरून गाउन में।

"तुमने पढ़ा है फ्रॉयड को?" उन्होंने हाथ में पकड़ा सफ़ेद टॉवेल स्टडी

टेबल की कुर्सी पर डाला और मेरे सामने वाली सिंगल सोफ़ा पर आकर बैठ गए।

"नहीं गुरुजी। पर ध्यान आता है, इनके बारे में कहीं सुना है।"

"स्वामी, ए.सी. ऑफ़ करके ज़रा ग्लास हटा दो प्लीज़।"

"जी गुरुजी।" कहते हुए मैं उठा और इस ड्रॉइंग कम स्टडी रूम से बालकनी की तरफ़ के तीनों बड़े स्लाइडर ग्लास खिसकाते हुए पर्दे भी हटा दिए।

"ऐश ट्रे भी बाहर होगी स्वामी, लेते आना।"

"जी।" कहकर मैं बालकनी की ओर बढ़ा तो मुझे वह पहला दिन याद आ गया जब गुरुजी के साथ यहाँ बैठकर बात करने का मौक़ा मिला था। ऐश ट्रे लाकर मैंने उनके सामने रख दी और ख़ुद भी बैठ गया। गुरुजी ने सिगरेट जलाई और डिब्बी, लाइटर मेरी ओर बढ़ाकर टेबल पर ही रख दिया। काफ़ी देर वे शांत रहे। मुझे लगा जैसे नेत्री से हुई नोक-झोंक से बाहर निकल रहे हैं। आधी सिगरेट पीने के बाद उन्होंने कहा, "आ, हाँ स्वामी, तुम्हें फ्रॉयड को ज़रूर पढ़ना चाहिए।"

"फ्रॉयड मनोवैज्ञानिक हैं?"

"हाँ स्वामी। सिग्मंड फ्रॉयड यूरोप के बहुत ख़ूबसूरत और अमीर देश ऑस्ट्रिया से हुए। हिटलर का जन्म भी यहीं हुआ था। तुम्हें पता है ऑस्ट्रिया की राजधानी वियना में जितनी क़ब्रें हैं उतने ज़िंदा लोग भी नहीं हैं।"

"हिटलर के मारे हुए लोग?"

"नहीं स्वामी, उसके गैस चैम्बरों और क़त्लगाहों की कर्मभूमि तो जर्मनी रही। हिटलर से तुम उम्मीद रख सकते हो कि उसके पास लाशों को क़ब्रों में दफ़नाने का समय रहा होगा? बोरियों की तरह लाशों के ढेर लगते थे स्वामी। एक के ऊपर एक। गैस चैम्बरों में इस तरह जलाया जाता था कि साफ़-सफ़ाई का ज़्यादा झंझट ना रहे और नालियों में राख बहा दी जाए। इतना प्यासा रखा जाए कि पोंछा लगने के बाद लोग फ़र्श चाटने लगें कि एक बूँद पानी मिल जाए या नंगे लोगों को बर्फ़ पर लेटाकर उनका फ्रीज़िंग प्वॉइंट देखा जाए।"

"कोई इतना क्रूर भी हो सकता है गुरुजी।"

उन्होंने मुस्कुराते हुए कहा, "क्रूरता किसे कहा जाए यह सोच भी तो समाज से मिली है हमें स्वामी।"

"क्या क्रूरता के पैमाने भी अलग-अलग होते हैं?" मुझे समझ नहीं आया कि किसी का बेरहमी से क़त्ल कर देना, किसके लिए क्रूरता नहीं होगी।

"क्यों नहीं स्वामी, तुम मुर्ग़ा खाते समय यह नहीं सोच पाते कि तुम कुछ लोगों की नज़रों में कितने बड़े राक्षस हो। बहुत लोग हैं पृथ्वी पर जो किसी जीव को खाने की कल्पना से ही रात भर सो नहीं पाएँगे। मुर्ग़ा कटते देख लिया तो हफ़्तों की नींद उड़ जाएगी। कुछ के तो अचेतन में फँस जाएगी बात, अंडे को छू तक नहीं सकते। जॉर्ज बर्नार्ड शॉ ने कहा है- 'जब आदमी बाघ को मारना चाहता है तो वह उसे खेल कहता है और जब बाघ उसे मारना चाहता है तो वह उसे क्रूरता कहता है।'"

"हाँ गुरुजी, मेरी मम्मी ऐसी ही है।"

"स्वामी, यह जो अचेतन, चेतन का सिद्धांत है, यह फ्रॉयड की ही देन है। फ्रॉयड जैसे लोग ही तो धरती के नमक हैं। फ्रॉयड के बिना विश्व का मनोविज्ञान लंगड़ा है।"

"गुरुजी, मैं बहुत बार सोचता हूँ, क्या ये मनोवैज्ञानिक किसी का मन पढ़ सकते हैं?"

"हा...हा...हा... स्वामी, किसी दूसरे से पहले स्वयं का मन पढ़ा जाना आवश्यक है। अगर तुम फ्रॉयड को नहीं जानते, तो ख़ुद को भी नहीं जानते।"

"गुरुजी, ख़ुद को समझने की उलझन में तो हर इंसान लगा ही रहता है।"

"नहीं स्वामी, अपनी जवानी के दिनों में तो लोग यह सोच भी लेते हैं कि कुछ समझा-सीखा जाए। फिर ख़ुद की उलझी, अधकचरी सोच को ज्ञान मान बुज़ुर्गियत की ओर बढ़ जाते हैं।

स्वामी, मैं थोड़ी देर पहले फ्रॉयड को ही पढ़ रहा था। पहले पढ़ा है, पर समय के साथ यादें धुंधली पड़ती जाती हैं, जो जीवन में आवश्यक समझो उसे दुहराना ज़रूर चाहिए। कई बार तो ऐसा होता है हम किसी के मूल विचार की हत्या करके अपनी सोच उस पर लाद देते हैं और हमें पता तक नहीं चलता।

वैसे तो जन्म से लेकर मृत्यु तक मन-मस्तिष्क की बहुत-सी गतिविधियों पर फ्रॉयड ने लिखा है और व्याख्यान दिए हैं, पर उनका सबसे प्रचलित सिद्धांत है 'मनोविश्लेषणवाद का सिद्धांत'। जिसमें फ्रॉयड ने मन को तीन हिस्सो में बाँटा है। चेतन, अर्धचेतन और अवचेतन। किसी भी इंसान का ख़ुद को समझने का प्रयास फ्रॉयड के बिना सफल नहीं हो सकता। फ्रॉयड के बाद जब भी कभी मनोविज्ञान लिखा गया चाहे वह बॉडी लैंग्वेज से संबंधित हो या मार्केटिंग और एडवर्टाइज़िंग के टूल्स, फ्रॉयड अनिवार्य रहे हैं।

फ्रॉयड, महात्मा गाँधी के समकालीन ही हुए। कभी-कभी मुझे लगता है गाँधीजी ने फ्रॉयड को पढ़ा, सुना नहीं होगा वरना उन्हें ब्रह्मचर्य के प्रयोग करने की आवश्यकता शायद नहीं पड़ती।" शरारती धीमी मुस्कान गुरुजी के होंठों पर थी।

"गाँधीजी के प्रयोगों के बारे में सुना तो है गुरुजी, पर इतना डीप सोच नहीं पाया था कि उन्होंने सही किया या ग़लत।" मुझे गाँधीजी के बारे में वह सब याद आया कि वे कुछ महिलाओं के साथ नंगे सोते और नहाते थे।

"सही ग़लत की मर्यादित सोच पर कूड़ा डालो। फ्रॉयड ने कहा है दुनिया में दो-चार घंटे के लिए लोग ईमानदार हो जाएँ और वह कह दें जो उनके बारे में सोचते हैं, तो दुनिया में चार दोस्तियाँ भी नहीं बचेंगी। गाँधीजी विराट व्यक्तित्व हैं स्वामी, उन्हें तुम छोटी बातों से निर्धारित मत करना। हमें जो कुछ भी उनके लिए पता है यह उनकी सच की शक्ति का ही परिणाम है। उनके सही-ग़लत की समीक्षा में बहुत कुछ सकारात्मक और नकारात्मक भी कहा जा सकता है, उनके बारे में फिर कभी बात करेंगे। अभी फ्रॉयड को समझते हैं।

फ्रॉयड ने माना कि चेतन मन का हिस्सा केवल दस प्रतिशत का होता है, जो जागृत अवस्था है। अर्धचेतन और अवचेतन का हिस्सा नब्बे प्रतिशत है। हमारा दस प्रतिशत भी जो चेतन है वह अवचेतन से ही प्रभावित होकर चलता है। चेतन और अवचेतन के बीच की अवस्था को फ्रॉयड ने अर्धचेतन कहा है। हमारे सभी कड़वे अनुभव, अतृप्त इच्छाओं का भंडार है अवचेतन। ज़ाहिर-सी बात है स्वामी, यह अवचेतन ही हमें निर्धारित करता है। सपने हमारे अवचेतन की ही देन हैं, सपनों के माध्यम से भी फ्रॉयड ने अवचेतन को उघाड़ा है।

व्यक्तित्व संरचना को फ्रॉयड ने तीन अवस्थाओं में समझा है। आईडी, ईगो, सुपर ईगो। आईडी सुखवादी है, अवचेतन की अनैतिक और आपराधिक इच्छाओं के लिए ज़िम्मेदार भी। ईगो व्यक्तित्व का कार्यपालक है जो चेतन से संबंध रखता है और आईडी, सुपर ईगो के बीच सामंजस्य बनाता है। सुपर ईगो आदर्शवादी है। आध्यात्मिकता, नैतिकता इसके अंतर्गत आते हैं।

मन की अवस्थाएँ तो तय प्रतिशतों में रहेंगी, परंतु व्यक्तित्व की संरचना एक तरह से हमारा सम्मोहन है स्वयं के प्रति। आईडी या सुपर ईगो, किसी तरफ़ भी ज़्यादा झुकाव हो तो हमारा व्यक्तित्व कुसमायोजित होता है। ना ही हमें अति सुखवादी हो जाना चाहिए ना अति आदर्शवादी। फ्रॉयड ने कहा था 'मनुष्य

जितना सोचता है उससे कहीं ज़्यादा नैतिक है और वह इतना अनैतिक है कि वह उसकी कल्पना भी नहीं कर सकता।'

हमारी अनैतिक और दमित इच्छाएँ हमसे कैसा भी काम कराना चाहती हैं, जिसमें सुख मिले। सुपर ईगो हमें रोकता है और ईगो के रूप में रास्ता दिखाता है। यह बीच का रास्ता हमारी सामाजिकता के अनुकूल होता है। अनैतिक इच्छाओं के अधिक दमन से कुंठाएँ पैदा होती हैं, जो हमें बीमार बना देती हैं और असामान्य व्यवहार के लिए प्रेरित करती हैं।

तुम ज़रूर पढ़ना स्वामी फ्रॉयड को, फ्रॉयड भले ही कर्म से एक मनोचिकित्सक थे, पर उनके बाद के साहित्य और आलोचनाओं पर भी उन्होंने व्यापक प्रभाव डाला। हमारी अनैतिक इच्छाओं को पाप समझने की कुंठा से फ्रॉयड ने ही हमें निकाला।"

"जी गुरुजी, आप पढ़ लीजिए, फिर मुझे दीजिएगा ये किताब।"

"स्वामी, एक सिगरेट पिलाओ। वापस ज़िंदा होना है, नेत्री मारकर जो गई है।"

मैंने डिब्बी उनकी ओर बढ़ा दी, जो उन्होंने मेरी ओर बढ़ाई थी। उन्होंने दो सिगरेट निकाली और एक मेरी ओर बढ़ा दी। अपनी सिगरेट सुलगाकर उन्होंने कहा, "अरे हाँ स्वामी, फ्रॉयड को भी सिगरेट बहुत पसंद थी। उन्होंने कहा था 'स्मोकिंग इज़ वन ऑफ़ द ग्रेटेस्ट एंड चीपेस्ट इन्जॉयमेंट इन लाइफ़, एंड इफ़ यू डिसाइड इन एडवांस नॉट टु स्मोक, आई कैन ऑन्ली फ़ील सॉरी फ़ॉर यू।'"

(21)

रात तालाब की ओर से आती नम, रोमांटिक हवाओं ने इश्क़िया कर दिया। स्लाइडर खिसकाकर मौसम और इश्क़ की नमी से दिल ने वफ़ा की थी। सुबह बारिश की तेज़ आवाज़ से आँखें खुलीं। इस मौसम में तुरंत उठ जाना अत्याचार होता है कोमल मन पर। सुबह बिस्तर पर पड़े, अधनींदें सपनों में खोए रहना दिलकश नशा है। बिस्तर समेटने से पहले ख़ुद को भी समेटना था, हर रात थोड़ा तो अब भी बिखर ही जाता हूँ।

फ्रॉयड को सुनने के बाद रात बहुत देर तक दिमाग़ में वे भी चल रहे थे। किस तरह अवचेतन की परतों को समझ पाऊँ। पूरे दिन जिसके ख़यालों में निकलते थे, अब इतने तो नहीं थे उसके ख़याल। भूलने की कोशिश तो याद करना ही होता; बेहतर था यादों को स्थापित कर लूँ। अपने हिस्से की यात्रा मुझे ही करनी है। लोग आए, शायद और आएँ; उन्हें जाने की भी तो स्वतंत्रता होनी चाहिए। यादें कम हों या नहीं आदत ही बन जाए, बस दर्द ना देती रहें; और दर्द भी देती रहें तो दर्द भी आदत ही बन जाए।

कितनी बातें आती हैं मन में और धूल की तरह झड़की जाती हैं। कभी निगेटिव सोचने की भी कोशिश करता कि नफ़रत थोड़ी तो तड़प कम करेगी। हसीन क़िस्सों में फँसे हुए अंतिम मिलन के मेरे पाँच मिनट। बहुत से लोग हमारे आस-पास, और मैं गिड़गिड़ाता रह गया पाँच मिनट समय के लिए। शरीर से दूर होने के पहले मन ने समझ ही लिया था कि मेरी नहीं है वह, अपेक्षा बाक़ी थी। प्रतीक्षाएँ रोज़ मर जातीं और उनका अंत देखता। इन जलती प्रतीक्षाओं में कुछ नया जन्म हुआ तो इस ज़िद का, कि अब पुकारूँगा नहीं।

भूल जाने के छलावों से ख़ुद को बहुत बार ढाँका; पर धोखेबाज़ी के खोटे सिक्के ख़ुद की ज़िंदगी में चलाए जा सकते तो बात ही क्या थी। देर रात तक बात

करने की आदत तो उसके साथ जाती रही पर मेरी यह जागने की आदत कौन छीन सकता था। वह सब कुछ जो किसी और पर निर्भर हो, अंततः छोड़ ही देना होता है, लेकिन कोई और कहने जैसा वह व्यक्ति लगा भी तो हो।

जब नींद खुली तब बारिश तेज़ थी, फिर धीमी होती गई। पर बारिश आज रुकेगी, उसकी नियत नहीं थी। दुनिया भर की बुद्धि और संघर्षों से जब गला रेगिस्तान होने लगे तब सुंदर कल्पनाएँ, शराब की तरह होती हैं। गुरुजी की वह आत्मसम्मानित स्त्री हावी हो जाती है; जो प्रेम करना जानती है, इंतज़ार करना जानती है और विरह में तड़पना जानती है। मैंने पहले भी यह अनुभव किया है कि जब हम दिमाग़ या अब कहूँ चेतन कार्यों में लगे होते हैं, तब एक्टिव होते हैं, तेज़ होते हैं और सपनों की रहनुमाई भागते हुए नहीं होती। इश्क़ फटाफट कैसे किया जा सकता है? जीवन की हर वह चीज़ जो सुंदर है; स्थिरता से ही अनुभव में आती है।

रात किया हुआ गुलज़ार का नशा अब तक पूरी तरह उतरा नहीं था। "इश्क़ अधूरा रह जाए तो ख़ुद पर नाज़ करना, कहते हैं सच्ची मोहब्बत मुकम्मल नहीं होती।" अधूरा प्रेम ही सच रह जाता है। मुझे याद आ रहा था बारिश का वह दिन, जिसकी सीलन आज भी है। हम रेनकोट में ख़ुद को छिपाए स्कूटी पर निकले थे। शहर से बाहर निकलते ही मैंने स्कूटी एक किनारे रोकी।

"क्या हुआ?" उसने कहा।

मेरी शरारत आँखों से होकर होंठों तक दौड़ी- "ओ डार्लिंग। उतरो ना, कुछ सामान निकालना है।"

"ओह!" वह स्कूटी से उतर गई।

मैंने थैला निकाला, जिसमें पानी और रेड लेबल की बॉटल थी।

"हे भगवान, स्कूटी में कैसे... यहाँ रोड पर?" उसने कहा।

"रूको तो..." मैंने पानी की बॉटल से चौथा हिस्सा पानी गिरा दिया, और स्कॉच भर ली।

"बॉटल से पिएँगे?" उसने पूछा।

"मैडम, जैसी रही सुविधा जहाँ।" मैंने बॉटल उलट-पलटकर मिक्स कर ली और एक लंबी घूँट लेते हुए उसकी ओर बढ़ा दी।

"नहीं, अभी नहीं"

"क्यों?"

"थोड़ी देर में न।"

"ओके।" मैंने स्कूटी के सामने लगी छोटी, खुली डिक्की में बॉटल रख ली। बारिश धीमे-धीमे चल रही थी और बारिश से ताल मिलाती हमारी स्कूटी।

"क्या मस्त वेदर है यार।" उसने कहा।

"रेनकोट हटा दें क्या?" मैंने पूछा।

"नहीं न। ज़्यादा देर तक नहीं भीगना। आते-आते हटा देंगे।"

"ओके।" मैंने कहा। बारिश की फुहारें चेहरे पर बाथरूम शॉवर की तरह लग रही थीं। उसने अपने हाथ मेरे रेनकोट की जेब में डाल लिए।

"अच्छा एक बात बताओ, क्या मैं नहीं होता तो मेरी जगह कोई दूसरा होता?"

शायद उसने सोचा हो मुझे मौसम की भी समझ नहीं। दो-तीन दिन पहले उससे कुछ नोक-झोंक हुई थी, कड़वी बातें मन से जल्दी निकलती कहाँ हैं।

उसने पूछा, "क्या कहा?"

मैंने अपना प्रश्न दुहराया नहीं। मैं जानता था, वह प्रश्न समझ भी चुकी है और सुन भी चुकी है। हम किसी भी मौसम में लड़ सकते थे, लड़ना हमारी पुरानी आदत थी। ऐसे मौसम में लड़ना इसलिए भी अच्छा होता है कि आख़िर में हम सारी लड़ाइयाँ भूल जाते हैं। यह भी नहीं था कि मेरे जीवन में इससे पहले कोई लड़की ना रही हो या उसके जीवन में कोई ना रहा हो, जिससे वह अटैच रही हो।

उसने ईमानदारी से स्वीकार किया- "आप ठीक कह रहे हो, शायद आप न होते तो कोई दूसरा होता।"

इसी प्रश्न का उत्तर मैंने भी ख़ुद से पूछा, वही उत्तर आया। उस समय किसी और से इतना अटैच हो पाना किसी तरह संभव नहीं था, पर यह मेरे जीवन में नहीं आई होती तब यह तय था कि कोई दूसरी आ जाती। किसी व्यक्ति से गहरे प्रेम की मन:स्थिति में रहते हुए और किसी की तरफ़ आकर्षित होना, मुझे नहीं लगता संभव हो पाता। यह प्रेम एक-दूसरे की ज़रूरत ही तो है। एक सच्चे समीक्षक की तलाश उसके रहने से ही पूरी हुई।

दुनिया की हर लड़की वह व्यक्ति चाहती है जिस पर वह प्रेम का आरोपण कर सके। उसकी परवाह कर सके, अपनी चिंताएँ जता सके, एक माँ की तरह समझा सके और ग़ुस्सा दिखा सके। दिल छूने वाले रोमांटिक मैसेज करे या रोमांटिक गाने सुनकर जब उसकी इच्छा हो कि वह इसकी नायिका हो, तब उसे

वह व्यक्ति चाहिए जिस पर भरोसा करती हो और मैसेज, गाने फ़ॉरवर्ड कर सके।

दो मिनट के सदमे के बाद मैं बाहर आया। अगर उसका उत्तर ना में होता तो मैं जानता था कि झूठ होता। मौसम और मौक़े की माँग यही थी कि शेष नकारात्मक बातों को फिर कभी पर छोड़ दिया जाए।

सड़क बहुत ज़्यादा ख़राब कहने को नहीं थी, पर छोटे गड्ढों और जगह-जगह हल्की धँसी हुई सड़क में पानी भर आया था। जान बूझकर पानी के बीच से स्कूटी निकालने लगा, और हम खिलखिलाते हुए आगे बढ़ने लगे। मैंने बॉटल उसकी ओर बढ़ाई कि कैप हटाकर दो। उसने कहा "अरे रुको, ड्राइविंग मुझे दो।" उसने मुझे पीछे बिठाया और लहराती हुए चलने लगी, वैसे ही जमा पानी उड़ाते हुए। मैं पीछे बैठा सड़क देख रहा था, थोड़ी ठीक सड़क आए तो अगली घूँट को सही मार्गदर्शन मिल सके।

(22)

"गुरुजी, प्रेम समझने की कोशिश में उलझ जाता हूँ, किसे प्रेम कहें और किसे सौदा। क्या प्रेम और कमिटमेंट हमारी ज़रूरतों के सौदे नहीं हैं?"

"कह सकते हो स्वामी। तुम्हारे समझने की कोशिशें तुम्हें इंसान बनाती हैं, वह असफल हों तब भी, सफल हों तब भी। प्रेम जानने और परखने की वस्तुतः कोई युक्ति या पैमाना नहीं है। वैज्ञानिकता का दबाव हमें परख लेने के लिए प्रेरित करता है और हम सौंदर्य को परखने और परिभाषित करने की ऊलजलूल हरकतों में लग जाते हैं। परिभाषा का अर्थ है शब्दों में बाँध दिया जाना, तब परिभाषा उसकी ही की जा सकती है जो तय सीमा में रहता हो। प्रेम जानने का एकमात्र उपाय है उसमें डूब जाना। जो नहीं डूबे वे कह ही नहीं सकते और जो डूबे वे शब्दों में समेट नहीं पाते। जिन बेचारों ने कभी प्रेम नहीं जाना, जीवन भी नहीं जान सकते।

प्रेम के प्रति समझ के विकास में ओशो बड़े सहायक हुए हैं। उन्होंने प्रेम तीन तरीक़ों से देखा। पहला 'विवाह', जिसे अमानवीय और प्लास्टिक का फूल कहकर अस्वीकार कर दिया। प्रेम और फूलों की तरह प्लास्टिक के उपकरण अपने मुर्दापन से हमेशा खिले दिख सकते हैं, पर सुगंधित नहीं कर सकते। दूसरा प्रेम जो हम किसी व्यक्ति से करते या पाते हैं, उसे उन्होंने क्षणभंगुर लेकिन पहले प्रेम से अधिक मूल्यवान माना है। तीसरा प्रेम आत्मा का प्रेम है, लेकिन इस तक पहुँच सकने की क्षमता दूसरा सोपान पार कर लेने के बाद ही आती है। जब तुम दूसरे प्रेम के कुछ रहस्य जान लेते हो, उसके आनंद और विषादों से जागकर मुक्त होने की दिशा में बढ़ पाते हो तब आत्मिक प्रेम में प्रवेश के अधिकारी हो पाते हो। व्यक्ति और व्यक्ति के बीच प्रेम से आगे व्यक्ति और अव्यक्ति के बीच प्रेम संबंध स्थापित हो पाए वही प्रेम सौदों से अलग है। शरीर का प्रेम, प्रेम है

ही नहीं। मन का प्रेम नष्ट हो सकता है, पर प्रेम है। तीसरा प्रेम शाश्वत है जो प्रार्थना बन जाता है।"

"जी गुरुजी, प्रेम के इन शिखरों तक पहुँचने की सोच तक पहुँच पाना भी कठिन है। गुरुजी आपने कहा था स्त्री-पुरुष अलग हैं तो क्या प्रेम भी उनके लिए अलग है?"

"बिलकुल स्वामी, अलग है। हमने प्रेम के सोपानों को समझा। मनोवैज्ञानिक दृष्टिकोण से आज की स्त्री और पुरुष के अलग होने को समझते हैं।

स्वामी, पुरुष को दर्शाने के लिए जिस गोले और तीर के निशान का उपयोग किया जाता है वह निशान मंगल ग्रह को दर्शाता है। स्त्री के सिम्बॉल गोले और क्रॉस का निशान शुक्र ग्रह को दर्शाने के लिए किया जाता है। इस मान्यता को आगे बढ़ाते हुए जॉन ग्रे ने अपनी किताब 'मैन आर फ्रॉम मार्स फ़ीमेल आर फ्रॉम वीनस' में यह कल्पना की कि दोनों अलग-अलग ग्रहों के निवासी हैं, उनमें साभ्यिक अंतर है पर एक-दूसरे से अलग होने से ही वे एक-दूसरे के प्रति आकर्षित हुए और साथ में रहने लगे।

अब एक बचपना शुरू होता है स्वामी, जहाँ वे एक-दूसरे की वैयक्तिकता का सम्मान नहीं करते बल्कि एक-दूसरे को अपनी तरह बना लेना चाहते हैं। इससे पहले भी हम कुछ विपरीतताओं पर बात कर चुके हैं, अब आगे बढ़ें उससे पहले अच्छे-बुरे के माइंड सेटप को नाली में बहा देना और दोनों पक्षों को उनकी पूर्णता और बग़ैर सुधार की आशा रखे स्वीकार करना।

रोमांस की कल्पना करने वाली, हमदर्दी चाहने वाली स्त्री, जिसकी छठी इन्द्रिय हमसे अधिक कार्यशील है उसका रस सुधारक होने में है। टेक्नोलॉजी की कल्पना करने वाले पुरुष को सुधारना की धारणा ख़ुद पर नियंत्रण की तरह लगती है, वह तो शक्ति और परिणामों के चरम पर विश्वास रखते हुए लक्ष्य हासिल कर लेना चाहता है।

जॉन ग्रे कहते हैं स्त्री को सलाह लेना या देना पसंद है, लेकिन वह सलाहों को माने इसकी संभावना कम है। पुरुष को बग़ैर माँगे सलाह लेना अखरता है और इसका अर्थ उसे यह समझ आता है कि उसे कहा जा रहा है उसे काम करना नहीं आता। किसी की सलाह से किए हुए काम उसे अपराधबोधी और कमतर महसूस कराते हैं, वह बग़ैर किसी की मदद लिए अपने तरीक़े से काम करना चाहता है।

स्त्री का ज़्यादा बोलना सिर्फ़ राहत पाने का एक औज़ार है और समस्याओं के बारे में सिर्फ़ बात करके भी वह हल्का महसूस कर लेती है। दुनिया भर की टेलीफ़ोन कंपनियों का लाभ स्त्रियों पर ही निर्भर है। पुरुष को सामाधान तक पहुँचने की जल्दी होती है। पुरुष चाहता है कि समस्या सुलझाकर जल्द-से-जल्द विषय ख़त्म किया जाए। समस्या सुलझा लेने के बाद वह उसके बारे में बात नहीं करना चाहता। स्त्री जब अपनी समस्याएँ गिना रही होती है तो पुरुष को लगता है उसे ज़िम्मेदार ठहराया जा रहा है। स्त्री जब कह रही हो तो उसे समस्याओं का समाधान नहीं चाहिए; तुम ध्यान से सुन लो यही बहुत है, उसे हमदर्दी चाहिए। किसी ऐसी समस्या पर स्त्री को सौ बार रोते देख सकते हो, जिसका कोई समाधान ही नहीं। वह समस्या बताने में भी रस ले लेगी। हाँ दुखी रहने पर चुप्पी साध लेना उसका दुख प्रकट करने का तरीक़ा हो सकता है। पुरुष को स्त्री की नकारात्मकता को सकारात्मकता में बदल देने की सनक है।

शारीरिक संरचना के अनुसार समझो तो स्त्री का मस्तिष्क चिंता करने के लिए बना है, जिससे वे अपने बच्चे का ध्यान रख सकें और इसलिए ही वे पुरुष से अधिक नकारात्मक होती हैं। उसके मस्तिष्क की संरचना अपने बच्चों के लिए त्याग की प्रवृति से वायर्ड है। किसी व्यापार या जॉब में उच्चतम पद तक पहुँचने से रोकने के लिए यह भी उत्तरदायी है, क्योंकि उनके लिए इतना अप्रिय और स्वार्थी होना मुश्किल होता है कि प्रतिस्पर्धा के किसी भी स्तर तक जा सकें। तुम यह भी ध्यान देना स्वामी कि पुरुष का लक्ष्य है उच्च क्षमतावान पुरुष होना और स्त्री का अपने सौंदर्य से उसे आकर्षित करना, परंतु जब स्त्री स्वयं उच्च पदों पर पहुँचती है तो उसका मेकअप खो जाता है। औसतन रोज़ दस बार दर्पण देखने वाली स्त्री के जीवन का एक वर्ष तो यह सोचने में निकल जाता है कि आज उसे क्या पहनना चाहिए।

अधिक सोचने और मतलब निकालने में निपुण पुरुष, स्त्री की मुस्कुराहट और शर्म देखकर पिघल जाते हैं। प्रेम में पड़ा पुरुष अपनी प्रेमिका की ज़रूरतों के लिए ज़मीन-आसमान एक कर देता है क्योंकि इससे उसे अपनी क्षमता सिद्ध करने का अवसर मिलता है। स्त्री का उस पुरुष की ओर आकर्षित होना जो उसकी ज़रूरतें पूरी कर सके खेती की शुरुआत के युग से चला आ रहा है। स्त्री की मूलभूत ज़रूरत वह सुरक्षा समझती आई है; जिसके लिए 'अल्फ़ा मेल' की ओर आकर्षित होती है, उसे शक्लों से इतना लेना देना नहीं जितना शक्ति से। गंदे,

भद्दे और गले में गाय की हड्डी पहने कबीलों के सरदारों को तुम 'अल्फ़ा मेल' समझ सकते हो। लेकिन ध्यान रखना 'अल्फ़ा मेल' बाप दादाओं से मिली शक्ति का स्वामी नहीं होता, वह सामर्थ्यवान होता है। इन 'अल्फ़ाओं' को पहचानने की समझ रखने के बावजूद पाँच में से दो स्त्रियों को यह फ़ोबिया होता है कि वे किसी ग़लत इंसान से शादी कर लेंगी।

स्त्री को चिढ़ाना ना हो तो कभी उसके सामने परेशान और अकेले होने का रोना मत रोओ, ना संबंधों के टूटने का, ना उसकी किसी सहेली से बात कराने को कहो। उससे उसके पिछले संबंधों के लिए मत पूछो और उत्तर ना देना चाहे तो उत्तर मत माँगो।

अंतरंगता और तनाव, दोनों क्षणों में पुरुष शांत हो जाता हैं, तनावग्रस्त स्त्री शांत होने के लिए अधिक समय चाहती है। पुरुष के लिए गर्भधारण की क़ीमत बहुत कम है, वह अधिक-से-अधिक स्त्रियों में अपने जीन्स पहुँचाना चाहता है। पुरुष अपने शब्दों का चुनाव इस तरह करता है कि उसकी बातें शब्दश: अर्थ बता सकें, स्त्री अतिश्योक्ति की प्रेमी है और उसके शब्द अनेकार्थी हो सकते हैं। स्त्री का हीरो होने की चाह रखने वाले की यह आवश्यकता होती है कि यह बात उसे स्त्री द्वारा बताई जाती रहे कि वह उसका हीरो है और स्त्री उसका ध्यान रखे; पर ज़्यादा ध्यान रखा जाना भी उसे चिड़चिड़ा बना देता है। स्त्री बचपन में गुड्डे-गुड़ियों के खेल में अधिक रुचि लेती हैं जो उसके मातृत्व और देखभाल की प्रवृत्ति से जुड़ा है, लड़के बचपन से ही छोटे-छोटे ख़तरों के खेल पसंद करते हैं। माँओं को भी लड़कों को पालने में ज़्यादा दिक़्क़तों का सामना करना पड़ता है, वे कमरे में ख़ाली भी बैठे हों तो किस खुराफ़ात की योजना बना रहे हों, कहना मुश्किल है। किशोरावस्था में 'मेल टेस्टोस्टेरोन' बनने से लड़के हर परिस्थिति पर हावी होने का प्रयास करते हैं, इसलिए वे अधिक उग्र और सामाजिकता की कम परवाह करने वाले होते हैं।'

ख़ुश और चहकने वाली लड़की के आकर्षण में उलझा पुरुष उसे हमेशा वैसा ही देखना चाहता है और बोलते-बोलते सोच सकने वाली स्त्री की सबसे बड़ी शिकायत यह हो सकती है तुम उसे कभी फूल लाकर नहीं देते या कहीं बाहर लेकर नहीं जाते। सिर्फ़ पैसों से ख़रीदी चीज़ों से स्त्री की भावनात्मक ज़रूरतें पूरी नहीं होतीं, पुरुष का धन लुटाने का प्रेम ज़्यादा काम का नहीं।

पुरुष और स्त्री चाहते हैं कि उन पर विश्वास किया जाए, ग़लतियों पर भी

उन्हें स्वीकार किया जाए। स्त्री को निष्ठा और समर्पण चाहिए साथ-ही-साथ अपनी बातों का समर्थन भी। पुरुष ख़ुश है अगर तुम उसकी शक्ति की सराहना कर सको। स्त्री राज़ दबाने में निपुण है, उसे सरप्राइज़, गले लगना पसंद है और वह चेहरे याद रखने में अग्रिम है। स्त्रियों का कोई अलग ग्रह होता तो निश्चित तौर पर वहाँ केवल सुरक्षात्मक हथियार ही अस्तित्व में होते और शायद उनकी दुनिया अलग-अलग नक़्शों से ना पहचानी जाती।

यह स्त्री का बड़ा रहस्य है अक्रिया से आकर्षित करना। निमंत्रण देकर भी वह 'नहीं' कह सकती है, ना कहना स्त्री का रस है और उसकी 'ना' स्पष्ट 'ना' नहीं है। उसकी ना का अर्थ कभी हाँ भी हो सकता है। पुरुष की ना का मतलब स्पष्ट ना ही है। स्त्री का रस इसमें है कि वह अपरिचित बनी रहे। चाणक्य कहते हैं परस्त्री प्रशंसा कोई स्त्री नहीं सुनना चाहती, वह चाहती है कि बग़ैर कहे ही उसे समझ लिया जाए। स्पर्श की भाषा वह समझती है और ख़र्चों का हिसाब रखने में उसका रस है। हालाँकि पुरुष को भी अपनी प्रेमिका के मुँह से किसी और पुरुष की प्रशंसा में कहा गया एक वाक्य भी चुभता है।

प्रतीक्षा ना कर सकने वाला पुरुष हमलावर है। दुनिया में कहीं भी स्त्री के ऊपर बलात्कार का आरोपण नहीं किया जा सकता क्योंकि उसका चरित्र निषेधात्मक है, शरीर और व्यक्तित्व ग्राहक है।

सृष्टि के अन्य जानवरों की तरह पार्टनर ढूँढने की प्रक्रिया हमारे निर्माण से पहले की है। स्त्री का संभोग उसकी भावनाओं से जुड़ा है और शारीरिक, सामाजिक संरचना से वह उत्तेजना और सेक्स को जल्दी नहीं समझ पाती, ना ही अपनी इच्छाओं को। सदियों से स्त्री की यौन इच्छा का दमन किया गया है, इसलिए कि उसकी इच्छा हो या नहीं वह गर्भवती हो सकती है और हमारी पीढ़ियाँ आगे बढ़ा सकती हैं। वह चाहती है कि उसके पूरे शरीर को प्यार किया जाए सिर्फ़ यौनांगों को नहीं। शारीरिक सुख से बढ़कर सेक्स पुरुष के लिए एक उपलब्धि है, जिससे वह पक्का करता है कि वह ताक़तवर है। लड़कों के व्हॉट्सएप ग्रुप की तरह चैबीस घंटे लड़कियों के ग्रुप अश्लीलता से भरे नहीं रहते। लड़कों का पॉर्न देखना अब सामान्य, स्वीकृत और आसान है। हालाँकि लड़के बौद्धिक दृष्टि से देर से प्रौढ़ होते हैं, इसलिए भी और सुरक्षात्मक माँग से स्त्री का ज़्यादा झुकाव स्वयं से बड़े पुरुष की ओर है। स्त्री ज़्यादा कष्ट में तब आती है जब पुरुष किसी दूसरी स्त्री से भावनात्मक जुड़ाव बना लेता है और पुरुष

के लिए यह बर्दाश्त करना अधिक कष्टप्रद है कि स्त्री किसी और से शारीरिक संबंध रखे। दिमाग़ भी एक यौन अंग की तरह काम कर सकता है, यह हम इससे समझ सकते हैं कि स्त्री सोचकर ही चरम तक पहुँच सकती है।

'येन यांग' में लाओत्से कहते हैं दो विपरीत शक्तियाँ एक-दूसरे को संतुलित करती हैं और सृजन होता है।

हम ख़ुद बहुत होते हैं स्वामी, अपनी तरह के एक और इंसान का क्या करोगे? ख़ुद को ही थोड़ा ऐसा बना लो कि ख़ुद के साथ रह सको और किसी दूसरे को जैसा वह है वैसा होने की सुविधा दो, हर इंसान की वैयक्तिकता को सम्मान दो। विपरीत और विपक्ष को देखने की दृष्टि सम्मान की रखो।"

(23)

"गुरुजी, क्या जीवन का अंतिम उद्देश्य मोक्ष ही है?"

"हा...हा...हा... स्वामी, लगता है किसी धर्म गुरु को पढ़ आए हो।"

"नहीं, ऐसा नहीं है गुरुजी, हम जीवन में जो भी करें आख़िर में हमारा उद्देश्य क्या है?"

"स्वामी, मोटिवेशनल, राजनीतिक और धर्मों के गुरु, आँखों में धूल झोंकने वाले जादूगर हैं। उनकी दुकानों का मुख्य उत्पाद डर है। क्रेता के सामर्थ्यानुसार उत्पाद का आकार और मूल्य तय होता है। बाक़ी डरों की बात फिर कभी करेंगे, आज इस डर की झाड़-फूँक करते हैं।

जीवन व्यर्थ ना चला जाए यह भी एक डर है। इस डर से निकलने का उपाय है कुछ बड़ा करो, और करो या नहीं लक्ष्य तो बड़ा बनाओ। यह कहा जाना उत्पादों के विक्रय की आवश्यक शर्त है।"

"पर गुरुजी, लक्ष्यविहीन जीवन को हम आधार कैसे मान सकते हैं, बड़े-बड़े विचारकों और विद्वानों ने भी तो यही कहा है।"

"विद्वता स्वीकार ही क्यों करते हो स्वामी, अपनी बात करो। दूसरों की बातें स्वीकार करना ग़ुलामी की पहली सीढ़ी है। मैं नहीं कहता कि किसी की बात मत सुनो। विद्वानों को सुना जाना आवश्यक है, लेकिन स्वीकार उतना ही करो जितना तुम ख़ुद की कसौटी पर सही पाओ। विश्वास करने के कारणों में एक यह भी हास्यास्पद है कि किसी विद्वान ने कही है तो बातें सच हैं। सबकी अपनी दुकाने हैं। हर इंसान का सच अलग है, क्यों नहीं हम वैयक्तिकता का सम्मान करते।"

आज भी गुरुजी खेतों से होते हुए मेरे कमरे में आ गए थे। गुरुजी की बातों का सोच में आना-जाना था आजकल। आशा होती, दिन भर में एक बार तो उनसे मुलाक़ात हो जाए। अब मुझे ऑफ़िस से या लक्ष्य का कभी-कभी फ़ोन भी आ

जाता था, कुछ काम निपटवाने। कुछ और ना होने पर मेडिटेशन और नाश्ते के बाद बहुत बार मैं भी खेतों की ओर यहाँ-वहाँ घूमता रहता था। अब कलियों का फूल बनना मुझे पता था, छोटे फूलों का फलों में बदलना भी। लक्ष्य ने ट्रैक्टर चलाना भी सिखा दिया था, मैंने जुताई भी की खेतों की। फलदार पेड़ों के नीचे की घास हटाने के लिए भी जुताई और फिर समतल करना। लगता था दिन में दो-तीन घंटों का कुछ काम मिल जाए तो कितना अच्छा हो। शेष ज़्यादातर समय लैपटॉप पर कभी कुछ पढ़ते, फ़िल्में देखते या किताबें पढ़ते बीतता।

"देखो स्वामी, ये मोक्ष-वोक्ष की वहशत छोड़ दो। मैं तो कहता हूँ लक्ष्य की वहशत ही छोड़ दो। ज़िंदा रहने की वजहें ढूँढो, वह लक्ष्य पा लेना ही हो यह आवश्यक नहीं। लक्ष्यों पर निर्भर जीवन तब अधिक कष्टप्रद हो जाता है, जब लक्ष्य पा लिए जाएँ। जब हमारा जीवन बहुत आसान हो और कोई लड़ाई नहीं चल रही हो तो ज़िंदा रहने ही वजहें तलाशो वरना डिप्रेशन, लत, ग़ुस्सा हावी होगा। जीवन जब यात्रा समझ आने लगे तब शुभ घट सकता है। ध्यान दो और आकलन करो कि शक्ति की चाहत में तो तुमने तुम्हारे लक्ष्य निर्धारित नहीं किए हैं? जीवन इतना सस्ता नहीं कि शक्ति की बुतपरस्ती में समाप्त कर लिया जाए।

दरअसल हमें मोक्ष नामक सशर्त सपने दिखाए गए हैं। शर्तें, जिनसे हम निर्देशित किए जा सकें और लक्ष्य से भटक जाने के डर से सियार उवाच सुनें। इस क्रूरता से यह मोक्ष हमारी जड़ों में घुसा दिया गया कि हम धर्म गुरुओं के ग़ुलाम हो गए। पाप पुण्य की कहानियों के बहाने हमें अनाचार सिखाया गया है। ख़ुद की सेवा को सदाचार कहने वाले आरामपसंद पाखंडियों के चेहरे पहचानो।

स्वामी, डर ही नहीं होगा तो तुम अपने ऊपर राज क्यों करने दोगे? सीमाओं का डर है, राजनेता राज करते हैं। जीवन में कुछ ना पाने और पीछे रह जाने का डर है, मोटिवेशन गुरु राज करते हैं। पाप, नर्क और मोक्ष ना पा पाने का भय है, धर्मगुरु राज करते हैं। अल्लाह के डर से मौलवी राज करते हैं, गॉड के डर से पादरी। अंतर कुछ नहीं है, सब शक्ति की ओर जाने के सस्ते और कुरूप रास्ते हैं।

यह समझने की भूल मत करना स्वामी कि सिर्फ़ यह बाहरी लोग हम पर राज करते हैं।" गुरुजी रुके, पानी पिया और उनकी ऊर्जा सिगरेट।

"जैसे थोड़ी समझ विकसित होती है, हमारी माँ हमें बाऊ या किसी कीड़े मकोड़े से डराती है, फिर किसी रावण के आ जाने का डर दिखाकर सुला देती है। हमारी ट्रेनिंग पालने में ही शुरू हो जाती है स्वामी। मैंने सुना है बाल्मीकि के

बचपन का नाम बाल्या था, वह बहुत कुख्यात डाकू हुआ। उस समय माँ अपने बच्चों को डराया करती थी कि कुछ गड़बड़ मत करना वरना बाल्या आ जाएगा। हम जीवन भर डरते ही रहते हैं। डर के कारण काम-धंधे करते हैं, नौकरी करते हैं कि आजीविका चली गई तो सड़क पर आ जाएँगे। और ज़्यादा और ज़्यादा इसलिए कि भविष्य को निश्चित बना सकें। हमारी आने वाली पीढ़ी के निकम्मे होने का डर हमें और ज़्यादा इकट्ठा करने को प्रोत्साहित करता है। ख़राब समय का डर हमें पूँजी जमा करने का रास्ता दिखाता है। पिता की पिटाई और ग़ुस्सा हमें उस राह पर चलना सिखाता है जिस पर बचपन में वे ख़ुद नहीं चले। ध्यान से देखना समाज में, कहीं यह तो नहीं हो रहा कि जिन्हें बचपन में शक्तिशाली रिंगमास्टर पिता ने जानवरों की तरह पीट-पीटकर अक़्ल देनी चाही थी, आगे चलकर जब शक्ति और सत्ता में परिवर्तन होता है, शक्ति बच्चों के पास आ जाती है, तब रिंगमास्टर को बाहर का रास्ता दिखा दिया जाता है।

देखो स्वामी, जीवन के उद्देश्य को सामान्यतः तुम धन, यौनसुख, यश और मोक्ष के लालच में बाँट सकते हो। किसी के लिए धन ही जीवन का उद्देश्य है, ज़्यादातर के लिए धन के साथ शरीर की भूख, किसी के लिए धन के साथ यश, और कुछ लोगों के लिए धन से ज़्यादा महत्त्वपूर्ण है यश। जो इन सबमें ज़्यादा नासमझ और लालची हैं, उन्हें मोक्ष की आशा है।

सबसे महत्त्वपूर्ण है वर्तमान और जीवन, वह कहाँ गया? इन पाखंडों में जीवन लुटा दो। ना प्रेम करो ना जीवन जियो। मोक्ष की आशा में सियारों के पाँव चाटो और जो भी जीवन में सुंदर है उसे उपेक्षित रह जाने दो। घावों और बदबूदार मवादों से भर डाला है हमें इन हरामख़ोरों ने। जब तक शोषण ना किया जाए राज नहीं किया जा सकता।"

"गुरुजी, जीवन के आवश्यक उद्देश्यों में से एक, धन की कामना तो है ही ना?"

"अब सीधे शब्दों में कहो तो हमारे ज़िंदा रहने में है क्या? वासना के सपनों में उलझे रहना। वासना धन की, स्त्री की या मोक्ष की। मोक्ष भी किसलिए स्वामी? इसलिए की शराब और स्त्री के लिए संघर्ष से मुक्ति मिल सके? दुनिया के सबसे कुरूप और लालची लोग मोक्ष की आशा में त्याग का मार्ग अपनाते हैं। गीता कहती है यदि जीत गए तो धरती के सुख भोगोगे, और यदि ना जीत सके और युद्ध क्षेत्र में मर गए तो स्वर्ग को प्राप्त करोगे और वहाँ के आनंद भोगोगे।

इहलोक में त्याग करना उनको इसलिए स्वीकृत है कि स्वर्ग में कभी ना बूढ़ी होने वाली अपसराएँ, स्वादिष्ट पकवान और सोमरस मुफ़्त उपलब्ध है। मुसलमान के लिए जन्नत में हूरें हैं और शराब के चश्मे बहते हैं। पवित्र हदीस कहती है- बहिश्त में रहने वालों में सबसे निचले दर्जे के व्यक्ति के पास भी अस्सी हज़ार दास और बहत्तर स्त्रियाँ रहेंगी। ईसाइयों का स्वर्ग-नर्क भी ऐसा ही है। जो काम अपने असामर्थ्य के कारण पृथ्वी पर नहीं कर सकते, उसके लिए स्वर्ग का रास्ता बनाते हैं। स्वामी! जिस दुनिया के बारे में कोई जानता नहीं, किसी ने देखा नहीं उस दुनिया की लालसा में, जो है उसे खो देने के लिए हम तैयार कैसे हो जाते हैं? किसी और के कह देने से? धर्मख़ोरों को पता है कि इंसान लालची है; उसे शराब, पकवान, स्त्री चाहिए और कुछ इससे बढ़कर लालच उन्हें सूझा नहीं तो इन्हीं के बहुतायत और मुफ़्त में वहाँ मिलने का लालच दे दिया। यहाँ भी लैंगिक दुराभाव देखो स्वामी। पुरुष स्वर्ग जाएँगे तो उन्हें अपसराएँ और शराब मिल जाएगी, स्त्रियाँ जाएँ तो? उनको जवान देवता दोगे? और साड़ी, मेकअप की फ्री दुकानें? स्त्रियों के लिए स्वर्ग या जन्नत में क्या व्यवस्था है यह मुझे पता नहीं। हो सकता है यह माना जाता हो, स्त्री कभी स्वर्ग जा ही नहीं सकती।

चार्वाकों के समय तीन ही वेद अस्तित्व में थे। उन्होंने कहा तीनों वेद धूर्तों के प्रलाप मात्र हैं और यह भी कहा कि वेदों में कही गई यज्ञ विधियों के अनुसार यज्ञ में मारा गया पशु यदि स्वर्ग में जाता है, तो यज्ञ करने वाला व्यक्ति अपने बाप को ही यज्ञ में मारकर उसे अनायास स्वर्ग में क्यों नहीं पहुँचा देता? कर्मफल के आधार पर स्वर्ग-नर्क तय होते हैं तो हम यह मानने को क्यों तैयार नहीं होते कि इस जन्म में जिसने हमारी संपत्ति हथिया ली है, या चोरी की है; पिछले जन्मों में हमने की होगी। हमारे किसी प्रियजन की हत्या होने पर क्यों पुलिस में रिपोर्ट लिखाने जाते हैं, इसे सहर्ष स्वीकार करना चाहिए कि यह उसके पिछले कर्मों का फल है। आत्माओं और पुनर्जन्म में विश्वास रखने वालों को मृत्यु का भय भी नहीं होना चाहिए।

धन आवश्यक है, जैसे ऑक्सीजन। जितना ज़्यादा धन कमाने की हममें क्षमता है, उतना ज़्यादा धन कमाया जाना चाहिए। धन उद्देश्य नहीं, माध्यम है। सुंदर और आरामदायक मार्ग बनाने का उपकरण है। जीवन की यात्रा में कहीं जाना नहीं, यात्रा ही वास्तविक जीवन है। अपनी यात्राओं में हम अपने पास सुंदर सामान रखें, सब सुविधाओं से युक्त हो यात्रा, तो यात्रा का मज़ा ज़्यादा है। किसी

यात्रा में होने की मानसिकता ना हो तो धन कभी सुकून दे नहीं पाएगा। धन कमाना उनके लिए सुकून है जो अंततः इसे छोड़ना जानते हैं।

वैसे तुम दूसरी ओर देखो तो हमारे तथाकथित धर्मग्रंथों और साधुओं ने हमें उस माया से निकलने का ज्ञान दिया है जिसमें वे सब ख़ुद फँसे हुए हैं। इनकी प्रार्थनाएँ और उपासनाएँ भीख की स्तुतियाँ हैं। एक ढोंगी बाबा धन की व्यर्थता बताने शहर-शहर घूमता है, जिसकी मोटी फ़ीस लेता है; उसे पता है कि हवाई बातों के रास्ते ठोस वस्तुएँ प्राप्त होती हैं। 'दरिद्र नारायण' जैसी बातों से ग़रीबी का महिमामंडन किया जाता है। हमारी फ़िल्मों में देखो ग़रीब सच्चा और ईमानदार, अमिर ज़ालिम और डाकू। सच्चाई यह है स्वामी कि अमीर वर्ग ही वह वर्ग है जो हमें दरिद्र ही रहने देना चाहता है। क्या फ़र्क़ पड़ता है इन्हें दरिद्रता को दो चार अच्छे शब्दों से संबोधित करने में, जब अच्छी बातों से लोगों को ग़ुलाम बनाए रखा जा सकता है।

दशरथ माँझी जैसी मूर्खता का इस देश में बहुत सम्मान है। पहाड़ काटकर रास्ता बनाया जाना चाहिए था, पर सम्मान इस बात का किया जाना चाहिए था कि कितने कम समय में उसने धन कमाकर मशीनों और लोगों को रोज़गार देते हुए पहाड़ हटा दिया। लेकिन इस बात से ज़्यादा मूल्य रखती है यह बात कि उसने अपने जीवन के बीस-बाईस साल हथौड़ा छेनी लेकर पहाड़ काटा।

स्वामी, अधिक धन कमाना, अकेले इंसान के लिए संभव ही नहीं है। जब हम धन कमाते हैं, तब दूसरों को भी उनका हिस्सा देते हैं। यही परमार्थ है। धनी व्यक्ति ही सही मायनों में धार्मिक हो सकता है। पारसी धर्म ने इस वैज्ञानिकता को समझा और धन का सम्मान किया। शायद ही कोई पारसी हमें ग़रीब मिले। दरिद्र की आँखों में रोटी की चिंता की उम्मीद रखोगे या धर्म की चिंता की? भूखे को हमारा तत्वज्ञान क्या समझ आएगा। जिस समाज में प्रयत्नों के बाद भी रोटी ना कमाई जा सके उस समाज के हर भूखे का अधिकार है कि वह अपने और परिवार के लिए रोटी छीन ले या भूखे बच्चों के लिए तोंद वालों का क़त्ल कर दे। पर चूँकि हम इनको पूरे पेट रोटी नहीं दे सकते, स्व सम्मोहन दे दो। ये भी थोड़ा ख़ुश हो लेंगे और हमारे आदेशों पर जान की बाज़ी लगा देने वाले मोहरे भी बन जाएँगे। हम इनको संपन्नता की राह दिखाने की जगह विश्वास देते हैं। हमारे पैमानों पर खरे उतरो, दूसरे लोक में तो सब सुख तुम्हारे इंतज़ार में आँखें बिछाए बैठे हैं।

धन कमाओ स्वामी, इतना कि तुम्हारे धार्मिक होने की राह में धन से जुड़े सपने बाधा ना पहुँचा सकें। तुम्हारी इच्छा है कि एक करोड़ की कार तुम्हारे पास हो, तो पहले उसे पा लो।"

"गुरुजी, इस तरह तो सपनों का कोई अंत नहीं, एक के बाद एक।"

"शक्ति के धूर्त रास्तों पर चले बग़ैर उसे पार कर लेना बहुत कठिन है। रास्तों पर हम जाते इसलिए हैं कि रास्ते ख़त्म कर सकें। तुम विवशता से एक करोड़ की कार नहीं ले पा रहे तो तुम धार्मिक नहीं हो पाओगे। तुम्हारी समझ में यह है कि बहुत कम की कार भी उतना ही काम देगी, तो उसे आसानी से हासिल कर पाओगे और आगे के रास्ते का मज़ा ले पाओगे। जिस दिन यह समझ विकसित हो जाती है और हम यह समझ पाते हैं कि उस महँगी कार की क़ीमत हमारे समय से ज़्यादा नहीं, तब धार्मिकता की लौ जल सकती है।

अच्छा बताओ स्वामी, एक करोड़ की कार का क्या सुख जब इसके बाद और सपने क़तार में हों? दो-चार महिनों में इस कार के सम्मोहन से निकल जाओगे। कोई और बड़ा सम्मोहन आकर्षित करेगा। लेकिन यह ध्यान रखना तुम जीवन जी नहीं पाओगे, उस यात्रा के लिए सामान इकट्ठा करते रहो जिस यात्रा पर तुम्हें कभी निकलना ही नहीं। जीवन की क़ीमत किसी भी लक्ष्य से ज़्यादा है स्वामी। डॉक्टर इंजीनियर बनने की ज़िद पूरी ना होने पर आत्महत्या क्यों कर लेते हैं लोग? हद से ज़्यादा किसी लक्ष्य को पाने की चाहत तोड़ देती है। वहशी मोटिवेशनल गुरु अपने लक्ष्यों की ओर भाग रहे हैं, तुम बस उनके रास्ते के मोहरे हो। ज़रा सोचो जो तुम्हें किसी मोटिवेशन की आग में धक्का दे सकते हैं वे ख़ुद कितने उज्जट होंगे अपने महत्त्वाकांक्षी लक्ष्यों के प्रति।

मैं अपने अनुभव से कहता हूँ स्वामी, मेरी पहली कार थी मारुति 800। जितने प्यार से मैंने इस कार को रखा बाद की महँगी कारों को कभी ख़ुद से पोछा तक नहीं। तुम्हारी ही तरह मेरी भी एक प्यारी दोस्त थी, जिसका साथ इन कारों की दौड़ से ज़्यादा मायने रखता था। जिस समय का जीने में ज़्यादा उपयोग हो सकता था, उस समय को मैंने कारों के और बड़े मॉडल्स इकट्ठे करने में लगाया। उसके साथ के सुख को कमतर किया, कारों की हवस में दौड़ पड़ा। अब क्या अपने ऊपर इन कारों को दौड़ाता फिरूँ? हा...हा...हा..." उन्होंने फिर से सिगरेट सुलगा ली।

"देखो स्वामी, धन व्यर्थ नहीं, ज़्यादा-से-ज़्यादा कमाओ। लेकिन इसमें

उलझकर ज़िंदगी जीना मत भूल जाओ। जीवन को समग्रता से स्वीकार करना, जीवन का उद्देश्य क्यों नहीं हो सकता इस पर विचार करो। कम-से-कम समय में अधिक-से-अधिक धन कमाओ, किसी भी एक पक्ष में ज़्यादा झुक जाना बुरे परिणाम देता है। मैं तुम्हें दो पक्ष दिखाना चाहता हूँ, विवेकपूर्ण निर्णय लो।

तुम्हें लगता है, धन ही उद्देश्य होना चाहिए तो भटको मत, कमा लो धन। तुम्हें यह लगता है कि यश चाहिए, वह भी कर के देख लो। लेकिन पूरी क्षमता से, जान लगाकर तो करो। ताकि जल्दी से जल्दी तुम उस शिखर पर पहुँच सको, जिसे तुम अंतिम मान सको।

बुद्ध इस पृथ्वी पर तभी जन्म ले सकते हैं जब वह सिद्धार्थ होने की यात्रा कर चुके हों। सीधे बुद्ध होना असंभव है।

याद रखना स्वामी! तुम बेहोश नहीं हो तो और, और आगे की यात्रा के चरम पर तुम अपनी शुरुआत ही स्वयं के क़रीब पाओगे।"

(24)

"स्वामीजी, मुझे अनुपपुर स्टेशन ड्रॉप कर देंगे आप?" केमी का कॉल दोपहर उस समय आया जब मैं सोने जा रहा था।

"हाँ माँ, बिलकुल। कब जाना है?"

"आज ही जाना है शाम को। एक्चुली गुरुजी जा रहे थे, पर उनके मम्मी पापा आ रहे हैं तो थोड़ा मुश्किल हो रहा है, ड्राइवर भी नहीं है आज।" केमी की आवाज़ में अधीर नमी थी।

"कुछ दिक़्क़त नहीं माँ, मैंने बहुत ड्राइविंग की है।"

"स्वामीजी, सात बजे निकलना है।"

"जी माँ।"

अनुपपुर यहाँ का नज़दीकी रेलवे जंक्शन है जो कई शहरों को जोड़ता है। आश्रम से लगभग दो सौ किलोमीटर की दूरी है। सड़कों की हालत इतनी अच्छी ना होने और बरसात के दिनों को ध्यान में रखते हुए पाँच घंटों का समय लगना चाहिए। शाम सात बजे केमी ने निकलने को कहा है इसका मतलब रात बारह के बाद ही उनकी ट्रेन होगी। टाइम से आती है या नहीं, रात को वापस नहीं आऊँगा। वहीं रुक जाना सही होगा, प्लानिंग करते हुए पाँच बजे का अलार्म लगाकर सो गया।

जब कहीं जाना हो, अलार्म बजने से पहले ही नींद खुल जाती है। आधे घंटे पहले ही उठ गया, चाय पी और पैकिंग निपटाकर लक्ष्य को कॉल किया-

"हैलो लक्ष्य, मुझे आज शाम माँ केमी के साथ अनुपपुर जाना है।"

"हाँ स्वामीजी, मुझे पता है। मैंने गाड़ी तैयार करा दी है। माँ का सामान भी रखा दिया है। आप तैयार होकर आ जाएँ। मैं भी आज नहीं जा पा रहा, मेरे कंधों में बहुत दर्द है।"

"मैं तो रेडी हूँ, तुम्हारे कंधों को क्या हुआ?"

"खेतों में फिसल गया था स्वामीजी। टूटा-फूटा तो नहीं है, पर दर्द बहुत है।"

"ओह्ह!"

"गाड़ी की चाबी माँ को ही दे दी थी।"

"ओके।"

अपना छोटा बैग लेकर रिसेप्शन पहुँचा तो यूनी मिली।

"आइए स्वामीजी, पैकिंग हो गई आपकी?"

"हाँ माँ, रेडी हूँ।"

"आप जल्दी आ गए।" उसने फीकी मुस्कुराहट से कहा और मुझे चाबी दे दी। टाइम देखा पाँच तीस ही हुए थे।

"जी माँ, मैंने सोचा जब तक माँ केमी रेडी होती हैं, आप के साथ का आनंद मिल जाएगा।"

"आज तो नहीं मिलेगा स्वामीजी, मैं जा रही हूँ केमी के पास ही। पैकिंग तो उनकी हो गई पर बहुत परेशान है आज वह।"

"हाँ माँ, मुझे भी उनकी आवाज़ से लगा था फ़ोन पर। क्या हुआ?"

"उनके बेटे की तबीयत कुछ ज़्यादा ख़राब है।" उसने कहा और कमरों की तरफ़ निकल गई।

मैंने गुरुजी की इनोवा में अपना भी सामान रखा और गाड़ी में ही सामने की सीट पर पसरकर कम्यूनिटी रेडियो सुनने लगा, बेमतलब की बकवास। छत्तीसगढ़ी में धान की खेती के संबंध में ध्यान रखी जाने वाली बातों पर चर्चा। इन्हें तो परामर्श के लिए लक्ष्य को बुलाना चाहिए।

"स्वामीजी आप हैं?" केमी ने इनोवा का दरवाज़ा खटखटाते हुए कहा। सीट पीछे की ओर झुकाकर लेटने से उन्होंने पहचाना नहीं था।

"हाँ माँ, गुड इवनिंग!" मैंने दरवाज़ा खोलते हुए कहा। छह तीस हो चुके थे।

"आप जल्दी आ गईं।"

"गुड इवनिंग स्वामीजी। मन नहीं लग रहा।" उन्होंने पीछे का दरवाज़ा खोला और अपनी हैंड बैग सीट पर फेंक दी। केमी ने आज ब्लैक लोवर और रेड टी-शर्ट पहनी हुई थी। मैंने उन्हें हमेशा मरून गाउन में ही देखा था।

मैंने देखा पीछे से गुरुजी, यूनी, अनुश्री आ रहे हैं।

मैंने सबको अभिवादन किया और भांपा कि मामला गंभीर है। केमी की ओर देखते हुए गुरुजी ने कहा "तुम बिलकुल चिंता मत करो, एक पीडियाट्रिशन दोस्त से मेरी बात हुई। प्रॉब्लम का टाइम निकल चुका।"

"हाँ बात तो मेरी भी सबसे हुई थी। लेकिन जब तक उसको देख ना लूँ, मन नहीं टिकेगा।" केमी की आँखों में नमी थी।

"सामान सब ठीक से रख लिया न।" गुरुजी ने बात बदली।

"हाँ।" केमी ने इतना ही उत्तर दिया।

लक्ष्य भी आ गया और नेत्री, प्रिया भी।

"अब निकल जाओ केमी, सड़कों की हालत ठीक नहीं, थोड़ा ज़्यादा ही टाइम हाथ में रहे तो अच्छा है।"

मेरी ओर देखते हुए कहा, "कम्फ़र्टेबल तो हो न स्वामी?"

"हाँ गुरुजी, बिलकुल कम्फ़र्टेबल।"

गुरुजी ने केमी की ओर देखा तो उसकी आँखों से आँसू लुढ़क गए। उन्होंने आगे बढ़कर केमी को गले लगा लिया।

"इस बार बेटा बोलेगा न साथ आने को, तो प्लीज़ ले आना।" गुरुजी की आँखें भी नम थीं।

नेत्री ने केमी को गले लगाया और कहा, "दी, प्लीज़ अपना ध्यान रखना। गुरुजी की बात मानो, बेटे को ले आना, हम सब को तो वो जानेगा भी नहीं ऐसे।"

मैंने पहली बार जाना कि नेत्री के मुँह से प्यार भी बरसता होगा, परवाह करना भी। केमी कुछ बोल नहीं रही थी पर आँखों में आँसू बने हुए थे।

अनुश्री, प्रिया, यूनी, लक्ष्य सब से केमी ने गले मिल विदा ली और अंत में गुरुजी से चिपककर रो पड़ी।

"अरे डियर, तुम बिलकुल परेशान मत होओ। ऐसे मत करो, हिम्मत रखो। कुछ भी नहीं हुआ है। मैं भी चलूँ क्या?" गुरुजी ने उसका माथा चूमते हुए कहा।

"नहीं, मैं ठीक हूँ।" केमी आँसू पोंछते हुए सामने वाली सीट पर बैठ गई।

"ठीक है स्वामी, निकलो।" गुरुजी ने मुझसे आँखें चुराते हुए कहा।

"जी गुरुजी।" कहते हुए मैंने अपनी ड्राइविंग सीट सँभाली और गाड़ी बढ़ा दी।

मैं समझ सकता था केमी शांत होने की कोशिश कर रही है। रेडियो पहले

ही बंद कर चुका था। दस-पंद्रह मिनट तक बिलकुल शांति के बाद मैंने पानी की बॉटल उनकी ओर बढ़ाते हुए कहा, "पानी लेंगी माँ?"

केमी ने कुछ कहे बग़ैर बॉटल ली और पानी पीकर मुझे वापस कर दी।

"बेटे की तबीयत ज़्यादा ख़राब है, माँ?"

"हाँ स्वामीजी। बेन्जोईल बेन्जोएट, इचिंग में लगाने की मेडिसिन होती है। सिरप जैसी, उसने ग़लती से पी ली, पॉइज़न होता है उसमें।" कहते-कहते उसकी आँखें फिर भर आईं।

"ओह, कब हुआ, अब कैसा है वो?"

"कल रात में हुआ था। मुझे तो आज सुबह ही बताया। आई.सी.यू. में है अब तक। बोल रहे हैं बात कर रहा है, पर मेरी बात नहीं कराते।" छलक आए आँसुओं को उसने पोंछा।

इस समय उसे ख़ुद से ही शांत होने देना चाहिए था और किसी तरह की समझाइश देने के लिए मेरे पास कोई शब्द भी नहीं थे।

मैंने सोचा था सफ़र शानदार होगा और केमी के साथ गप्पबाज़ी में मज़ा आएगा। पर इतनी शांति से मैं चला जा रहा था यह सोचते की बच्चों से दूर रहना माँ के लिए कितना मुश्किल होता है। ख़ासकर तब, जब बच्चा किसी मुसीबत में हो।

केमी के मोबाइल पर कॉल आया, "यस, हैलो।" इसके बाद की मुझे कोई बात समझ में नहीं आई। वह थाई में बात कर रही थी, और नेटवर्क परेशान कर रहा था।

"स्वामीजी, नेटवर्क क्यों नहीं आ रहा... अभी ही जाना था इसे। बेटे का कॉल है..." उसने परेशान होते हुए कहा। आँसू अब लगातार टपक रहे थे।

वह मोबाइल देखे जा रही थी और बार-बार कॉल कर रही थी।

"स्वामीजी, रुकिए प्लीज़।" वह चिल्लाई। मैंने गाड़ी एक किनारे रोक दी।

केमी बेटे से बात कर रही थी और रुलाई नियंत्रित करने की कोशिश भी। उससे बात करने के बाद वह आँखें बंदकर सीट पर लेट गई। दो मिनट बाद उसने अपने दरवाज़े में रखी पानी की बॉटल उठाई, और बाहर निकलकर चेहरे पर छींटे मारे। पानी की घूँट भरते हुए वापस बैठ गई।

"अब ठीक है स्वामीजी वो। मेरी उससे बात हुई, थोड़ा डल तो है लेकिन बोलता है आप मत आओ। मैं तो जाऊँगी ही, अब सब टिकट भी हो चुकी है।"

कहते हुए उसने गुरुजी और लक्ष्य को कॉल किया और सब ठीक होने की सूचना दे दी। गुरुजी ने भी उसे कहा कि वह जाकर ही आए।

केमी ने मुझे कहा, "अब चलिए स्वामीजी।"

"जी माँ। अब आपका मन हल्का हुआ होगा।"

"लग रहा था कैसे रास्ता कटेगा। अब तसल्ली है कि वो ठीक है। पिछली बार उसने कहा था कि मैं भी चलता हूँ, पर मैं ही नहीं लाई।"

"क्यों माँ?"

"जिस देश में जन्म लिया, पहले उसको तो जान ले। लैंग्वेज की भी प्रॉब्लम आती और फिर उसको इंडियन फ़ूड पसंद भी नहीं। वो तो मैं थाई बना देती उसके लिए लेकिन यहाँ लाकर भी अपने पास कितना रख पाती, किसी हॉस्टल में ही डालना पड़ता। फिर सारे कोर्स, सब दोस्त, सब कुछ चेंज..."

"हाँ माँ, किसी दूसरी कंट्री में बच्चे के लिए अकेले रहना ज़्यादा मुश्किल है।"

हमारी ड्राइव को एक घंटे हुए होंगे, हम किसी बस्ती से गुज़र रहे थे। केमी ने कहा, "अरे स्वामी, वोदका रखी या नहीं?"

"नहीं माँ, वोदका तो नहीं है।"

"ओके, जरा धीरे चलिए। हाँ-हाँ... नहीं ये नहीं है... थोड़ा आगे..." वह कोई सड़क ढूँढ रही थी।

"हाँ बस... यहाँ। आगे से लेफ़्ट ले लीजिएगा। एक किलोमीटर पर है वाइन शॉप।"

"जी माँ।" कहते हुए मैंने गाड़ी लेफ़्ट की पतली सड़क पर डाल दी।

वोदका लेकर लौटते समय केमी ने गाड़ी रुकवाई। दस-बारह नींबू, नमक और एक चाकू ख़रीद लाई।

अब केमी इतनी उदास नहीं लग रही थी। बच्चों-सी सरलता मैंने उसके चेहरे पर देखी। बग़ैर किसी मेकअप और खुले बालों में केमी। जिसे पता ना हो वह इतने बड़े बच्चे की माँ है, वह तो उसे कॉलेज गोइंग गर्ल ही समझेगा। उसने नींबू धोए और बैठते हुए, चलने को कहा। मैंने देखा एक गृहणी ने तल्लीनता से चार-पाँच नींबुओं के दो-दो टुकड़े किए और एक-एक बीज चुनकर निकाल दिया।

"अरे स्वामीजी, सॉरी मैं भूल गई। आपको और कुछ लगेगा क्या? मेरा तो बस नींबू से हो जाएगा।"

"नहीं माँ, मुझे वैसे भी ड्राइव करना है। थोड़ी-सी ही लूँगा।"

"सुपर्ब! यही अच्छा है आपकी सेहत के लिए।" उसने मज़ाक़ किया। आज पहली बार हल्की मुस्कुराहट उसके चेहरे पर दिखी। उसने बॉटल्स अपनी सीट के नीचे ही रख दी थीं। स्मिरन ऑफ़ ऑरेंज की बड़ी बॉटल थी नहीं, उसने क्वार्टर की छह बॉटल ली थी। दो बॉटल्स निकाली, दोनों खोलकर एक मेरी ओर बढ़ा दी।

"मैं इतनी नहीं लूँगा माँ।"

"कोई बात नहीं, बाक़ी मैं ले लूँगी।"

हम दोनों ने बॉटल्स से ही चियर्स किया। मैंने एक छोटी-सी घूँट भरी और बॉटल डेस्क पर बने बॉटल होल्डर में रख दी।

ड्राइव करते समय पीने का अपना मज़ा है, लेकिन बहुत कम और बहुत टाइम लगाकर; जैसे सलाइन बॉटल चढ़ रही हो। मैंने देखा केमी ने बड़ा-सा घूँट भरा और जल्दी से नींबू मुँह में निचोड़ लिया, जिस पर उसने पहले ही हल्का-हल्का दबाकर अच्छे से नमक घुसाया हुआ था।

"स्वामीजी, सिगरेट तो पिलाइए।" ज़्यादा वोदका एक साथ पी जाने से अब तक उसका चेहरा सामान्य नहीं हो पाया था और वह बच्चों की तरह नींबू चाटे जा रही थी।

मैंने सिगरेट निकालकर डैशबोर्ड में रख दी। आधे नींबू को चाट-चाटकर ख़त्म करने के बाद उसने सिगरेट जलाई और खिड़की खोलकर धुआँ बाहर की ओर निकालने की कोशिश करने लगी। आधी सिगरेट ख़त्म कर लेने के बाद उसे याद आया की मैं भी हूँ।

"अरे सॉरी, लीजिए स्वामीजी।" उसने सिगरेट मेरी ओर बढ़ाई। मैंने दो कश लेकर वापस कर दी। मुझे सिगरेट से ज़्यादा आनंद उसकी तल्लीनता दे रही थी।

उसने मोबाइल ब्लुटूथ से कनेक्ट किया और हिंदी सिनेमा के भूले बिसरे गीत लगा दिए। लगभग आधी दूरी और दो घंटों के सफ़र के बाद मैंने आधा और केमी ने पूरा क्वार्टर ख़त्म कर दिया था। इतने टाइम गैप के कारण मुझे कुछ ज़्यादा असर नहीं था, लेकिन केमी की लड़खड़ाई ज़बान मैंने तब महसूस की, जब उसने सू सू के लिए कहीं जगह देखकर गाड़ी रोकने के लिए कहा। मैंने एक पेट्रोल पंप पर गाड़ी रोकी तो वहाँ की हालत देखकर वह वापस आ गई और कहीं जंगल में ही रुकने को कहा।

वापस आकर केमी ने एक सिगरेट जलाई। किसी मस्त शराबी की तरह ख़ाली बॉटल ज़ोरों से खिड़की के बाहर फेंक दी और दूसरी खोल ली। कहने को तो हम नेशनल हाईवे पर थे, पर ना सड़क की हालत ऐसी थी ना इतना ट्रैफ़िक था। कोई बड़ा शहर भी रास्ते में था नहीं, सिर्फ़ कुछ छोटी-छोटी बस्तियाँ, एकाध पेट्रोल पंप और ढाबे।

मैंने केमी से पूछा, "माँ, आप कब तक पहुँच जाएँगी फुकेट?"

"कल रात तक स्वामीजी। यहाँ से दिल्ली और वहाँ से बैंकॉक। बैंकॉक में भी फ़्लाइट चेंज करनी पड़ेगी।"

"आपको वहाँ रहना ज़्यादा पसंद है, या यहाँ?"

"स्वामीजी, दोनों ही जगह अधूरी है लाइफ़... बस कुछ समय और।" उसने लंबा विराम लेते हुए कहा, "फिर मैं बेटे के मोह से निकल जाऊँगी।"

"निकल जाऊँगी मतलब? यह कैसे पॉसिबल है माँ?" मैंने आश्चर्य से कहा।

"है ना पॉसिबल। गुरुजी और यहाँ के अपने परिवार के बिना मैं अपनी ज़िंदगी सोच नहीं पाती, ना मुझे सोचना है। बेटे का क्या है, थोड़ा बड़ा होगा, उसके बाद अपनी राह पकड़ लेगा। जो उसकी मर्ज़ी हो करे। उसके बीसवें जन्मदिन के बाद मैं उससे मिलने कभी नहीं जाऊँगी। वहाँ जो कुछ भी है सब उसको मिल ही जाना है।"

"ऐसा कैसे हो पाएगा माँ आपसे।"

"हा...हा...हा... आप मुझे कमज़ोर समझते हो स्वामीजी? मैं कहाँ-कहाँ से गुज़री हूँ, आपको बता दूँ तो शायद नफ़रत करने लगोगे आप मुझसे।"

मुझे लगा यही मौक़ा है कि मैं केमी की कहानी जान सकूँ। ख़ुद पर उसका ज़्यादा कंट्रोल नहीं था। मैंने उसे रोका भी पर वह बस थोड़ा, बस थोड़ा करते-करते दूसरी बॉटल भी पी गई और तीन-चार नींबू भी चाट गई। सिगरेट की राख खिड़की से बाहर झाड़ने में वह बहुत ध्यान नहीं दे पा रही थी, और बहुत बार राख अंदर ही गिर रही थी।

"आपसे कोई नफ़रत कैसे कर सकता है माँ?" सीधे पूछने का ख़तरा नहीं उठाना था।

"स्वामीजी, मुझे आप पर भरोसा है। ये मत सोचना कि ज़्यादा चढ़ गई इसलिए बोल रही हूँ। यहाँ किसी को नहीं पता। बस गुरुजी जानते हैं सब। मन

हो रहा है आपको सब बताने का। पर प्लीज़ कभी किसी से मत बोलना, वरना पता नहीं यहाँ कैसे देखेंगे सब लोग मुझे।"

"अरे माँ, यह मत सोचिए। मुझ पर भरोसा कर रही हैं तो पूरा कीजिए।"

"स्वामीजी।" उसने अपनी नज़रें सड़क पर लगा लीं। "मैं एक कॉलगर्ल थी।"

"क्या?" सोच से बाहर की बात सुनकर हम दोहराने के लिए कहते हैं कि तब तक बात समझी जा सके।

"क्या हुआ स्वामीजी, अब मुझे उतनी रिसपेक्ट दे पाएँगे आप?" मैंने उसकी ओर नज़र दौड़ाई, उसकी आँखें सड़क पर ही स्थिर थीं।

"क्यों नहीं माँ। क्या फ़र्क़ पड़ता है कि आप क्या काम करती थीं। आपके जैसे इंसान दुनिया में हैं कितने?"

"थैंक्यू स्वामीजी! आपने मन से माँ कहा ये जानने के बाद, मुझे अच्छा लगा।"

"अरे माँ, कैसी बात कर रही हैं आप। आप लोगों से तो मैं जीना सीख रहा हूँ।"

"स्वामीजी, पता है आपको, जब मैं सिंगल मदर हुई और मेरे सपनों की दुनिया टूट गई, उसके बाद... मुझे सिर्फ़ एक सनक थी कि बहुत पैसे इकट्ठे करने हैं। किसी के ऊपर डिपेंड नहीं रहना। ख़ासकर किसी मर्द पर। मैं वो औरत नहीं बनना चाहती थी जो लाचार हो।" प्रेम पर स्वामित्व का भाव गहरा जाए तो स्वामित्व ही हावी हो जाता है, प्रेम बदरंग। स्वामित्व प्रेम की मासूमियत का हत्यारा हो जाता है।

उसने आगे कहा, "पढ़ी-लिखी तो थी ही, सर्विस भी ज्वॉइन की। पर पैसे... समझ ही नहीं आता कि जाते कहाँ थे। बेटे को तो बहन के घर पहले ही छोड़ दिया था। सर्विस करते हुए मुझे यह आसान राह दिखी और फिर बस यही राह। मेरा चेहरा एकदम से थाई नहीं दिखता, इसलिए पैसे भी ख़ूब कमाए। चपटी नाक से लोग वहाँ बोर हो जाते हैं।" उसने हँसते हुए कहा।

"माँ, आप बुरा ना मानें तो एक बात पूछूँ?"

"हाँ स्वामीजी, क्यों नहीं। आप जो चाहो पूछ सकते हो, भरोसा किया है आप पर।"

"माँ, यह काम आपने सिर्फ़ पैसों के लिए किया?"

उसने बग़ैर किसी मुश्किल के कहा, "हा...हा...हा.. स्वामीजी। सिर्फ़ पैसों के लिए। आप क्या समझते हैं, कोई सेक्सुअल प्लेज़र...नहीं स्वामीजी। काम सिर्फ़ काम होता है। शाम से लेकर रात तक दस-दस कस्टमर निपटाए हैं। अच्छी सर्विस, सिर्फ़ इसलिए कि कुछ और पैसे मिल जाएँ। सोते जाने तक तो शरीर ही हालत मुश्किल से चल पाने लायक़ होती थी। बस दो ही नशे थे। पैसे कमाने का नशा और शराब का नशा।"

"फिर आप यहाँ कैसे आ गईं माँ?"

"गुरुजी के प्यार में। मन से आवाज़ आई कि ये बंदा कभी धोखा नहीं देगा। गुरुजी के बाद तो सब यहीं समर्पित कर दिया। अब तो मरते तक ज़ाना नहीं कहीं और मुझे।"

उसने एक बॉटल और निकाली अपनी सीट के नीचे से, पर मैंने उससे लगभग छीनते हुए पीछे की सीट पर फेंक दी।

"नहीं माँ, प्लीज़ नहीं... थोड़ी देर और रुक जाइए।"

"अरे स्वामीजी, पीने दो न।"

"पी लीजिएगा, प्लीज़ माँ थोड़ी देर बाद।" केमी को आगे अकेले सफ़र करना था, इसलिए मुझे थोड़ी चिंता हुई।

"ठीक है स्वामीजी। बात मैं किसी की मानती नहीं, गुरुजी के अलावा। पर आपकी मान लेती हूँ, लेकिन थोड़ी देर न बस।" वह शांत होकर सीट पीछे झुकाते हुए लेट गई।

अनुपपुर अब हम पहुँच ही चुके थे, मैंने देखा ट्रेन आने में दो घंटे से ज़्यादा थे। दो घंटे तो टाइमिंग से और आधे घंटे लेट। मैंने गाड़ी अनुपपुर पहुँचते-पहुँचते एक ढाबे पर रोक दी। दिखने में तो ढाबा बिलकुल बेकार और देहात का ही लगता है पर मुझे पता था कि यहाँ खाना अच्छा मिलता है।

"आ गए हम स्टेशन।" केमी ने शराब और नींद के नशे में पूछा।

"नहीं माँ, लेकिन पास में ही हैं। ट्रेन में अभी टाइम है। खाना खा लेते हैं, खाने का टाईम हो ही गया है।" मैंने अपनी बची हुई वोदका एक घूँट में ख़त्म कर दी।

"मुझे भूख नहीं है स्वामीजी, आप खा लो। मैं वेट करती हूँ।"

"थोड़ा तो खा लीजिए, वरना कल सर ज़्यादा भारी हो जाएगा।"

"नहीं, आप खा लो।"

मैं गाड़ी से उतरते वापस बैठ गया, "ठीक है, आप नहीं खाएँगी तो मैं भी नहीं खाता।"

"अरे, ग़ज़ब जबरदस्ती है भाई।" उसने नाराज़गी दिखाई।

"हाँ, है तो है। मैं थोड़ी बोल रहा हूँ कि आप खाइए ही। आपकी मर्ज़ी है मत खाइए।"

"इसे इमोशनल अत्याचार कहते हैं डियर।"

"तो अत्याचार ही समझ लीजिए।"

उसने अपने सर पर हाथ मारा और कहा, "अच्छा ठीक है, चलिए।"

ढाबे के एक किनारे अलग से छोटा कमरा था, जिसमें चार-पाँच लोगों के बैठने की जगह थी। तीन ओर दीवारें और सामने की तरफ़ दरवाज़ा। लोहे की ग्रिल लगी हुई खिड़की। जब हम वहाँ पहुँचे, पहले से बैठे लोग उठ ही रहे थे। मैंने फटाफट वहाँ कब्ज़ा कर लिया। मैंने ध्यान दिया कि आस-पास से निकलने और दूर खड़े लोग केमी पर ज़्यादा ही ग़ौर कर रहे हैं। मैंने उसको दीवार की ओर चेहरा करके बैठाया और मैं दरवाज़े की ओर चेहरा करके बैठा।

"मैं ज़्यादा कुछ नहीं खाऊँगी स्वामीजी। अपने हिसाब से ही मँगाना आप, उसमें से ही खा लूँगी। भूख लगी तो मेरे पास पराठे हैं न, खा लूँगी।"

"हाँ माँ। मैं आता हूँ ऑर्डर करके, वरना यह देर करेगा।"

ऑर्डर देने के बाद वापस आया तब केमी मोबाइल पर मैसेज कर रही थी।

"दो मिनट स्वामीजी।"

"हाँ माँ, आराम से।"

उसने दो मिनट ही मोबाइल पर बिताए होंगे। मेरी ओर देखकर कहा, "अब फ्री, गुरुजी को भी मैसेज कर दिया और बहन को भी। अब कोई डिस्टर्ब नहीं करेगा। गुरुजी का कॉल आ जाता तो समझ जाते कि ज़्यादा हो गई है, और नाराज़ होते।"

"हाँ... बिलकुल समझ जाते माँ।"

"माँ, आपकी बस एक बहन और बेटा ही हैं?"

"हाँ स्वामीजी, वहाँ तो बस यही हैं।" प्रश्न यह होना चाहिए था कि वहाँ कौन-कौन हैं।

"कोई भाई भी नहीं है?"

"नहीं स्वामीजी, बस जीजा है। वह भाई जैसा ही है।"

थोड़ी देर की शांति में वेटर खाना रख गया। मैंने परोसा और खाते हुए मुझे पता नहीं क्या सूझी मैंने कहा, "माँ, आप मुझे अपना भाई बनाओगी?"

केमी ने चौंककर मेरी ओर देखा। हल्की-सी मुस्कुराहट से कहा, "क्यों स्वामीजी, मेरा कोई नहीं यहाँ यह सोचकर मेरा सहारा बनने की सोच रहे हैं आप या मुझ पर दया दिखाने की कोशिश?"

हे भगवान! एक तो प्रश्न ग़लत। क्या ज़रूरत है किन्हीं भी संबंधों को रिश्तों में बाँधने की। प्रश्न के उत्तर में ऐसा ख़तरनाक प्रश्न जिसका उत्तर देते ना बने।

"नहीं माँ, आप ग़लत समझ रही हैं। मुझे आपसे लगाव महसूस होता है। आपकी रिस्पेक्ट है मन में। ग़रीब मन की अमीर चाह समझ लीजिए। आपका क्या सहारा बनूँगा माँ, आपने मुझे सहारा दिया है।" मैंने खाना छोड़कर पहले अपनी बात पूरी की।

केमी ने कुछ नहीं कहा। हम खाना खाकर वापस गाड़ी में बैठे। उसने पान लाने के लिए कहा। पान लेकर लौटा तब केमी सिगरेट पी रही थी। अब उसकी हालत पहले से बहुत अच्छी लग रही थी। उसने खाना ठीक से खा ही लिया था।

मैंने गाड़ी थोड़ी दूर ले जाकर एक किनारे रोक दी और सिगरेट जला ली। केमी की सिगरेट ख़त्म हो गई थी, मेरी देख उसने दूसरी जला ली।

"अभी तो एक घंटे से ज़्यादा है माँ।"

"बहन को माँ कहते हैं क्या?"

"ओह...सॉरी। आप मुझसे बड़ी हैं, तो दीदी बुला सकता हूँ। नाम से तो नहीं।"

"डन।" उसकी आँखों में ख़ुशी भी थी, नशा भी।

(25)

दिन भर सावन के आख़िरी दिनों की झड़ी हो और उसकी यादों से उलझता ना फिरूँ, यह कब होगा मुझे पता नहीं। कभी अपराधबोध भी घेरता कि बारिश उनके लिए तो हसीन नहीं होती जिनके घर नहीं होते। आज भी आलस्य की पराकाष्ठा में सारा दिन पड़ा रहा। कान में ईयर फ़ोन ठूँसे और तेज़ आवाज़ में कभी सुरैया, कभी रफ़ी, मुकेश और लता को सुनता रहा।

बालकनी से आने वाली गीली हवाएँ मन और आँखें नम करना कब बंद करेंगी यह भी पता नहीं। शाम होते-होते ज़्यादातर गानों का असर धीमा हो चला था, रह-रहकर गुनगुना रहा था तो "वो पास रहे या दूर रहे, आँखों में समाए रहते हैं, इतना तो बता दे कोई हमें, क्या प्यार इसी को कहते हैं..." ब्लैक एंड व्हॉइट फ़िल्मों के युग में और कम तकनीकी दक्षता के शुरुआती दौर में, जो बात सबसे गहरी थी वह थी भावनाएँ। गानों में शक्ति जो रुला दें।

अकेलेपन की बोरियत तो नहीं थी, पर शाम होते-होते ख़याल आया क्यों न गुरुजी को कॉल किया जाए। क्या पता कुछ अच्छा-सा प्रोग्राम बन जाए। उन्होंने मुझे दस मिनट बाद आने के लिए कहा, मेन बिल्डिंग की छत पर।

छत पर लकड़ी की दो पुल चेयर लगी हुई थी। बाउंड्री छह फ़ीट ऊँची थी, जिससे नीचे कुछ देख पाना संभव नहीं था। पुल चेयर के बग़ल में पानी की बॉटल और उनकी काँच की ऐश ट्रे नीचे रखी हुई थी। गुरुजी बॉथ गाउन में। उनके शरीर पर चमकते तेल से पता चल रहा था उन्होंने अभी मसाज ली है।

"आओ स्वामी, आओ।" कहते हुए उन्होंने पैरों से हटे बाथ गाऊन को सँभाला और थोड़ा ऊपर की ओर सँभलते हुए पुल चेयर पर लेट गए। शाम की प्राकृतिक रौशनी और बारह-पंद्रह घंटों की बारिश के बाद खुले मौसम में पसरे हुए गुरुजी जैसे कह रहे थे, जीवन में कहीं स्वर्ग है तो यहीं है, यहीं है, यहीं है।

मेरे बैठते ही उन्होंने कहा, "केमी ठीक थी, जाते समय?"

"हाँ गुरुजी, बेटे से बात कर लेने के बाद बिलकुल ठीक लग रही थीं। आपकी बात हुई? कैसा है बेटा अब?" हालाँकि केमी ने व्हॉट्सएप पर मुझे अपनी और बेटे की रेस्टोरेंट में खाना खाते हुए मुस्कुराती फ़ोटो 'एवरीथिंग इज़ सुपर्ब एंड फुलफ़िल्ड विथ लव' लिखकर भेजी थी।

"सब सही है स्वामी, वह तो बस हमारा स्वभाव है जो हम बेचैन हो जाते हैं।"

"हाँ गुरुजी, पर ऐसे मुश्किल समय में मन ठहरता भी तो नहीं।"

"दरअसल, हमारी आदत है व्याकुलता की। जीवन शांत और रूटीन पर चलने लगे तो हम बोर भी तो हो जाते हैं। ख़ैर! आज क्या किया सारा दिन स्वामी? बारिश तो पूरी मस्ती पर थी आज।"

"आज तो कुछ भी नहीं गुरुजी। बस आलस में पड़ा रहा और गानों में डूबा रहा।"

"सुपर्ब स्वामी। यह मुझे भी पसंद है। संगीत हमें ऊर्जा से भर देता है। जब प्रेम के शॉवर लेने हों गीत सहायक होते हैं।"

"गुरुजी, अब भी प्रेम उलझा देता है, कभी विरह, कभी समझने का फेर।"

"हा...हा...हा... स्वामी, क्या ग़ज़ब करते हो। प्रेम कोई ऐसी चीज़ नहीं जिसको तुम समझकर परिभाषाओं में बाँध सको। जैसे तुम्हारा आज का दिन था, गाने और संगीत में डूबा। तुम उसे शब्दों में कितना भी बाँध लो, अधूरा ही रह जाएगा। वस्तुतः प्रेम को गद्य में थोड़ा भी लिख पाना मुश्किल है, पद्य ही वह विधा है जिसमें तुम प्रेम का झरना महसूस कर सकते हो, उसके विराट स्वरूप की झलक पा सकते हो। पूरी तरह से तो तुम किसी कविता या गीत में भी नहीं कह पाओगे। जो अधूरा है, समझ से बाहर है, उसी सौंदर्य के लिए हमारा आकर्षण भी है। बुद्धि लबालब भरी हो खोपड़ी में तब प्रेम की बातें मन तक पहुँच ही नहीं पाएँगी। कितने ही गीतों में तुम्हें पुनरुक्ति मिलेगी, लेकिन प्रस्तुतिकरण उल्लास से भर देता है।"

"तो क्या हम सिर्फ़ उसे प्रेम कर सकते हैं, जिसे कभी समझ ना पाएँ?"

"कह सकते हो स्वामी, प्रेम का विज्ञान जानते हो?"

"मनोविज्ञान।"

"नहीं स्वामी, मैं रसायन विज्ञान की बात कर रहा हूँ।"

"हार्मोंस के लेवल पर?"

"केमिकल लोचे के लेवल पर स्वामी। हा...हा...हा... जब तुम्हें इश्क़ होता है, हमेशा किसी के ख़यालों में खोए रहना पसंद आता है, कल्पनाओं का संसार इस निर्मोही संसार से ज़्यादा भाता है, तो उसके पीछे केमिकल्स होते हैं। प्यार के इस पागलपन की शुरुआत पुरुष में तब होती है जब दिमाग़ का एक हिस्सा 'ऑप्शनल लॉब' एक्टिव होता है। स्त्री में 'लिम्बिक' सिस्टम एक्टिव होता है। पुरुष इस सिस्टम से आकर्षित होता है और स्त्री इस सिस्टम से भावनाएँ समझने का काम करती है। इज़हार-ए-इश्क़ में आने वाली परेशानी, तनाव और झिझक 'कोर्टिसोल' केमिकल की वजह से होती है। इसके हमारे दिमाग़ में ज़्यादा पैदा हो जाने से आसान-सी परिस्थितियाँ भी हमसे नियन्त्रित नहीं होतीं। किसी तरह हम इज़हार-ए-इश्क़ कर पाते हैं तो 'एड्रेनालिन' की मात्रा बढ़ने लगती है। लंबी बातों और साथ में समय बिताने से 'डोपामाइन' निकलने लगता है, इस दौरान कई तरह के 'इंड्रोफ़िन' भी निकलने लगते हैं। यह फ़ील गुड हार्मोंस हैं। 'डोपामाइन' ही हमारे प्रेम का सुख है। 'नोरेपेनेरफ़िन' जिसके नशे में हमें ख़याल नहीं रहता कि कितना टाइम हम उससे बात या चैट करते रहे। शारीरिक या मानसिक दर्दों को भी हम दरकिनार कर पाते हैं तो इसी हार्मोन की वजह से। प्रेमिका हमारा मैसेज देखकर रिप्लाई नहीं करती या फ़ोन नहीं उठा पाती तब दिमाग़ में 'शिरोटोनिन' कम बनता है, जिससे हम बेचैन और ग़ुस्सा होते हैं। शारीरिक रूप से पास आने पर 'फ़िरोमोंस' निकलते हैं, जो एक-दूसरे की तरफ़ और भी ज़्यादा आकर्षित करते हैं। 'ऑक्सीटोसिन' प्रमुख लव हारमोन है। समझ गए न स्वामी प्रेम को? इन न्यूरोकेमिकल्स से ज़्यादा कुछ नहीं प्यार-व्यार।"

"गुरुजी, कुछ हार्मोंस के तो इंजेक्शन भी आते हैं।" अपने शुरुआती दिनों में दवाइयों के व्यवसाय से जुड़े होने से इतना मुझे पता था।

"तो स्वामी, इंजेक्शन लेते रहो और प्यार का लुत्फ़ उठाते रहो। काहे को बेकार में नरक के द्वार स्त्री के मोह में पड़ते हो?"

"गुरुजी, ऐसे तो जीवन रस ही सूख जाएगा।"

गुरुजी ने मस्ती से मुस्कुराते हुए कहा, "सही समझ रहे हो स्वामी। इन केमिकल्स और हार्मोंस से हमें कुछ पता नहीं चलता। हम हमेशा सुनते आए हैं कि सत्य की जीत होती है। ये हार्मोंस सत्य हो सकते हैं लेकिन सत्य की खोज में अगर तुमने इन्हें जान भी लिया, तो यह तुम्हारी मदद नहीं कर पाएँगे। तुम्हारा

शरीर दे दो वैज्ञानिकों को, वे बता देंगे की तुम्हारे शरीर में कितना आयरन, जिंक, पोटेशियम, ख़ून, माँस है और तुम्हारे नसों की कितनी लंबाई है या तुम्हारे दिमाग़ का वजन कितना है। सब चीज़ों को बराबर मिलाकर क्या वे तुम्हारे जैसा इंसान पैदा कर पाएँगे? सत्य जो झूठा है। एक ग्राम कुछ पदार्थ है, दो ग्राम कुछ। तुम इससे जाने नहीं जा सकते।

किसी फूल की ख़ूबसूरती से, रंग से, ख़ुशबू से प्रेम किया जा सकता है, उसके ज़िंक और पोटेशियम से नहीं। तुम्हारी प्रेमिका के दिए वे गुलाब जो तुम्हारी किताबों के बीच सूख जाने के बाद भी भावनाओं का ज्वार ला देते हैं कुछ केमिकल भर हैं? अब तुम कहो कि तुम फूल के रंग और ख़ुशबू समझना चाहते हो, तब उससे प्रेम कर पाओगे, तो ख़रीद लो बाज़ार से हार्मोंस के इंजेक्शन या ज़िंक और पोटेशियम के पैकेट्स। ना प्रेम, ना ही सौंदर्य सिद्ध कर पाओगे।

तुम कर सकते हो हार्मोंस और ज़िंक का व्यवसाय, जहाँ ज़्यादा लाभ मिले बेच देना। तुम 'डोपामाइन' का इंजेक्शन बेच सकते हो, भावनाएँ नहीं। याद रखो स्वामी, प्रेम में भटका जा सकता है, पागल हुआ जा सकता है। समझने की समझदारी शुष्क बना देगी।

विज्ञान वह सच है, जिसे तुम परख सकते हो। विज्ञान हमेशा एक जैसा परिणाम देगा, लेकिन पाँच-पाँच ग्राम कुछ रंग और एक जैसे ब्रश, कैनवास हज़ार लोगों को भी दिया जाए तो किसी के चित्र में कोई समानता नहीं ढूँढ पाओगे। द ग्रेट विन्ची की ग्रेट 'मोनालिसा' रंगों के वज़न तौलकर बनी होती तो और भी बन सकती थी। किसी वाद-विवाद या तर्क से, बुद्धि से तुम प्रेम को नहीं जान सकते ना उस पर विजय पा सकते। प्रेम को समझने की बुद्धिमत्ता में पड़ना मूर्खता है, प्रेम को बस जीना होता है। कौन से हार्मोंस कब कितने निकाल रहे हों, यह पता हो जाना तुम्हारी बुद्धि का विलास है।" गुरुजी ने सिगरेट जलाई और आसमान की ओर देखने लगे।

मैंने भी अब पुल चेयर पर टेक लगा ली थी। आख़िर इंसान करे तो क्या। कहा, "गुरुजी, पूरा जीवन भी प्रेम जैसा ही है। समझ से बाहर।"

"यह अधूरा सत्य है स्वामी। जीवन जीने की चीज़ है, परंतु इतना हमें सीख लेना होगा कि बोधपूर्ण होकर कैसे जिया जा सकता है। बुद्धि और तर्क के ऊपर प्रेम है, इसकी निश्चित परिभाषा या निश्चित व्याख्या नहीं की जा सकती। संगीत और कविताएँ भी हमें प्रेम और जीवन को महसूस करने का सामर्थ्य देती हैं,

उसकी व्याख्या नवीनता से करती हैं। एचटूओ पानी का वह सत्य है जिससे प्यास नहीं बुझ सकती।"

"गुरुजी, इतना भावनाओं में जीना भी तो जीवन डिस्टर्ब कर देगा।"

"स्वामी, तर्क से तुम बुद्धि को तो जीवित रख लोगे, पर उस जीवन का क्या अचार डालोगे जिस जीवन में प्रेम के फूल न खिलते हों, बॉयोलॉजिकली बस जीवित हो। रॉल्स रॉयज़ में बैठकर भी तुम जब सुख का अनुभव ना कर पाओगे तो उस छोटी ख़ुशी के लिए तड़पोगे जो बच्चे को एक छोटी टॉफ़ी में मिल जाती है। हमारी बड़ी और समझदार बुद्धि ज़्यादा-से-ज़्यादा चीज़ों से भी कभी भर नहीं सकेगी।"

"हाँ गुरुजी, यही मैं सोचता हूँ। बिना प्रेम किए जीना तो बेकार में जीना भर है।"

"स्वामी, अगर जीने की बात करो, तो गृहस्थ आश्रम तक तुम्हें समग्रता से जीना ही चाहिए। एक समय किसी एक पक्ष की ओर ज़्यादा झुकाव तुम्हें दिग्भ्रमित भी करेगा और दुनिया की बहुत बातों से अनजान भी रह जाओगे। किसी मान्यता को स्थान मत दो। मर्यादाएँ तय करना गृहस्थ आश्रम के बाद।"

"यह कैसे संभव है गुरुजी?"

"नहीं है संभव। वही तो कह रहा हूँ। तुम इतने सालों बग़ैर सम्मोहन के रहोगे तो तुम पक्षपाती हो नहीं पाओगे। मोहम्मद, ईसा, कृष्णा, नानक, महावीर, बुद्ध सब तुम्हें एक ही धर्म के दिखाई देंगे।"

"लेकिन गुरुजी ऐसे तो हम किसी धर्म की तरफ़ नहीं जा पाएँगें, शायद नास्तिक हो जाएँगे।"

"हो सकते हो स्वामी, बुद्धिवादी नास्तिक होना चलेगा। यह भी हो सकता है कि हम उन स्तरों तक पहुँच पाएँ जो सच्ची धार्मिकता कही जा सके। लेकिन प्रेम में ना उतर पाना तुम्हें शुष्क जीवन देगा। मीरा से तुम कहो कि मार्क्स और लेनिन के सिद्धांतों की व्याख्या करो... स्वामी, मीरा को बावरी होना आता है, लेकिन उसका जीवन पूर्ण है। आनंद है तो मीरा के जीवन में। हाँ, यह बात और है कि तुम लेनिनवाद से प्रभावित हो और मीरा की तरह झूम सको, गा सको। बुद्ध की तरह ध्यान में उतर सको और शराब पीकर बारिश में 'आज रपट जाएँ तो हमें ना उठइयो' पर अपनी प्रेमिका के साथ नृत्य कर सको, तब तुम बुद्धि और प्रेम दोनों को जी सकोगे। भौतिकता और आध्यामिकता दोनों के शिखरों को क्यों नहीं छुआ

जा सकता? दोनों एक-दूसरे के मददगार हो सकते हैं, विरोधी ही क्यों होंगे?

एक बात और जान लो स्वामी, जीवन में पूर्ण का मतलब होता है मृत्यु। पंजाबी में इसे ज़्यादा बेहतर समझ पाओगे। जब कोई मर जाता है तो कहा जाता है पूरे हो लिए। जो अधूरा है उसमें रस है। अधूरा प्रेम, और जानने की उत्कंठा। प्रकृति के निर्माण और विध्वंस कभी पूरे नहीं होते, इसलिए कि उनमें सृजन क्षमता है। अगर हम सृजनात्मक हैं तो कैसे किसी पूर्णता की आशा रख सकते हैं?"

"सिगरेट लेंगे गुरुजी।" मैंने सिगरेट उठाई और डिब्बी उनकी ओर बढ़ाई।

"मैं आता हूँ स्वामी, फिर लूँगा।" शायद वे वॉशरूम गए थे। गुरुजी की बातें मुझे अस्त-व्यस्त कर रही थीं। एक आश्रम वाली बात भी याद आई। उनके आते ही मैंने पूछा, "गुरुजी, आपने मुझे ब्रह्मचर्य और गृहस्थ आश्रम के बारे में बताया था, पर अपनी बात फिर अधूरी रह गई थी।"

"हाँ स्वामी, मैंने बात अधूरी ही इसलिए छोड़ी थी कि तुम्हारी इच्छा होने पर ही आगे बढ़ेंगे।" वापस वैसे ही पसरते और सिगरेट जलाते हुए उन्होंने कहा।

"मुझे समझना है गुरुजी।"

"बिलकुल स्वामी, लेकिन आज भी इस पर बात नहीं करेंगे। मम्मी-पापा आए हुए हैं, तुम्हारे बग़ल के कॉटेज में ही तो हैं। उनके पास जाऊँगा।"

"ओह, मैं तो भूल गया था कि वे आने वाले हैं।"

"कुछ दिन तो हैं वे यहाँ। कभी मन हो तो मिल आना। पापाजी से मिलकर तुम्हें अच्छा लगेगा।"

"हाँ गुरुजी।"

थोड़ी देर शांत रहने के बाद मैं समझ गया कि अब मुझे चले जाना चाहिए।

"मैं फिर आता हूँ गुरुजी।"

"ओके स्वामी, गुड नाइट!"

"गुड नाइट गुरुजी!"

(26)

"डियर दिव्या!

आज से पहले भी तुम्हें बहुत से लेटर लिखे हैं, सारे के सारे डायरी में। तुम्हें पता नहीं, ट्रैकिंग में कैम्प फ़ायर के समय नोट्स और बाद में टॉर्च की रौशनी में, और बेड पर लेटे-लेटे कितनी बातें की हैं तुमसे। एक टाइम था वो भी, जब तुमसे बारह घंटे तो बात करता ही होऊँगा, सोने के सात-आठ घंटों को हटाकर। सारा-सारा दिन चेहरे के सामने एक इमेजिनेशन। कुछ भी काम करूँ या लाइफ़ में कुछ अचीव हो, सिर्फ़ यह ख़याल कि काश तुम्हें दिखा पाता जिससे तुम इम्प्रेस होती। लड़कपन की बहुत-सी ग़लतियों से तुमने बचाया कि तुम्हें पता चलेगा तो क्या सोचोगी। मेरे घर और दोस्तों में शायद ही कोई ऐसा हो जिसे मेरी हालत का पता ना हो।

शायरी और कविताओं का शौक़ तुमने दिया। धीरे-धीरे पढ़ने का शौक़ हो गया क्योंकि देर रात तक जागने की आदत तुमसे मिल गई थी। कितनी ही कविताएँ तुम्हारे ही ख़यालों में लिखी। तुमको पता है उन दिनों शायद तुम कह देती कि 'मर जाओ' तो मर जाता। तुम्हें कभी एक लड़की भर नहीं महसूस किया मैंने। मेरी दुनिया शुरू तुमसे हुई है। जब से मैंने थोड़ा समझना सोचना शुरू किया, मिड प्वॉइंट पर तुम रही हो। लड़कपन की रूमानियत तुमसे जानी है। एक बार देख लेने की इच्छा, मन में कैसी तरंगें पैदा कर देती हैं, इसका एहसास तुमने ही मुझे दिया। उन दिनों तुम्हारी एक झलक कैसे पा लूँ, इस कोशिश में कितने ही चक्कर तुम्हारे घर के आस-पास लगाए।

तुम जानती हो, यह मेरा डर ही था कि तुमसे कभी कहा नहीं। उन दिनों मुझे यही लगता था कि मेरा प्यार एकतरफ़ा है। तुम्हें कहूँगा तो शायद परेशान ही करूँगा। पहले तुम्हें पा लेने की उम्मीद थी, पर समय ने मेरा ट्रैक बिलकुल

बदल दिया। एकदम से टूट जाने के बाद मैं बदलने की कोशिश कर रहा था, उस समय भी तुम मेरे साथ ही थी। अलग रास्ते होने के बाद मेरी लाइफ़ में बहुत-सी लड़कियाँ आईं। शुरुआत में तो मैं किसी से कम्फ़र्टेबल हो ही नहीं पाता था कि नहीं मेरी तो कोई और है। मैं इस मामले में बहुत ख़ुशक़िस्मत रहा हूँ कि मुझे बहुत-सी गर्लफ्रेंड मिलीं। ज़्यादातर मेरी लाइफ़ में अब भी हैं। मैंने तुमसे ना कभी कुछ छिपाना चाहा, ना कभी किसी तरह हर्ट करना चाहा।

आज मैं तुम्हें जो कुछ भी लिख रहा हूँ, इसका अर्थ यह नहीं है कि तुम फिर से मुझसे बात करो। बस यह सोचकर लिख रहा हूँ कि अब कह सकता हूँ तो क्यों ना कहूँ। हो सकता है इतने लंबे टाइम ने मुझे बहुत प्रैक्टिकल बना दिया हो, लेकिन तुम समझ सकती हो कि वर्ड्स की अपनी लिमिट होती है। मैं पूरी तरह से ख़ुद की चीज़ों को कैसे तुम्हें बताऊँ। लेकिन आज मुझे फ़र्क़ महसूस हुआ। तुमने शायद जस्ट गर्लफ्रेंड ब्वायफ्रेंड वाले बकवास की लिमिटेशन में मुझे देखा। तुम्हें लगता है मैं स्वार्थी हूँ। तुम जानती हो मेरा स्वार्थ क्या है ? हाँ मैं हूँ स्वार्थी, क्योंकि मैं समझता हूँ, जो ख़ुद से ईमानदार नहीं वह किसी और से ईमानदार कैसे हो सकेगा। अगर अब मैं तुमसे यह कहूँ कि यह डिसाइड करो कि तुम्हारे स्वार्थ में क्या-क्या आता है, तो क्या करोगी ? हो सकता है किसी के स्वार्थ में कोई एक ही इंसान आता हो, किसी दूसरे के स्वार्थ में उसका परिवार या बच्चे। पर क्या तुम उस लेवल पर ख़ुद को नहीं देख सकती, कि तुम मेरे स्वार्थ का हिस्सा हो। तुम्हारी किसी तकलीफ़ से मुझे ख़ुशी नहीं हो सकती, ना ही तुम्हारी किसी ख़ुशी से तकलीफ़।

मैंने मरने से पहले एक बार मिल लेने की इच्छा जो जताई, वो मिलने की बात क्या यह सोचकर नहीं की जा सकती कि मुझे ख़ुद पर और मेरी फ़ीलिंग्स पर इतना भरोसा है कि एक बार के बाद मुझे फिर कभी रिक्वेस्ट करने की ज़रूरत नहीं रहेगी और शायद मैं थोड़ा-सा बता पाऊँगा ख़ुद को। तुम हमेशा मेरे लिए सपना ही रही हो। अगर तुमने एक बार मिलने से मतलब 'वन नाइट स्टैंड' जैसा कुछ सोचा तो यह मेरी ही ग़लती है। शायद मैंने ख़ुद को ऐसा ही प्रेज़ेंट किया होगा। मैंने प्यार को कभी बाउंडेशन जैसा नहीं सोचा, ना माना। तुम फ़्री हो, तुम्हारे हर डिसीज़न के लिए।

'तुम्हारे मरने और अंतिम यात्रा तक तुम मुझे भूलोगी नहीं' मेरा यह कहना सिर्फ़ एक मस्ती और छेड़छाड़ थी, खुले मन से। मैं क्यों ऐसी विश करूँगा यार,

कैसे बच्चों की तरह सोचा तुमने। इतने सालों बाद भी जब कभी बात करने का मौक़ा मिला, मुझे नहीं लगा तुम अंजान हो, तुम तो मेरा हिस्सा हो; मुझमें से निकल नहीं सकती। बातें बहुत-सी ख़राब लग सकती हैं; पास्ट की भी, प्रेज़ेंट की भी और फ़्यूचर की भी। किसी ख़राब मूड में बहुत बुरे तरीक़े से लड़ लेना या थोड़ा-उल्टा सीधा बोल दिया जाना भी नेचुरल है। यह मैं आज की बात को लेकर नहीं कह रहा हूँ, आज की बात तो बस एक मस्ती और छेड़छाड़ थी।

हालाँकि मैं यह भी जानता हूँ कि तुम्हारा ये डिसीज़न आज की ही बातों को लेकर नहीं है। तुमने अपने तरीक़े से पहले भी मुझे परखा होगा, तब ऐसा सोचा। मैं तुम्हें नहीं कहूँगा कि तुमने ग़लत सोचा, लेकिन एक लास्ट रिक्वेस्ट करूँगा कि सब चीज़ों को एकदम अभी की सिचुएशन से निकलकर सोचना। पंद्रह साल बाद जब बात हो जाने से लाइफ़ में हैपीनेस आ सकती है, तो तीस साल बाद भी। मुझे कोई हड़बड़ी कभी नहीं थी और ना अब है। लेकिन फ़िर दोहराऊँगा, एक बार तुमसे मिलने की इच्छा है, दूसरी बार मेरी इच्छा मैं कभी ज़ाहिर नहीं करूँगा। वह सिर्फ़ तुम पर डिपेंड करेगा, जिसका कि हक़ तुम्हें नेचुरल है। मुझे एकदम से अनफ्रेंड और ब्लॉक कर दिया, अगर तुम कह देती कि अब जब तक तुम ना कहो मैं कोई मैसेज या कॉन्टेक्ट ना करूँ, तो क्या मैं करता?

कभी लगता है ऐसा तुमने अपने किसी निगेटिव मूड में ना सोच लिया हो। तुमने कहा कि तुमने बहुतों को खोया है, ये तुम्हारी च्वाइस है। मैंने बहुत कम लोगों को खोया है। मुझे इस बात पर गर्व है कि मुझसे जो कोई भी मन से जुड़ा, मैंने कभी उसे खोया नहीं। फ़िज़िकल डिस्टेंस की इतनी वैल्यू नहीं है। यह अलग बात है कि टाइम के एकॉर्डिंग कभी किसी से बात हो कभी ना भी हो। मेरे पास ऐसे दोस्त हैं जिनसे दो-चार या दस कितने भी सालों बाद बात हो, उसी आत्मीयता से मिलते हैं। ना कभी उन्हें ज़रूरत लगती कि न्यू ईयर या बर्थडे विश करने से रिलेशन ज़िंदा रहते हैं, ना मुझे। हाँ ज़रूरत में एक-दूसरे को बिंदास कॉल कर लेते हैं। एक्चुअली रिलेशन निभाना मुझे बर्डन लगता है। अपने आप से जो निभ जाए और फ़्लो में लव, रिस्पेक्ट हो; वही रिलेशन मेरी नज़रों में रिलेशन कहे जाने लायक़ है।

मुझे लगता है अभी तुम लाइफ़ के कुछ निगेटिव टाइम में चल रही हो, इसलिए थोड़ी ज़्यादा सफ़ाई दे रहा हूँ कि तुम वही समझ सको जो मैं कह रहा हूँ। सच कहूँ तो मुझे ऐसा भी लगता है कि मन के किसी रिलेशन में इतनी

आज़ादी होनी चाहिए कि किसी समय मुँह से कुछ निगेटिव भी निकल जाए तो उसकी इतनी परवाह ना हो। हो सकता है किसी समय कोई ग़लत बात निकल गई, क्या वह लाइफ़ को डिसाइड करने वाली हो गई? ग़लत-सही बातें लाइफ़ टाइम साथ चलती रहती हैं। अलग-अलग व्यू भी हो सकते हैं। क्या फ़र्क़ पड़ता है अगर किन्हीं सब्जेक्ट पर थॉट मैच ना होते हों। अलग-अलग सोच होना कुछ बुरा तो नहीं।

डियर, मैं सोचता हूँ तुम हमेशा मेरे साथ हो। तुम्हारे लिए लव और रिस्पेक्ट हमेशा रहेगी। शिकायत बस एक दे दी है तुमने कि मेरी किसी बात का बुरा लगने पर या पहले कभी जब तुमने मुझे परखा हो, कोई नेगेटिव रिज़ल्ट आने पर मुझसे जवाब क्यों नहीं माँगा। कभी माँगा हो और तब सही जवाब ना मिला हो तो भी तुम मुझे माफ़ क्यों नहीं कर पाई, जानती हो इसका कारण? 'वन साइड लव' के अलावा कुछ सोच नहीं पा रहा, क्या तुम बेटी की किसी ग़लती पर उसको माफ़ नहीं कर देती? एक्चुअली ये सब हमारे लव का ही पार्ट है।

मैं तुमसे उन सब ग़लतियों के लिए माफ़ी माँगता हूँ, जिनसे तुम्हें हर्ट हुआ हो। सिर्फ़ एक रिक्वेस्ट करूँगा कि मुझसे कभी बात भले ही मत करना, बस यह कोशिश कर लेना कि मुझसे नफ़रत तो ना करो।

देखो, नई बातों को एक साल भी नहीं हुए। लेकिन मुझे लाइफ़ टाइम इस बात की ख़ुशी रहेगी कि तुमसे कभी मेरी बात हुई। तुम मेरे लिए जितनी वैल्यूबल थी उनती ही हमेशा रहोगी। यह मुझे विश्वास है और यह भी विश्वास है कि ज़िंदगी के किसी-ना-किसी मोड़ में हम फिर मिलेंगे। हमेशा ख़ुश रहो।

विथ लव

तुम्हारा

लक्ष्य..."

लक्ष्य ने अपना प्रेम पत्र बड़ी तल्लीनता से पढ़कर सुनाया। आज गुरुजी, लक्ष्य और मैं तीनों मेरे कमरे की उसी जगह बालकनी में बैठे थे, जहाँ बैठना गुरुजी को पसंद था। आज गुरुजी जैसे ही मेरे कमरे में आए लक्ष्य का कॉल आया कि उसे कुछ काम है तो गुरुजी ने उसे यहीं बुला लिया।

"तुमने क्या आशा रखी है लक्ष्य?" गुरुजी ने पूछा।

"सिर्फ़ यह गुरुजी कि मैं अपनी बात उससे कह सकूँ।" लक्ष्य ने कहा।

"नहीं लक्ष्य, थोड़ा और गहरा सोचो; तुम्हारी आकांक्षा है कि तुम्हारे संबंध

ठीक हो जाएँ और वह तुमसे बात करने लगे।"

लक्ष्य ने अपने पहले प्रेम की कहानी सुनाई थी कि नौवीं में दिव्या उसकी क्लासमेट थी जिसे वह उन दिनों पागलों की तरह प्यार करता था। लेकिन कभी दिव्या से कोई बात नहीं की। अब वह शादीशुदा और एक बच्ची की माँ है। दिव्या एकाध साल पहले अचानक फ़ेसबुक पर दिखी तो उसने फ्रेंड रिक्वेस्ट भेज दी। दिव्या ने एक्सेप्ट कर लिया फिर नंबर एक्सचेंज, फिर नियमित बातें होने लगीं। दिव्या ने अचानक ही बेकार-सी बातों पर रिलेशन ब्रेक कर दिया, तब लक्ष्य ने यह पत्र लिखा कि दिव्या को दूसरे नंबर से भेज दूँ। लेकिन वह तय नहीं कर पा रहा था कि क्या करूँ, तो उसने गुरुजी से सलाह लेने की सोची और अपना पत्र पढ़कर सुनाया।

"देखो लक्ष्य, मैंने तुमसे भी कहा है और स्वामी से भी। तुम लोग स्त्री पुरुष का अंतर समझकर क्यों अपने व्यवहार नियंत्रित नहीं करते? तुमने कुछ ग़लतियाँ ज़रूर की होंगी, जिससे दिव्या नाराज़ हुई और उसे यह करना पड़ा।" गुरुजी ने आराम से बैठते और पैरों को टेबल पर रखते हुए कहा।

"पर गुरुजी, मैंने ऐसा कुछ किया ही नहीं। छोटी-सी बात का इतना बुरा मान गई।"

"तुम वही कह रहे हो जो मैं कहना चाह रहा हूँ। तुम कहते हो छोटी-सी बात, कोई बात छोटी है या बड़ी यह निर्णय तुमने लिया। दो व्यक्ति अलग-अलग हैं तो किसके लिए कौन-सी बात छोटी होगी किसके लिए बड़ी, इसका निर्णय करना तुम्हारे अकेले का काम नहीं है। स्त्री के लिए किसी शब्द का अर्थ कुछ और होता है पुरुष के लिए कुछ और।"

"गुरुजी, अर्थ कैसे अलग होंगे, जब शब्द एक है?" लक्ष्य ने पूछा।

"हा...हा...हा... जब तुमसे कोई स्त्री कहे की तुम कभी उससे बात ही नहीं करते, तो तुम उसको हिसाब देने मत बैठ जाना कि पिछले हफ़्ते और कब-कब कितनी बार कितनी देर तक बात करते हो। उसका रस तुम्हारी तरह यह हिसाब रखने में नहीं है। स्त्री को अलंकार शोभा देते हैं लक्ष्य, वह बातों में भी अतिश्योक्ति और अलंकारों का समावेश करके बोलती है। हम पुरुषों की आदत होती है, शब्दः शब्द अर्थ समझने की। संबंधों में दो और दो चार की कहानी तुम्हारे लिए सच है, हो सकता है स्त्री इसे अस्वीकार कर दे।"

"हाँ गुरुजी, स्त्री को किसने समझा है आज तक।" लक्ष्य ने मुस्काते हुए

कहा।

"अरे लक्ष्य, तुम लोग यही बात बार-बार उठाते हो कि स्त्री को समझा नहीं जा सकता, कौन समझा है आज तक। स्त्री से जन्म लेकर उसी को बेबूझ बना देने की चाल बहुत पुरानी है। सभ्यताओं की शुरुआत में स्त्रियों की सत्ता छीनने और मेहनतकश मज़दूर से अधिक हो पाने में पुरुष को वर्षों तक षड्यंत्र रचने पड़े। अरे हद है, तुम्हें समझना ही क्यों है भाई। रॉकेट साइंस में इतना दिमाग़ क्यों लगाते हो, रॉकेट मानव स्वभाव जैसा नहीं हो सकता ना। अब तुम्हें कहूँ, शेर और बकरी के स्वभावों में क्या एकरूपता है? शेर अगर बकरी के जैसा व्यवहार नहीं करता तो वह बकरी की नज़रों में ग़लत हो सकता है। अलग हैं दोनों, इतनी ही सच्चाई है। अब तुम शेर में पुरुष और बकरी में स्त्री मत देखने लगना। राजनीतिबाज़ों को यह संयोजन शोभा देता है, किसी विचारशील व्यक्ति को नहीं। किन्हीं भी दो अलग जानवरों या फ़र्नीचर की बात भी ले लो। अलग हैं तो अलग हैं। दो विपरीत में कैसी बराबरी और तुलना। दोनों अपनी-अपनी जगह पूर्ण हैं। अलग हैं बिलकुल। यही उनकी ख़ूबसूरती भी है। एक आदमी औरत बनना चाहे तो कुरूप हो जाएगा और औरत आदमी बनना चाहती है तो कुरूप हो जाती है। उन्हें अपना हिस्सा जीना चाहिए, ख़ुद का जीवन। थोड़ा समझ लो एक-दूसरे को, क्यों एक-दूसरे को ख़ुद के जैसा बना देना चाहते हो। मार लो, डाँट लो, बकरी को जितना भी; वह शेर जैसी बन पाएगी या उसके जैसी उसकी सोच हो जाएगी? पुरुष के पास स्त्रियों की थोड़ी कमी है वह बेचारा झेलता है स्त्री के इस अत्याचार को कि वह अपनी कहानियों और मूड की आग में पुरुष को भूनती रहे। हा...हा...हा... पुरुष बेचारा देख नहीं पाता स्त्री का दुख, सोचता है कैसे ना ठीक कर दूँ सब समस्याएँ और तुम ठीक करने निकलो तो ठीक कराना ही नहीं है किसी को, वह तो बस मूड की कहानी थी। सुन ली सुना ली, ख़त्म।

"और लक्ष्य, यह तुमने क्या लिखा है, हमेशा याद और प्यार... सब अपनी ही थोप दोगे उस पर? उसे वह लक्ष्य चाहिए जिसे उसकी परवाह हो, छोटी-बड़ी बातें सुनता हो, और एक बार तुमने उससे इज़हार कर दिया तो तुमने सोच लिया सारी ज़िंदगी के लिए प्रतिबद्ध कर दिया। वह चाहती है तुम बार-बार उसे यह कहते रहो और नये-नये तरीक़ों से कहते रहो। हम लोगों ने बस तीन शब्द सीख लिए हैं 'आई लव यू!' कहना। क्या है लव यू? स्त्री का दिमाग़ पिक्चर में सोचता है, मूवी बनाता है; तुम डायरेक्टर बनो और स्टोरी प्ले करो। जिस

स्टोरी में फ़ीलिंग्स हो, ड्रामा हो, संगीत हो, नृत्य हो। सूखा हुआ 'आई लव यू' तो लड़कियों को बहुत लोग कहते फिरते हैं। मुझे हँसी आती है यह सोचकर कि अगर मयूर के पास बोलने की शक्ति होती तो वह मादा को रिझाने के लिए पंख फैलाकर नाच नहीं रहा होता, बल्कि 'आई लव यू', 'आई लव यू' कहता फिर रहा होता... हा...हा...हा..."

"पर गुरुजी इसकी दिव्या तो अब शादीशुदा है, क्या इससे उसकी लाइफ़ डिस्टर्ब नहीं होगी? या लक्ष्य सिर्फ़ अपने लिए सोचे यह क्या सही है?" मुझे लगा किसी शादीशुदा स्त्री के ज़्यादा नज़दीक जाना तो उसका जीवन बरबाद करना है।

"हा...हा...हा... स्वामी, अवसर की कमी हमें चरित्रवान बनाती है। तुम लक्ष्य के लिए यह सहज सोच सकते हो। तुम्हारी बारी भी आएगी एक दिन, मुझे पता है... हा...हा...हा... हम सहज भाव से प्रेम क्यों नहीं कर सकते। उन्हें एक-दूसरे की ज़रूरत है तो अपनी थोड़ी भावनाएँ बाँट लें। पुरुष का अहंकार और संपत्ति का स्वामी होने की भावना यह होने नहीं देती। स्त्री को भी बहुत बार पुरुष की संपत्ति बन के रहने में आनंद आ जाता है, कभी वह इन भावनाओं में प्रेम ढूँढ लेती है और कभी सुरक्षा। तुम्हें पता है स्वामी हमारे देश में एक क़ानून अभी इक्कीसवीं सदी तक जीवित था, जिसमें एक पुरुष को यह अधिकार था कि वह उस पुरुष के ख़िलाफ़ रिपोर्ट दर्ज करा सकता था, जिसके संबंध उसकी पत्नी के साथ हों। पत्नी को यह अधिकार नहीं था कि वह उस स्त्री के ख़िलाफ़ रिपोर्ट लिखा सके जो उसके पति से संबंध रखती है। हॉर्मोंस का विज्ञान कहता है कि एक ही साथी से बार-बार संबंध बनाने से हमारा दिमाग़ फ़ील गुड हारमोन 'डोपामाइन' बनाना कम कर देता है, नये पार्टनर के साथ अधिक 'डोपामाइन' बनता है। हर बार नया पोर्न सर्च करने के पीछे भी यही कारण है और पोर्न की इतनी कैटेगरी भी यही बताती है। अब तो सुप्रीम कोर्ट ने भी हॉर्मोंस के साथ निजता और बराबरी को समझते हुए क़बीलों का यह संपत्ति नियम ख़त्म कर दिया। ले लो थोड़ा लाभ तुम भी स्वामी... हा...हा...हा... तुम क्या समझते हो, शादी के बाद साथ रहने का कारण प्रेम है?"

"नहीं गुरुजी, सब बंधन है।"

"सात जन्मों का बंधन... हा...हा...हा... स्वामी, एक जन्म का तो रो-पीट के बीत नहीं रहा होता, कहाँ के सात जन्म। हमें अपने इन सात जन्मों के मुर्दा प्रेम को

मिस्र की ममियों की तरह सहेजकर पिरामिडों में दफ़ना देना चाहिए। एक कहानी सुनी है मैंने। एक बार मौसम ख़राब होने से सारा दिन मंदिर में कोई पूजा करने नहीं आया। भगवान तो चलो समझदार हैं, उन्होंने ही मौसम ख़राब करके भक्तों को रोका होगा; आज उनका आराम करने का मूड होगा तो। अब बेचारे भिखारी क्या करते जो मंदिर के सामने बैठे भीख माँगते हैं? उन्हें तो कुछ लेना-देना नहीं है भगवान से। तो आपस में खेलते हैं, एक-दूसरे से भीख माँगने का खेल। अब खेल-खेल में भी कहानी ग़ज़ब हो जाती है। देना तो उन्होंने कभी सीखा नहीं था। भले ही खेल हो। लेकिन जो सीखा ही नहीं वह हम कर कैसे पाएँगे। तो उनसे इतना भी ना हुआ कि खोटे सिक्के ही एक-दूसरे के पात्र में डाल-डाल के खेल लेते। बस देने का उपक्रम करते। दो भिखारी एक-दूसरे को भीख देंगे तो इससे ज़्यादा की उम्मीद रखना, उम्मीद भर है। हम इन्हीं भिखारियों की तरह हैं, प्रेम माँगते हैं बस। देने को हमारे पास खोटे सिक्के भी नहीं। स्त्री पुरुष को ख़ुद के जैसा बना देने की उम्मीद और पुरुष स्त्री को अपने जैसा बना देने की उम्मीद का पहाड़ खड़ा कर एक-दूसरे का ख़ून पीते हैं।

हम डरते हैं सामाजिक प्रतिष्ठा धूमिल होने से। कभी नये साथी के बारे में सोचकर डरते हैं कि वह भी वैसी ही हुई या कैसी मिले, कैसी नहीं या ना भी मिले। यह तो लक्ष्य बहुत अच्छी तरह समझ सकता है, वह तलाक़ ले चुका है।"

"हाँ गुरुजी, बहुत दर्दनाक दिन थे। याद भी नहीं करना चाहता।" लक्ष्य ने दुखी होते हुए कहा।

"याद करना चाहो या नहीं, तुम्हारे जीवन का हिस्सा है वह दर्द। दुख-सुख दोनों साथ-साथ चलेंगे। अभी के अभी यहाँ बैठे-बैठे हम तीनों के पास ख़ुशियाँ भी हैं और दुख भी... तुम्हारी मर्ज़ी है तुम किसे जीना चाहो और मैं किसे। एक जैसी स्थिति होते हुए भी ज़रूरी नहीं कि दो इंसान एक जैसा जीएँ। वह तो अच्छा हुआ लक्ष्य कि तुम्हारे बच्चे नहीं हुए थे, वर्ना तो सच में ज़िंदगी का बंधन हो जाता। पहले सामाजिकता सोचते दिन निकालते फिर बच्चों के जीवन का और बाद में सामाजिक दबाव कई गुना बढ़ जाता। उसके बाद क्या होता लक्ष्य? तुम दाँत निपोरते हुए पच्चीसवीं वर्षगाँठ की फ़ोटो सोशल मीडिया पर पोस्ट करके थैंक्यू-थैंक्यू करते नज़र आते। दिल तो तुम्हारा तब राख होता जब उन फ़ोटोज़ में दुबारा उसी सौभाग्यवती स्त्री के गले में माला डालने का सुअवसर मिला होता... हा...हा...हा... करोड़ों लोगों की शादी हर साल होती है दुनिया में। तुमने क्या

दुश्मन के तोपख़ाने उड़ा दिए हैं... हा...हा...हा..." हम दोनों भी गुरुजी की इस मस्ती पर मस्ती से हँस पड़े।

"मज़ा आ गया लक्ष्य तुम्हारे दुख में तो आज। हा...हा...हा... रुको भाई... थोड़ा साँस लेने दो।"

अपनी-अपनी हँसी को हमने नियंत्रित करने की कोशिश की। गुरुजी ने पानी पीया और बॉटल मेरी ओर बढ़ा दी। गहरी साँस लेते हुए गुरुजी ने सिगरेट जलाई।

मैंने लक्ष्य की कहानी सोचते हुए कहा, "गुरुजी क्या आप तलाक़ के पक्षधर हैं?"

"कैसे बच्चों की तरह पूछते हो स्वामी। शादी से ज़्यादा महत्त्वपूर्ण तो यह है कि तुम दोनों एक-दूसरे से पीछा कैसे छुड़ा पाओ। हा...हा...हा..."

नियंत्रित हँसी फिर से बिखर गई। खाँसी आने पर उन्होंने जलती हुई सिगरेट ऐश ट्रे के एक कोने में फँसाई और कहा, "स्वामी, मैंने कहा है तुम्हें पहले भी। लाशों को जला दिया जाता है। जीवन भर कंधों पर उठाकर घूमोगे तो लाश के बोझ और बदबू में जी कैसे पाओगे। जिन संबंधों में ना प्रेम है ना कोई सम्मान, उनका अंतिम संस्कार जल्द-से-जल्द कर देने का मैं पक्षधर हूँ। मैं पक्ष लेता हूँ जीवन का और प्रेम का। ख़ुशबू का पक्ष और संगीत का पक्ष। जोंक की तरह एक-दूसरे के परजीवी और ख़ून पीने वाले बने रहने में तुम्हारा आनंद है तो तुम्हारी मर्ज़ी। रहो लाशों के पक्ष में। प्रेम के दिखावे और झूठ के पक्ष में। झूठ हमें सुविधाजनक लगता है। झूठ हमें सुविधा देता है कि हम समाज स्वीकृत मर्यादाओं के विरुद्ध सोचने का कष्ट ना करें।

वर्षों के खींचतान और एक-दूसरे के जीवन से खिलवाड़ करने के बाद हम क्या एक-दूसरे को माफ़ कर पाते हैं? हम जिसे प्रेम कहते हैं वह एक-दूसरे की ग़ुलामी है, सख़्त बेड़ियों का बंधन। कर लो कोशिश कि पाँच-दस या पंद्रह साल बीत गए अब समझदारी से रहा जाए और थोड़ा प्रेम, सम्मान दिया जाए एक-दूसरे को। जीवन की हर सोच और मोड़ पर हम पाएँगे कि अतीत ने किसी-ना-किसी तरह अपनी जगह हमारे अंदर बना कर रखी है। हमारे बचपन की वे घटनाएँ या चीज़ें जो सामान्यतः हमें याद भी नहीं, जवानी और बुढ़ापे में कभी भी सपने में दिख जाती हैं। यह सपने इस बात का प्रमाण हैं।

हम इंसान हैं, दो पैरों और सीधे चलने वाले साँप; बदले की प्रवृति हमारे अंदर स्वाभाविक और गहरी है। साँप को जब तक छेड़ो नहीं, बहुत कम संभावना

है कि वह आक्रामक होगा। किसी को इतने वर्षों तक तरह-तरह के उपक्रमों से सताते आए, उसके और ख़ुद के सुंदर सपनों की हत्या की। हम एक-दूसरे को माफ़ नहीं करते, बस सामाजिकता और बिना सोचे समझे जिए जाते हैं, ख़ुद को भगवान और क़िस्मत के भरोसे समझ कर। क्या किया जाना चाहिए क्या नहीं, यह सब क्या हमारी सोच है? हमें समाज ने अपनी पूर्व निर्धारित मान्यताएँ परोस दीं, एक आदर्श मॉडल बनाकर दे दिया। इन्हें लादे हम सारी ज़िंदगी घूमते रहते हैं। तुम समझ सकते हो कि पूर्व स्वीकृत मान्यताएँ सपेरे की बीन है, जो हम साँपों को नचाती है। नाचते तो हम बीन के इशारों पर इसलिए हैं कि हमें बीन एक डंडे जैसी ख़तरनाक लगती है, पर लोग समझ रहे होते हैं जैसे हम सपेरे की बीन के संगीत पर झूम रहे हैं।"

"गुरुजी, प्रेम के लिए क्या सोच रखनी चाहिए, अब भी इस उलझन में पड़ जाता हूँ। लगता है अपने आप को कब जान पाऊँगा।" मैंने अपना संशय रखा, जो प्रेम के लिए कभी एकदम से आकाशीय ऊँचाई और कभी एकदम से पाताल में पटक देने की उहापोह में भटकता रहता था।

"स्वामी, प्रेम समझदारों का काम है ही कहाँ। प्रेम के लिए बुद्धि की नहीं हृदय की आवश्यकता है। पुरुष का प्रेम तो अपने स्वभाव के अनुसार बुद्धि पर चलना चाहता है और स्त्री का उसके स्वभाव के अनुसार भावों पर। और करना भी तुम्हें एक-दूसरे से ही प्रेम है तो टकराव और अंतर सहज स्वाभाविक है। तुम कोई सोच मत रखो स्वामी, मैं तो कहता हूँ तुम्हारे प्रेम का पात्र स्त्री है या पुरुष यह भेद कैसे समाप्त हो सकता है इस पर विचार किया जाना चाहिए... स्वामी, अब तुम यह बुद्धि मत लगाना कि 'गे' होने के लिए कह रहा हूँ... हा...हा...हा... ईर्ष्या और द्वेष यौन संबंधों का हिस्सा है या सिर्फ़ संबंधों का? मैंने तुमसे पहले भी कहा था; तुमने सोचा कि हम इतने प्रेममय क्यों नहीं हो सकते कि जहाँ यह अंतर दिखाई ही ना दे कि हमारे प्रेम का पात्र कोई पुरुष है या स्त्री? यौन-संबंधों के लिए हमें विपरीत लिंग की आवश्यकता हो सकती है स्वामी, प्रेम के लिए विपरीतलिंगी की आवश्यकता क्यों है?"

"सहज स्वाभाविक, यौनाकर्षण है गुरुजी।"

"तो जियो इस आकर्षण को, इसके बिना जीवन कुम्हला जाएगा। नये जीवन की उत्पत्ति भी कैसे होगी, यौन-सबंधों के बग़ैर। लेकिन उस प्रश्न पर भी विचार क़ायम रखो कि हम सभी को प्रेम देने की पात्रता पा सकते हैं। यौनाकर्षण बुरा

नहीं है, सहज स्वाभाविक है। जीवन में इसे मन और तन लगाकर नहीं जिया तो अधूरा है तुम्हारा जीवन, बिलकुल मुर्दा। लेकिन यह भी सहज स्वाभाविक हो सकता है कि हम उस प्रेम को पा सकें जो यौनाकर्षण रहित है। सिर्फ़ आकर्षण है। संसार, जड़-चेतन सबके प्रति सिर्फ़ प्रेम। जितना हम सफल होंगे स्वयं को पात्र बनाने में, उतने नये रंगों की होली खेल सकेंगे, उत्सव में डूब सकेंगे कि हम इस पृथ्वी पर आए।"

रंगों और उत्सव से मुझे मॉनसून उत्सव की याद आई, कैसे सब डूबकर सूफ़ियाना नृत्य में पगला रहे थे। दिमाग़ ने फ़िल्मी गाना दुहरा दिया 'तेरा इश्क़ सूफ़ियाना' मैंने पूछा, "गुरुजी सूफ़ियों का इश्क़ क्या होता है?"

"रूमी होना इश्क़ है। रूमी को जानते हो?" उन्होंने अगली सिगरेट जला ली थी। लक्ष्य गुरुजी के सामने सिगरेट नहीं पीता था, बहुत ही ध्यान से वह सिर्फ़ सुन रहा था। उसे देखा तब ख़याल आया कि ये महाशय अपने लव लेटर के लिए सलाह लेने आए थे, पता नहीं क्या रास्ता इसको दिख रहा होगा; इतनी लंबी बातचीत के बाद भी।

"ऐसे तो नहीं गुरुजी, पर व्हॉट्सएप या फ़ेसबुक में बहुत बार उनकी पंक्तियाँ पढ़ी है।" मैंने कहा।

"जलालुद्दीन मोहम्मद बालकी नाम था उनका। बारहवीं शताब्दी में अफ़गानिस्तान या कज़ाकिस्तान में हुए। शायद दुनिया के सबसे ज़्यादा पढ़े जाने वाले कवि। सूफ़िज़्म समझने के लिए रूमी को समझ लो। डूबकर नाचना, संगीत और हृदय में खो जाना, गोल-गोल घूमते हुए बाँसुरी की धुन में दिमाग़ को भूल जाना, ध्यानपूर्वक उत्सव परम आत्मा से मिलन का रास्ता बनाता है। अरे हाँ लक्ष्य, ग़ज़ब की बात याद आई रूमी की, तुम्हारे प्रेम पत्र का उत्तर; रूमी ने कहा है- 'शब्द केवल बहाना है। शब्द नहीं, यह तो आंतरिक भाव है जो व्यक्ति को एक-दूसरे की ओर खींचता है।'

"जी गुरुजी, मैं लिख लेता हूँ, तुरंत से नहीं समझ पाऊँगा। थोड़ा सोचना पड़ेगा।" लक्ष्य ने मोबाइल पर टाइप करते हुए कहा।

"बिलकुल सोचो लक्ष्य। आठ सौ वर्षों से रूमी उतना ही ज़िंदा है। सोचता हूँ हमारे पुरातन ग्रंथों में जिस अमरता की बात कही गई है, वह यही है। वेदों को कह सकने वाले हमारे पूर्वज, दिमाग़ से इतने भी दरिद्र नहीं हो सकते कि अमरत्व की कल्पना आयु को सोचकर करें। रूमी प्यार की बात करते हैं। सही-ग़लत,

ख़ुशी-ग़म, नरक-स्वर्ग, भाषा के पार से आती रौशनी में शायद तुम्हें कभी ईश्वर या अल्लाह की झलक मिल जाए। यह झलक तुम प्रेम में भी पा सकते हो। संसार तुम्हारे सपनों को हक़ीक़त में बदलने के लिए है, तुम बड़ा सोचो तो। दिल से आई चाहत, बेचैनी और समर्पण ही वह कुंजी है जिससे कायनात तुम्हारी मदद के लिए आगे बढ़ती है; तुम्हें वह चीज़ दे देने को, जिसकी तुम्हें गहराई से तड़प है। स्थिर मन के प्रति संपूर्ण ब्रह्मांड समर्पित हो जाता है।"

गुरुजी रुके और पानी की बॉटल उठाई। मुझे 'ओम शांति ओम' फ़िल्म का डॉयलॉग याद आया- "हाँ गुरुजी, शाहरुख़ ख़ान का एक डॉयलॉग है- 'इतनी शिद्दत से मैंने तुम्हें पाने की कोशिश की है कि, हर ज़र्रे ने मुझे तुम से मिलाने की साज़िश की है। कहते हैं अगर किसी चीज़ को दिल से चाहो तो पूरी कायनात उसे तुमसे मिलाने की कोशिश में लग जाती है।'"

"हा...हा...हा... स्वामी, यह लाइन रूमी की ही हो सकती है। अभिनेता तो बस नेताओं जैसे ही हैं। इन्हें देखकर हमारी पीढ़ियाँ प्रेम करना सीखती हैं और इनके मनोरंजन को प्रेम समझ बैठती हैं। जो अभिनेता प्रेम का इतना नाटक कर लेते हैं, इनके वास्तविक जीवन में प्रेम का मिल पाना लगभग असंभव है। बार-बार एक ही बात दुहराए जाने से वह सच लगने लगती है, इससे ज़्यादा कुछ नहीं है इन हीरोज़ की छवि। अभिनय ही वास्तविकता दिखने लगता है, अभिनय करते-करते। सहजता से जीना, स्वयं की स्वीकार्यता से जीना हमसे हो कहाँ पाता है। सामाजिक दबाव मनोवैज्ञानिक ग्रंथियाँ विकसित करता है। ख़ैर...हम रूमी की बात रहे थे। रूमी ने दर्द को प्रसाद माना। कुछ भी नकारात्मक है ही नहीं। हमारे दिलों का टूटना हमें पहले से बेहतर इंसान बनाता है। तुम्हारे लिए अवसर है स्वामी, तुम यहाँ अपना दर्द भुलाने आए थे, मैं कहता हूँ, दर्द मत भूलो। दर्द तुम्हें मज़बूत बनाता है, स्वयं का पुनर्निर्माण करो और जीवनपर्यंत करते रहो। एक नया इंसान। पहले से कम लालची और पहले से ज़्यादा प्रेममय।

स्वामी, रूमी जैसे प्यारे इंसान की याद आती है तो एक और ख़ूबसूरत इंसान अपने आप ही याद आ जाता है, लाओत्से। ओशो और लाओत्से दो ऐसे साधु हुए हैं पृथ्वी पर जिन्हें पढ़े-सुने बिना तुम मर गए तो समझो अधूरे ही मरे। लाओत्से चीन से हुए, हालाँकि इन लोगों को किसी देश का कहना न्यायोचित नहीं है। यह लोग पृथ्वी के लोग हैं, किसी परमात्मा के होने का कुछ इशारा मिलता है तो ऐसे लोगों को देखकर ही। लाओत्से की द्वैत की अवधारणा पर हमने पहले भी बात

की है। लाओत्से कहते हैं विपरीत के बिना किसी एक को नहीं जाना जा सकता। यथा सुख की अनुभूति ही हमें इसलिए है कि हम दुख को पहचानते हैं। ब्रिटिश न आते तो महात्मा गाँधी को पृथ्वी पर पाते कहाँ हम। बाद में फ्रॉयड ने एक और आश्चर्यचकित करने वाली बात कही कि प्रेमी जितना एक-दूसरे से प्रेम करते हैं उतनी ही घृणा भी उनके मन में एक-दूसरे के लिए होती है। स्वीकार कर पाना बहुत मुश्किल है स्वामी, पर इस पर हमें विचार अवश्य करना चाहिए। लाओत्से कहते हैं तुम्हें जहाँ उपयोगिता दिखाई देती है वहाँ है ही नहीं, उसके विपरीत में है। जिस तरह हम वास्तविक रूप से घर में नहीं रहते, घर की ख़ाली जगह में रहते हैं। घड़े का उपयोग नहीं है, उसके अंदर की ख़ाली जगह का उपयोग है। जिन प्रेम संबंधों में खिंचाव और शिकायतें नहीं है, उन्हें समाप्त ही माना जाना चाहिए।

स्वामी, अब तुम बेहतर समझ सकोगे। प्रेम केवल एक तरह का प्रेम नहीं है। फ्रॉयड का प्रेम, लाओत्से का प्रेम, डायोज्निस का प्रेम, सिकंदर और हिटलर का प्रेम; सबमें तुम भिन्नता पाओगे।

हर जीवंत-मृत वस्तु, तुम्हें उसकी संपूर्णता से स्वीकार करनी चाहिए। हम कहें कि लाओत्से का प्रेम हिटलर समझ पाएगा या रोम के जलने पर बाँसुरी बजाने वाला नीरो, तो हम ग़लती पर हैं। नीरो भी प्रेमी हुआ, वह मार काट कर सकता है अपने प्रेम के लिए। समर्पण हिटलर कर नहीं सकता, मरने से पहले शादी करके ख़ुद को और अपनी पत्नी को गोली ही मार सकता है। मैं नहीं कहता कि अपनी प्रेमिका के लिए लड़ाइयाँ लड़ने वाले योद्धा प्रेमी नहीं थे या अपना सर्वस्व न्योछावर कर के जीवन भर प्रतीक्षा करने वाले प्रेमी नहीं थे या तो प्रेमी के ना मिलने पर आत्महत्या कर लेने वाले प्रेमी नहीं थे। मैं तुम्हारे सामने सब पक्ष रख देता हूँ, तुम किसका चुनाव करो और तुम्हारे लिए क्या उचित है यह तुम्हारे अलावा कोई दूसरा बताएगा तब वह ग़लत ही होगा।"

"जी गुरुजी, प्रेम की भावना व्यक्तिगत है तो अलग-अलग ही होनी चाहिए सबके लिए। लेकिन गुरुजी मैंने कहीं पढ़ा था कि चाइना में कोई धर्म नहीं है।" मैंने कहा।

"ठीक पढ़ा है स्वामी, चीन में अस्सी प्रतिशत लोगों के पास अब कोई धर्म नहीं है। लेकिन चीन से ही लाओत्से जैसी चेतना के शिखर का जन्म होता है, कन्फ्युसियस जैसी स्वीकार्यता का उदय होता है। बुद्ध, ओशो, और कन्फ्युसियस भी लाओत्से से प्रेरित ज़रूर रहे हैं। लाओत्से के एक-एक सूत्र की व्याख्या हम

करते ही चले जा सकते हैं; हमारी व्याख्याएँ ख़त्म हो सकती हैं, उनके शब्दों के अर्थ का चमत्कार ख़त्म नहीं होता। ढाई हज़ार सालों के बाद हम लाओत्से के प्रेम में हैं, तो यही कारण है।

जहाँ तक चीन की बात है, चीन का इतिहास जितना समृद्ध है उतना ही दर्दनाक भी। हम आज के जापान को देखते हैं तो उनके जैसा सभ्य और प्रगतिकारक समाज कोई मुश्किल से मिलता है। आज के जापानियों से सीखने को बहुत-सी बातें हैं, पर द्वितीय विश्व युद्ध के समय बढ़ती हुई ताक़त पर इतराए जापान ने चीन के साथ कितनी क्रूरता की, यह हमारी सोच से बाहर है। 'रेप्स ऑफ़ नानकिंग' के नाम से चीन पर हुए अत्याचार की एक कहानी दर्ज है। जापान की शाही आर्मी ने इंसानियत को शर्मसार करके मज़े के लिए चीनीयों की हत्या की। चीन ने चंगेज ख़ान जैसे क्रूर साम्राज्यवादियों की भी क्रूरता सहन की है। द्वितीय विश्व युद्ध से पहले नानकिंग पर कब्ज़ा करने के बाद जापानी सैनिक आपस में शर्त लगाते थे कि कौन पहले सौ सिर काटेगा, सिर काटते-काटते यह भूल जाने पर कि कितने कटे, दुबारा गिनती शुरू हो जाती थी। चीन के सैनिकों को ज़िंदा जलाने का खेल या ज़िंदा गाड़ने का या फिर आधा गाड़कर उनके ऊपर भूखे कुत्ते छोड़ देने का। क्रूरता इससे ज़्यादा क्या हो कि कोई सैनिक ख़ुश होते हुए कटे हुए सरों के साथ फ़ोटो खिंचाए या पूरे परिवार को बंधक बनाकर, पहले तो बूढ़ियों से लेकर बच्चियों तक के साथ बलात्कार किया जाए फिर अगर बच्चियों का शरीर इतना विकसित ना हुआ हो तो तलवार से उनके अंग काटकर बलात्कार के लिए जगह बनाई जाए। बलात्कार के बाद सड़कों पर नंगे दौड़ाकर निशाना लगाने का खेल खेला जाए और यह सब दिखा देने के बाद परिवार के पुरुषों को गोली मार दी जाए। वह डर जिसके सामने घुटने टेककर लोग आत्महत्या कर लें। इंसानों को बंदी बनाकर उनके शरीर पर नई-नई दवाइयाँ, वायरस इंजेक्ट करके अध्ययन। कोई पुरुष या स्त्री कितना दर्द सह सकते हैं और कितने में मर जाते हैं इसका अध्ययन। दवाइयों के अध्ययन के लिए पहले रोगों के इंजेक्शन देना और सेक्सुअल बीमारियों के लिए बलात्कार से बीमारी देना फिर इलाज के लिए अध्ययन करना। दो इंसानों की अंतड़ियों को जोड़ देना या किसी एक ही इंसान के शरीर के अंगों को थोड़ा कम ज़्यादा करके देखना या कितने कम ख़ून में कितने दिन इंसान जीवित रह सकता है, बग़ैर पानी के कितने दिन जीवित रह सकता है, बिना किडनी के कितनी देर... इससे ज़्यादा क्रूरता

हो क्या सकती है यह सोचकर भी नहीं बता पाओगे स्वामी। पागलपन की सारे हदें पार कर दी थी उस समय जापानियों ने। चीन बहुत समृद्ध संस्कृति वाला और शांति, ध्यान का प्रेमी देश था। द्वितीय विश्वयुद्ध और कम्यूनिज़्म के प्रसार से चीन में यह मनोवृत्ति घर करती गई कि यह जो उनका प्रेम-प्रेम कहना और लाओत्से जैसे लोगों का प्रभाव है, उन्हें मार डाल रहा है। तब वहाँ वह चाइना बनने लगा जो आज है।

"गुरुजी, इस तरह की शैतानी हरकतें किसी इंसान के दिमाग़ में आ सकती हैं, यह सोचकर ही कँपकँपी आ जाती है।" मैंने कल्पना की, यह क्रूरता कर सकने वाले लोगों के चेहरे कैसे रहे होंगे।

शायद गुरुजी को मेरी कल्पना का पता चल गया था, उन्होंने आगे कहा, "स्वामी जरा उन लोगों के बारे में भी सोच लो जिनकी पवित्र किताबों में लिखा हुआ है कि किसी पुरुष के शरीर से सर्वदा पीप या मवाद बहता रहे तो उसके तमाम ख़ून-पीप को जीभ से चाटकर साफ़ कर दे, तब भी पुरुष का हक़ अदा नहीं होगा। और उस डर के बारे में भी सोचो जो उसे यह सुनकर होगा- जब कोई स्त्री अपने पति से कहेगी कि तुम्हारा कोई काम मुझे पसंद नहीं आ रहा, तब उसकी सत्तर सालों की इबादत बर्बाद हो जाएगी, भले ही उसने दिन में रोजा रखकर और रात में नमाज पढ़कर सत्तर सालों का पुण्य कमाया था।

स्वामी, युद्धों का इतिहास पढ़ो। हिटलर के कैंपों में भी यही सब हुआ है। युद्धों में मरने वालों की गिनती तक नहीं हो पाती। हमारी क्रांतियों की सफलता पर भी संदेह है स्वामी। पहले से ज़्यादा बुरे और क्रूर लोग सत्ता पर क़ाबिज़ होते रहे हैं। ज़ार जाता है तो माओ आता है। पुरानी सड़ांध से ऊबकर नई सड़ांध का जन्म होता है। गोरे की जगह काले अंग्रेज़ों का शासन होता है, शक्ति और सत्ता की भूख सब दुर्गुण ले आती है। शक्ति और सत्ता के मार्ग में प्रेम अनुपस्थित हो जाता है। वह क्रांति केवल सत्ता परिवर्तन और भेड़ियों के चेहरे बदल लेने की चाल है, जिसके बाद समाज ज़्यादा प्रेम से ना भर जाता हो।

क़बीलाई संस्कृतियों से लेकर आधुनिक युग तक जितने युद्ध हुए हैं, सबसे ज़्यादा किसी ने झेला है तो वह है स्त्री। मनोवैज्ञानिक कहते हैं स्त्रियों को डरावने ख़्वाब अधिक आते हैं, यह ख़्वाब पुरुषों का उपहार है स्त्री को। जिसे अपनी पूरी ज़मीन किसी दूसरे देश को दे देने और पूरी ज़मीन ले लेने के सौदे में कोई ख़राबी नज़र नहीं आती, वह पुरुषों के अहम् और ज़मीन की लड़ाइयों में ज़मीन जितनी

हैसियत भी नहीं रखती। चंगेज़ की बीवी जीते जाने पर किसी दूसरे शासक की बीवी बनना स्वीकार कर लेती है, बाद में चंगेज़ उसे वापस पा लेता है। लाओत्से को समझो स्वामी तो वह पहले ही बता चुके। पुरुष हार चुका है अपने तरीक़े से संसार बनाने में। आज संसार जैसा है, वह पुरुष का बनाया हुआ है, इसलिए तुम्हें इसमें प्रेम से ज़्यादा युद्धों और क्रूरता के दर्शन होंगे। पुरुष ने अपनी दुनिया बनाने की दौड़ में दुनिया को पागलख़ाना बना दिया है। स्त्रैण गुणों का जिस समाज में स्थान ना हो, वहाँ तुम प्रेम दिख जाने की आशा मत रखना।

एक स्वभावगत बात और जान लो स्वामी, पुरुष के बनाए समाज में स्त्री ग़ुलाम हो जाती है और स्त्री के बनाए समाज में पुरुष पागल हो जाएगा। उसे स्त्री का प्रेम और प्रतीक्षा ही नहीं चाहिए, उसे आक्रमण और शक्ति भी चाहिए। मार्ग वही उचित है स्वामी, जो किसी एक पक्ष की अति से ना निकला हो और न्याय तभी उचित हो सकता है जब न्यायाधीश का झुकाव किन्हीं विषयों पर ना हो। क्या तुमने उस न्यायाधीश के बारे में सुना है जो एक पक्ष के तर्क सुनकर इसलिए निर्णय दे देता है कि दोनों पक्षों के तर्क सुनने के बाद निर्णय कठिन होते हैं?

(27)

"गुरुजी आज की स्त्री किस तरह ग़ुलाम है ? वह तो पुरुष पर शासन करती दिखती है।"

"हा...हा...हा... यह भी ठीक है स्वामी। आज की स्त्री के पास अवसर है कि वह निकल सके ग़ुलामी से; पर निकल कितनी पाती है और उन्होंने इसके रास्ते क्या ढूँढे हैं ? सामाजिक सम्मोहन के जाल में उलझी ज़्यादातर स्त्रियों को तो यह पता ही नहीं कि उनके साथ हो क्या रहा है। पहले से मिली हुई सुविधाओं के लालच में स्त्री पुरुष सत्ता को स्वीकार करती है और आगे बढ़ाने में सहयोगी होती है। इसका श्रेष्ठ उदाहरण है लड़की की सास। लड़के की बेचारी माँ को उम्र भर यह देखना होता है कि बहूरानी उसके और लड़के के नियंत्रण में कैसे रहे। लड़का अगर अपनी पत्नी का ज़्यादा ख़याल रखता है तो यह भी उसके लिए असहनीय है। रिश्तेदारीयों में भी स्त्री की एक-दूसरे के प्रति अतिशय ईर्ष्या की भावना उन्हें अन्य स्त्रियों के लिए क्रूर बनाती है।

क्रूरता की दृष्टि से देखो तो आज की बहुत स्त्रियों ने पुरुषों की बराबरी कर ली है। ज़्यादातर देशों में स्त्री को कुछ ऐसे क़ानूनी अधिकार मिले हुए हैं जिनका दुरुपयोग भी बहुतायत से होता है। मैंने तुम्हें कहा था स्वामी, स्त्री जैसी शुचिता कहीं और नहीं और उस जैसी दुष्टा भी। एक लड़की अरेंज मैरिज करती है; पहली रात पति से कहती है दोस्ती होने और कम्फ़र्टेबल होने तक शारीरिक दूरी रखते हैं और एक महीने बाद मायके जाकर दहेज प्रताड़ना की पुलिस रिपोर्ट कर देती है। लड़के के माँ-पिता सामाजिक बेइज़्ज़ती और जेल के सदमें से छह महीने के अंदर ही मर जाते हैं। लड़के की नौकरी चली जाती है और लड़का सामाजिक उलाहनाओं से उलझता हुआ आत्महत्या करने की सोचता हुआ किसी तरह जीता है, इसलिए कि छोटी बहन अविवाहित और उसके ऊपर निर्भर है;

जिसका विवाह अब बहुत मुश्किलों में या समझौता करके करना है। लड़के की शादीशुदा बहन अपने ससुराल में ही मृतक जैसे रहती है और अपनी अप्रिय पारिवारिक स्थिति का सामना करती है। यह लड़की ने इसलिए किया कि उसका परिवार पहले इस बात के लिए तैयार नहीं था कि उसका विवाह उसके प्रेमी के साथ किया जाए। अब परिवार के राज़ी हो जाने की पूरी संभावनाएँ हैं। पुरुष होना अपराध है हमारे क़ानून की नज़रों में और कुछ क़ानून, क़ानून कम हैं, 'क़ानूनी आतंकवाद' ज़्यादा। इस आतंक से हज़ारों घर तबाह हो चुके हैं, लाखों लोग अस्वाभाविक मौत मर चुके हैं।

ज़्यादातर वास्तविक दहेज मामलों में स्त्री ही दोषी होती है। अपने आस-पास देखो तो पाओगे लड़का और उसके पिता इस बात के लिए इतने उत्सुक नहीं होते कि बहु अपने मायके से क्या ला रही है, जितना कि लड़के की माँ। बहुत लड़कियाँ ऐसी भी हैं जो ससुराल में अपने सम्मान के लिए मायके से अधिक-से-अधिक बटोरकर ले जाना चाहती हैं; संयुक्त परिवारों में यह और दृढ़ता से नज़र आता है। एक स्त्री जब स्त्री की सास बनती है, तो वह उस कुचक्र जो जीवित रखना चाहती है; जिसमें वह पिसती आई है। पड़ोसियों या दूसरे रिश्तेदारों की बहुएँ मायके से क्या लाती हैं, यह भी उनका प्रिय विषय है। यह पुरुष सत्ता का समर्थन भी है।

वयस्क लड़की अपनी मर्ज़ी से यौन संबंधों की ओर जाती है और भविष्य में यह उनके लिए एक बड़ा हथियार होता है कि पुरुष को दबाया जा सके। बहला-फुसलाकर, प्रलोभन देकर संबंध बनाया, ऐसा आरोप लड़की कभी भी लगा सकती है; जिससे पुरुष का सामाजिक, आर्थिक, पारिवारिक जीवन समाप्त हो जाए। लिव-इन रिलेशनशीप को मान्यता देने वाला क़ानून किसी वयस्क स्त्री के बहल-फुसल जाने और मूर्ख होने में विश्वास रखता है। छेड़छाड़ के झूठे मामले हों या दहेज प्रताड़ना के; क़ानूनों का इस्तेमाल ब्लैकमेल करने के लिए भी किया ही जाता है। जब तक स्त्री का मन हुआ, तुमसे खेलकर तुम्हारे ऊपर बलात्कार का आरोप लगा तुम्हारा जीवन ख़त्म कर सकती है। झूठे बलात्कार के आरोप किसी पुरुष का जीवन उतना ही दर्दनाक बनाते हैं जितना स्त्री का। दहेज प्रताड़ना या अन्य तलाक़ प्रकरणों में भरण-पोषण क्या इसलिए है कि हम सक्षम स्त्री को भी दोयम ही रहने दें। दुनिया भर में चलने वाले फ़ेमिनिस्ट आंदोलन राजनीतिबाज़ और चालबाज़ औरतों की दुकानें हैं, जहाँ उन्हें स्त्री होने के नाम पर

सुविधाएँ चाहिए। वे ग़ैर-बराबरी के क़ानूनों को अस्वीकार करने की ज़हमत क्यों नहीं उठातीं? मज़े की बात है स्वामी, अब तो पीड़ित पति संघ बनने लगे हैं। वे कहते हैं जब लड़की शादी करते समय लड़के का बैंक बैलेंस या सरकारी नौकरी देख सकती है तो लड़के दहेज, सुंदरता, आकार-प्रकार क्यों नहीं देख सकते? और लड़की का अधिकार है पिता की संपत्ति पर, तो वही हिस्सा तो दहेज है।

जिस तरह यहाँ पूर्व शोषण के संदर्भों से स्त्री अधिक सुविधाओं की हिमायती हो जाती है, उसी तरह हमारे पिछड़े-दमित समाज के अगुवा लोग हैं। अब आरक्षित वर्ग के लोग ही आरक्षित वर्ग का शोषण कर रहें हैं और अतिरिक्त सुविधाओं को कभी ना ख़त्म होने वाला पारिवारिक अधिकार बना लेना चाहते हैं। मैं दमित-पिछड़ों के आरक्षण का हिमायती हूँ स्वामी, लेकिन दो-तीन पीढ़ियों तक आरक्षण का लाभ लेते आए उच्च अधिकारियों और नेताओं की अगली पीढ़ी अगुवा समाज से कहीं बराबरी और कहीं आगे के सोपानो पर खड़ी है। दो पीढ़ियों तक आरक्षण का लाभ उठा चुके कथित दमितों को अब इस सुविधा से बाहर किया जाना चाहिए, ताकि जो वास्तविक दमित और पिछड़े लोग रह गए हैं उन्हें इस अवसर का लाभ मिले।"

शायद गुरुजी को लगा हो प्रश्न कुछ और था, उन्होंने आसमान की ओर देखते हुए कहा, "अपने पक्ष में आती दोयम बातों को स्वीकार कर लेना उतना ही कुत्सित है जितना शोषण करना और सहना। ऐसी स्त्रियाँ समाज में बहुतायत में हैं जिनके लिए पुरुष बस एटीएम है। पापा की इन नकचढ़ी, गँवार परियों को विवाह का उत्तरदायित्व न लेना है, ना उसके बारे में कुछ पता है। बस यही पता है कि यह जो पुरुष है, वह चाहे पिता हो या पति, उसका मुख्य काम है इनके नखरे और ख़र्चे उठाना। कुछ लड़कियों को यह समझ नहीं आता कि उनकी विवाह पूर्व की अधिक क़ीमत और लड़कों द्वारा आकर्षिक किए जाने के लिए जो तारीफ़ें उन्हें किसी बाहरी लड़के से मिल सकती हैं, वह घर में नहीं। विवाह को वे केवल हनीमून समझने की नासमझी करती हैं और अपेक्षाएँ पूरी ना होने पर सारा दोष पुरुष के सर मढ़ देती हैं। ख़र्चों की उलाहना, सामंजस्य नहीं बैठा पाने से प्रताड़ना के कारण कितने ही पुरुषों ने आत्महत्या कर ली। इसी समाज की वे लड़कियाँ भी थी जिन्होंने 'हनी ट्रैप' में फाँसकर पुरुषों पर अत्याचार किए; कभी धन और कभी शारीरिक भूख के लिए। एकतरफ़ा स्त्रीवादी विचारधारा और सहानुभूति का दुरुपयोग करने वाली यह स्त्री, पुरुष से क्रूरता में किसी मायने में

कम नहीं है।

अरे स्वामी! पापा की परी, मेरी साली का एक क़िस्सा याद आया। एक बार उसने अपने पति से लड़ाई के बाद मुझे कॉल किया कि वह अब उसके साथ नहीं रह सकती। उसके पति को ज़रूरत से ज़्यादा साफ़-सफ़ाई चाहिए, खाने में देर बर्दाश्त नहीं, कहीं आने-जाने से समस्या है, बच्चों के कपड़े साफ़ चाहिए। अब बच्चों के घर में तो यह सब चलता ही रहता है, इतना तो उसे समझना चाहिए। खाना बनाने के लिए अलग और साफ़-सफ़ाई के लिए अलग कामवाली उसने पहले ही रखी हुई है और मैडम हाउस वाइफ़ हैं। कहती है- 'देखो जीजू, मैं इसके लिए कोई वैल्यू नहीं रखती। मैं सुनने के लिए थोड़ी पैदा हुई हूँ, हर लड़की अपने पापा की परी होती है; मैंने अपने घर में भी कभी नहीं सुना इतना।' हा...हा...हा... मैंने क्या जवाब दिया पता है? यह कि- 'ठीक है, आप लड़कियाँ अपने पापा की परी होती हैं तो हम अपने बाप के खच्चर हैं? कर्तव्यनिष्ठ जीवन केवल हमारी ज़िम्मेदारी है?' उसने ग़ुस्से से फ़ोन कट कर दिया। हा...हा...हा...

कलहबाज़ स्त्री तो बहुतों ने झेली है, सुकरात ने भी। सुकरात जैसे विश्व व्यक्तित्व की क़ीमत भी उसकी स्त्री की नज़रों में इतनी ही थी कि वह उसका लापरवाह पति है। पतियों के देर से घर लौटने का यह कारण प्रमुख है... हा... हा...हा...

एकतरफ़ा स्त्रीवादियों की शिकायत हमेशा रही है कि स्त्रीयों के कपड़ों पर फ़तवा जारी करने का अधिकारी कभी कोई मुल्ला हो जाता है, कभी पादरी तो कभी कोई प्रिंसिपल। जींस पहनी हुई लड़की को समाज गंभीरता से नहीं लेता। 'माई बॉडी, माई रूल' की हिमायती लड़कियों को छोटे कपड़े पहनकर सेक्सी दिखने में तो आनंद आता है, परंतु जब कोई इस बात से आकर्षित हो तो इन्हें दिक़्क़त है। देश-काल के अनुसार परिधान चयन सामाजिक ज़िम्मेदारी है, यदि आप समाज का हिस्सा हैं और उससे अपने पक्ष में कुछ चाहते हैं। देश-काल के अनुसार ही सेक्स अपील के मानक परिवर्तनीय हैं।

सुंदरता, नाक-नक़्श, अदाओं पर कही गई शायरियों, फ़िल्मी गानों पर इतराती हसीनाओं का जब मूड ठीक नहीं होता तो इस हरकत को छेड़छाड़ कहा जाता है। विश्व के प्रत्येक प्राणी में नर-मादा आकर्षण, रिझाने की प्रवृत्ति प्राकृतिक है। अश्लील गानों पर वीडियो बनाकर सोशल मिडिया पर कमेंट्स और लाइक्स बटोरने वाली लड़कियों की क्या उम्मीदें हैं समाज से? कपिल शर्मा जैसे

बेहूदे हास्य में स्त्री केवल सुंदर होने और फ़्लर्ट किए जाने के लिए जन्म लेती है। गाली-गलौज और मधुर अश्लीलता का हास्य स्त्री स्वीकार करती जाती है और सामान्य-सी बात या शायद अपना सम्मान या ख़ुद को पुरुष के बराबर या श्रेष्ठ समझने लगती है। आज की कॉमेडी फ़िल्में लड़कियों और मूर्खता में सगापन दिखाती हैं। प्रेम कहानियों की अतिशय शौक़ीन लड़कियों को यह भी तो समझ आना चाहिए कि यदि आँखों की आशिक़ी और प्रेम प्रस्तावों को छेड़छाड़ कहा जाएगा तो प्रेम कहानियाँ जन्म कैसे ले पाएँगी ? जिस लड़की को कभी कोई प्रेम प्रस्ताव नहीं मिला, वह ख़ुद को कितना दरिद्र समझती है, यह तो उसी से पूछो।

बलात्कार निःसंदेह बहुत गंभीर अपराध है, इसकी गंभीरता को देखते हुए ही स्त्री पक्ष में क़ानून बनाए गए हैं; परंतु बलात्कार को इज़्ज़त से जोड़कर देखा जाना, और अधिक दर्दनाक प्रस्तुतिकरण समाज के उन शिलालेखों की देन है जिन्हें स्त्री को ग़ुलाम और डराकर रखने के लिए उकेरा गया है। किसी संभोग से पुरुष का कुछ नहीं बनता बिगड़ता तो अनचाहे और बलपूर्वक बनाए गए किसी संबंध से स्त्री की इज़्ज़त कैसे जा सकती है ? हमारे समाज को यह थोपना बंद करना चाहिए। मेरी नज़रों में एसिड अटैक अधिक गंभीर है। यह तुम तब समझ सकोगे स्वामी, जब किसी की चमड़ी को बहते देखो। कितना दर्द झेला है उन्होंने जो इस वहशत और पुरुष दंभ का शिकार हुई हैं।

स्त्री जितना पुरुष बनना चाहेगी ख़ुद को खोती जाएगी। पुरुष और स्त्री एक-दूसरे से जीव विज्ञान ही नहीं, मानसिक तल पर भी अलग हैं। अलग होने का कारण ही विपरीत लिंग हैं। हमारे सेल्स अलग-अलग हारमोन्स से प्रभावित होते हैं, जिनके कारण वे अलग व्यक्तित्व हैं। जब हम इस वैज्ञानिक तथ्य की अनदेखी करके सामाजिकता के दबाव में बराबरी बनाने का प्रयत्न करते हैं तब हमारा व्यक्तित्व कुसमायोजित होता है। स्त्री को अपने पूरे मानव अधिकारों और स्त्रैण गुणों को स्वीकार करते हुए ख़ुद को हर परतंत्रता से मुक्त करना होगा और कर्तव्यनिष्ठ स्वतंत्रता का अर्थ समझना होगा।

पुरुष प्रधान समाज में आज भी स्त्री के लिए संघर्ष के रास्ते बहुत लंबे हैं, और उतना ही मुश्किल है चयन। हमने ही तो वह समाज बनाया है जहाँ हम अपने घऱ की स्त्रियों पर समय से घर आ जाने के लिए दबाव बनाते हैं। जो समाज तुम्हें तुम्हारी बहन की रक्षा करना सिखाता है वही उसे इतना कमज़ोर बनाता है कि वह अकेले कहीं आ-जा ना सके।

एक चुटकुला याद आया स्वामी, सुनते जाओ। किसी सेना में भरती होने के लिए नौजवानों की ट्रेनिंग चल रही थी। ट्रेनर ने कहा- 'क़सम खाओ, लड़कियों से दूर रहोगे, कोई इश्क़-मुहब्बत का चक्कर नहीं और किसी को आँख उठाकर भी नहीं देखोगे; सभी को माँ-बहन समझोगे और वक़्त आने पर देश के लिए हँसते-हँसते अपनी जान क़ुर्बान कर दोगे।' कहीं पीछे से आवाज़ आई- 'कर देंगे सर, बिलकुल कर देंगे; ऐसी जान का हम करेंगे भी क्या?'

(28)

"मैंने अनवांटेड टच फ़ील किया।" उसकी आँखों में ढलते सूरज की लाली थी।

"क्या?" मुझे आश्चर्य हुआ। उस जैसी ज्वालादेवी और अपनी मर्ज़ी से चलने वाली, चीख़कर घर सिर में उठा लेने वाली लड़की को ऐसी किसी परिस्थिति से गुज़रना पड़ सकता है।

"क्या हुआ?" मैंने दुबारा पूछा। उसकी आँखों में देख पाना मुश्किल था। जब कभी हमारी कोई ऐसी बात होती जिसमें उसकी आँखें भीगी होती, आँखों का संबंध टूट जाना नियति थी। आत्मविश्वास का सारा मनोविज्ञान पता नहीं कहाँ चला जाता है।

"आपको तो पता ही है, रौशनी के बहुत से फ्रेंड हैं। सगाई के बाद बैचलर्स पार्टी थी।"

उसने मुझसे पूछा था कि वह उसकी फ्रेंड रौशनी की शादी में चली जाए या नहीं। मैंने उसे शायद ही कभी कहीं जाने से रोका हो। हाँ क्या सावधानी उसे रखनी है, यह मैं ज़रूर उसे बता दिया करता था और एकदम सख़्त शब्दों में। मस्ती और लड़कपन से प्रेरित किसी दुर्घटना का डर हमेशा मुझे रहता था। मेरे अलावा कहीं किसी और के साथ शराब ना पीने का मैंने उससे प्रॉमिस लिया हुआ था; इसलिए नहीं की मुझे उस पर भरोसा नहीं था, इसलिए कि शराब पार्टियाँ बहुत बार अप्रिय स्थितियों को जन्म दे देती हैं। उसके साथ अकेलेपन और निश्चिंतता की तलाश भी अंजान या निर्जन जगहों पर कभी ले जा नहीं सकीं। उसे हमेशा यही कहता कि मैं किसी फ़िल्म का हीरो नहीं, दो-चार लोगों ने अगर हम पर हमला कर दिया या छेड़छाड़ की तो मैं क्या कर लूँगा। पिटने में ज़्यादा हानि की आशंका नहीं, अगर जीत हो जाए। बाँध ही दिया या कोई और दुर्घटना

हो गई, तो कैसे बर्दाश्त कर पाऊँगा। इससे ज़्यादा अच्छा यह है कि उन पलों के मिल पाने का सुरक्षित इंतज़ार करूँ। आधुनिकता की सोच और समाज में हम सामंजस्य पाते कहाँ हैं। अख़बारों और टीवी में आने वाली ख़बरों से हमें कुछ तो सीखना चाहिए। एकांत के पल और किसी जंगल में उसके साथ अकेले कुछ दिन बिताने का लालच क्रूर मानव स्वभाव के सामने हार जाता था।

सावन की बारिश और हवाओं का मज़ा लेते आज दिन में बहुत देर तक सोया रहा था। रात में नींद आना अब वैसे ही मुश्किल था। बिस्तर पर उल्टे पड़े, दोहर ओढ़े, करवटें बदलते, देर रात तक चैट करने की जो आदत दे दी थी उसने; वह आदत अब उसकी यादों से वफ़ा करती थी। जब कोई दूसरा पास ना हो तो उसका साथ होना लकीरों की नक़्क़ाशी में है।

रौशनी उसकी बहुत अच्छी दोस्त थी। उसने महीनों इंतज़ार और प्लानिंग की थी उसकी शादी में शामिल होने की। लड़की वालों की ओर से शहर के दो होटलों में सब मेहमानों के रुकने की व्यवस्था थी। एक में रौशनी और उसका परिवार, क़रीबी रिश्तेदार और दूसरे में दूर के रिश्तेदार और दोस्त इत्यादि। वह रौशनी के कमरे में उसके साथ ही थी। रौशनी का रूम बड़ा भी था इसलिए घर वालों से थोड़ा बचते-बचाते उसी के कमरे में बैचलर पार्टी थी। शादी की रात से पहले वाली रात रौशनी के दोस्त जिनमें तीन लड़कियाँ और पाँच-छह लड़के थे, यहीं देर रात तक शराब और गप्पबाज़ी का दौर चला।

उसने कहा, "सबमें मैंने ही शराब नहीं पी थी, बाक़ी सब तो हा-हा हू-हू कर रहे थे। उसके दोस्त सभी लड़कियों से हँसी मज़ाक़ और मुक्का मारामारी कर रहे थे। वो लोग एक-दूसरे को जानते भी थे। मैं तो बस उसकी दो फ्रेंड को जानती थी।"

"हुआ क्या, बताएगी?" मुझे ग़ुस्सा और चिढ़ हो रही थी कि हुआ क्या ऐसा और वह भी इतने लोगों के रहते।

"बाद में न... डांस के लिए उन्होंने टेबल वग़ैरह हटा के रूम में जगह बना ली, और डिस्को लाइट लगा दी।" उसने धीरे से कहा।

"तो क्या डांस के समय कुछ ऐसा हुआ?"

"नहीं ना, सुनो तो। मेरा डांस-वांस का कोई मूड नहीं था। मैं तो ख़ुद को इस माहौल से अलग फ़ील कर रही थी। सिर में भी दर्द था, मैं तो सोच रही थी कब ये लोग भागें तो मुझे सोने को मिले। डांस तो मैंने एकदम मना कर दिया; लेकिन

हुआ ये कि डांस करते-करते अचानक से एक लड़का मेरे बग़ल में बेड पर आकर बैठ गया और मेरे कंधे में हाथ डालकर मुझे डांस करने के लिए खींचने लगा।" उसकी आवाज़ धीमी और शांत थी। आँखों में लालिमा अब भी थी।

"तूने मारा नहीं उसको एक चाँटा खींच के?" मेरा ग़ुस्सा बढ़ा।

"अरे कुछ समझ आए तब तो। दिमाग़ ने काम ही करना बंद कर दिया। समझ में नहीं आ रहा था क्या हुआ, अपने को छुड़ाकर वॉशरूम चली गई।"

"तूने रौशनी से शिकायत नहीं की?"

"मैंने बोला उसको, तो उल्टा मेरे को ही समझाने लगी कि अरे यार इसमें क्या हुआ, ये सब तो नॉर्मल बात है, चलता है इतना तो। कुछ दिक़्क़त नहीं उसके सब दोस्त अच्छे हैं, इन्जॉय कर।"

"हद हो गई, उसको पसंद है तो वो करे, जिसको पसंद नहीं उसको क्यों सलाह दे रही है। मुझे कॉल क्यों नहीं किया?"

"की तो थी। आपका फ़ोन आउट ऑफ़ रेंज था। रात को बहुत देर से रूम ख़ाली हुआ फिर भी नहीं सो पाई। रौशनी का जवाब सुनके तो मेरा दिमाग़ ही ख़राब हो गया था। मैं सुबह ही आ गई वापस।"

"शादी अटेंड नहीं की?"

"नहीं, मेरा मन ख़राब हो गया था।"

"यह तो ठीक किया। वो लोग कुछ नहीं बोले कि ऐसे क्यों शादी छोड़ के जा रही है?"

"क्या बोलेंगे, किसी को अपनी मस्ती से फ़ुरसत कहाँ थी। मैं काम और शाम को आने का बहाना बना के निकल गई।" जैसे वह कह रही हो कि एक सीख मिल गई जीवन में, दुर्घटनाएँ तो छोटी-बड़ी होती रहती हैं।

एक और घटना दिमाग़ में घूमने लगी। किसी साल का यही सावन का महीना था। ड्राइव पर थे हम।

"क्या सोच रहे हो?" कार में बैठने के दो मिनट बाद उसने बात की शुरुआत करते हुए कहा।

"तेरे बिना ज़िंदगी से कोई शिकवा तो नहीं... शिकवा नहीं... तेरे बिना ज़िंदगी भी लेकिन... ज़िंदगी तो नहीं, ज़िंदगी नहीं..." मैंने गाते हुए कहा।

"कल रात को ही तो आपने इसकी लिंक भेजी थी मुझे।"

"सुना या नहीं?"

"ना... ऐसे फालतू के गाने मैं क्यों सुनूँ। सर दर्द!" मुझे पता था सच तो, मैं कुछ भेजूँ और पाँच-सात बार सुन न ले तब तक वह, वह नहीं।

"यही सोच रहा था यार कि तेरे नहीं रहने से भी ज़िंदगी चल तो जाएगी, लेकिन बस घिसटने जैसी ही चलेगी।"

"आपको ना बस लड़ने की आदत हो गई है। कल भी कितनी बुरी तरह लड़े हो मेरे से।"

"लड़ाई कहाँ थी यार। बस अपनी बात ही तो समझा रहा था।" मैं अभी तो बिलकुल भी किसी लड़ाई के मूड में नहीं था।

"हाँ, बहुत ज़िद्दी हो न। अपनी बात मनवा के छोड़ते हो।"

"ज़िद क्या, मेरी बात सही थी तब तो।"

"वो तो मैं मान जाती हूँ, क्योंकि मुझे पता है आप तो मानने वाले हो नहीं।" कहते हुए उसने अपनी सीट थोड़ी पीछे करके झुकाई और लेट-सी गई।

"मेरे गाने का रिप्लाई नहीं दिया।" मैं अब भी उस गाने की फ़ीलिंग्स से भरा हुआ था।

"पहले तो ये बताओ, मेरे बिना रहना क्यों है? सोचना भी मत। आप रहना भी चाहोगे ना मेरे बिना, तो मैं रहने नहीं दूँगी; आई बात समझ में।" वह डाँट रही थी।

वैसे तो मुझे संभावित भविष्य का थोड़ा पता था ही लेकिन मैं इस बात पर बल नहीं देना चाहता था। जेब से हिप फ़्लास्क निकालकर दो घूँट भरे। मुझे पता था आज उसे जल्दी वापस जाना है। उसके भतीजे का जन्मदिन था, दूसरे लोगों से उसे मिलना भी था, तो उसके ड्रिंक का सवाल ही नहीं था।

उसने कहा, "मुझे ड्रॉप करके आपको कहीं और जाना है?"

"हाँ, आज दोस्तों के साथ पार्टी है ना।"

"तभी मैं सोचूँ, इतनी जल्दी कैसे स्टार्ट हो गए। सुधरना तो है नहीं आपको। कुछ बोलना ही बेकार है।"

मैं समझ गया कि बातों की दिशा बदली नहीं तो ऐसी-तैसी करेगी यह। मैंने कहा-

"अरे ग़ालिब याद आ गया था यार-

मय से ग़रज़ नशात है किस रू-सियाह को
इक-गूना बे-ख़ुदी मुझे दिन रात चाहिए।"

"कल रात से आपको कुछ-न-कुछ याद तो आ ही रहा है, पर ये था क्या?" उसकी समझ में कुछ भी आया नहीं।

'मय से ग़रज़ नशात है किस रू-सियाह को' यानी शराब पीने से किस पापी इंसान को सुख मिलता होगा। 'इक-गूना बेख़ुदी मुझे दिन रात चाहिए' यानी मुझे तो दिन रात थोड़ा-सा बेसुध रहना है इसलिए पी लेता हूँ।

ग़ालिब को जब पढ़ूँ या कहूँ, मन के साथ शरीर भी भावनाओं की झनझनाहट से भर उठता है।

"बिलकुल, मस्त है शेर। आपको पीने से सुख मिलता है, चौबीस घंटे पी के पड़े रहा करो।" उसने ताना दिया।

"अरे हफ़्ते-दस दिन में एकाध बार ही तो पीता हूँ।" मैंने अपना बचाव किया।

"हाँ, वो तो पता है मुझे। क्या आपका हफ़्ता-दस दिन होता है।" मेरा कोई एक्सक्यूज़ मान ले तो वह, वह कैसे रहे। छोटी बड़ी नोकझोक और बेकार का ग़ुस्सा दिखाना उसकी आदत थी। ख़ुद चाहे बात किए बिना रह ना पाए 'मुझसे बात मत करना' कहने की उसकी आदत थी। दो-चार दिन में एक बार भी लड़ाई ना हो तो डर लगता था कि किसी बात पर सच में ग़ुस्सा है।

कितने अजीब थे हमारे संबंध; जब वह साथ थी तो पता था हमेशा साथ नहीं रहने वाली। ख़ुद को इसके लिए तैयार भी करता रहा था हमेशा। एक समय तो यह लगने लगा था कि हाँ, अब मैं समझ चुका हूँ और यह बात आसानी से स्वीकार भी कर पाऊँगा कि वह जा रही है मेरी ज़िंदगी से। उसको जो ख़ुशियाँ और सुरक्षा मैं नहीं दे सकता वह कहीं और से पा लेती है तो मुझे उसकी ख़ुशी में ख़ुश होना चाहिए। मुझे याद आता है एक बार गंभीरता से लड़ लेने के बाद, उसने मुझसे बात करना कम कर दिया। लगभग बंद। इस लड़ाई के बाद मिलने पर मैंने अपनी सफ़ाई तो दी, उसने कितना स्वीकार किया मुझे नहीं पता। लेकिन इन परिस्थितियों में मेरा जीना बहुत मुश्किल हो जाया करता था। जितना भी जागते रहो उसकी बातें ही चलती रहती थीं दिमाग़ में। उस समय भी मुझे यही लगता था कि यह नाराज़गी है, इसलिए मुझसे सह पाना मुश्किल हो रहा है। मैंने उसे कहा भी था कि अगर उसे मुझसे अलग होना है तो इस तरह लड़-झगड़कर ना हो। बस मुझे एक बार गले लगाकर कह दे कि 'यह हमारी आख़िरी मुलाक़ात है', मैं स्वीकार कर लूँगा। आज सोचता हूँ तो यह लगता है वह संबंध जिन्हें ख़त्म हो

जाना हो, दिल से जी लेना बहुत मुश्किल दौर से गुज़रना है।

उसके अलग होने के बाद इतनी तकलीफ़ों के दौर से गुज़रा कि छह महीने ना तो कुछ काम कर पाया, ना कुछ और सोच पाया। रोज़ रात सपने आना और कहीं-ना-कहीं से उससे संबंधित होना मुझे विचित्र स्थितियों की ओर ले जा रहे थे। सारे दिन की उलझनों के बीच उसकी सब नकारात्मक बातें सोचता और उससे नफ़रत करने की कोशिश करता। कोई किसी के बग़ैर जल्दी जीना सीख लेता है, किसी को जीवन भर प्रयास ही करते रहना पड़ता है। कभी सोचता वह जो कहती थी कि आपके बग़ैर रहना ही नहीं, क्या आज किसी और से कह रही होगी। ख़ुद को इतना शक्तिशाली और विवेकशील बना लेने में जब असफल रहा कि उसके ख़यालों से निकलकर दुनिया की और चीज़ों की तरफ़ देखूँ तब आश्रम ने ही मुझे ऊर्जा दी। आस-पास का वातावरण तादाम्य में सहायक होता है। मन में कहीं-ना-कहीं यह ख़याल जमने लगे थे कि मुझे प्रेम के संकुचित स्वरूप से निकलकर प्रेम ही हो जाना है।

यह नहीं कि अब उसकी यादें नहीं हैं, पर यह आदत हमेशा दर्द ही नहीं देती रहती। बहुत मूल्यवान खो जाने का एहसास तो है, लेकिन यह भी है कि उसके ही कारण मेरे जीवन को नई दिशा मिल पा रही है। कभी वीराना घेरता तो समझाता ख़ुद को कि वह सत्ताधीश तो हूँ जिसका अपने वीराने पर शासन है। आश्रम में आने के कुछ ही दिनों बाद मन:स्थिति में परिवर्तन तो आने लगा था। इसका सबसे बड़ा प्रमाण तो यही था कि अब उसके सपने सोते हुए नहीं आते थे, हाँ अलमस्त मौसम या कुछ बातें उससे जुड़ जाती थीं तब मन उसके सानिध्य की ओर भागना ज़रूर चाहता है। जैसे अभी। मैंने आइने की ओर देखा, एक आशिक़ अब भी बिस्तर पर पड़ा है।

(29)

आज दोपहर तक कमरे से ना निकलूँ यह मुझे लक्ष्य ने कल निर्देशित कर दिया था। उसने बताया कि आज की तारीख़ में मेरे अलावा कोई और मेहमान नहीं है आश्रम में, ना ही कोई मज़दूर इत्यादि। सेना के कुछ लोगों की गुप्त बैठक है; उन्हें किसी भी बाहरी व्यक्ति के यहाँ होने से समस्या हो सकती है। मेडिटेशन भी आज स्थगित था।

सुबह आठ के लगभग लक्ष्य का कॉल आया- "गुड मॉर्निंग स्वामीजी! नाश्ता भेज दूँ?"

मैंने बिस्तर पर लेटे हुए ही फ़ोन उठाया "गुड मॉर्निंग लक्ष्य! हाँ लक्ष्य, जैसी सुविधा हो भेज देना।"

"बस दस मिनट में भेजता हूँ स्वामीजी।"

मैंने फटाफट बिस्तर छोड़ा और दैनिक क्रियाओं के लिए भागा। डोर बेल बजी, जम्मन नाश्ता रख गया।

यूँ मेरी इच्छा हो रही थी कि मैं थोड़ा दूर से ही सही देखूँ तो कि आज क्या हो रहा है और सेना को क्या ज़रूरत आन पड़ी की वह इस आश्रम में कोई बैठक करे। परंतु आश्रम के निर्देशों का पालन करना मुझे उचित लगा। नाश्ते के बाद लैपटाप पर फ़िल्म देखने लगा। गुरुजी के ड्राॅइंगरूम से एक सी.डी. उठा लाया था; तीन चार दिन पहले। 'आँखों देखी' फ़िल्म का हीरो संजय मिश्रा थोड़ा सटका हुआ समझा जाता है इसलिए कि जिसका उसे अनुभव नहीं, उसे सच मानने से इनकार करता है। उस पर ही उसे विश्वास है जिसे उसने देखा और जाना है।

एकाध घंटे बाद डोर बेल बजी, मैंने दरवाज़ा खोला। सामने चितकबरी वर्दी में दो लोग खड़े थे।

"आपका नाम क्या है?" एक ने कहा।

"आइए बैठिए।" मैंने दरवाज़े से हटकर उन्हें अंदर आने की जगह दी।

"नहीं-नहीं... आज हमारी मीटिंग है यहाँ; हम यूँ ही इधर आ गए। आप अकेले हैं या आपके साथ कोई और भी है?"

"अकेले ही हूँ।"

"ओके, आपको आश्रम से कुछ इन्स्ट्रक्शन मिले हैं?"

"हाँ, कि मुझे दोपहर तक बाहर नहीं निकलना है।"

"ओके, आराम कीजिए। थैंक्यू!" कहते हुए वे चले गए।

मैंने दरवाज़े से बाहर झाँका। सामने के लॉन में सेना जैसी वर्दियों में लगभग अठारह-बीस लोग, अपनी कुर्सियों पर बंदूक़ें टिकाए बैठे थे। जो लोग मेरे पास आए थे उन्हें देखकर मुझे कहीं से नहीं लगा कि वह लोग सेना से हैं। बढ़े हुए बाल और अस्त व्यस्त चाल-ढाल, कद-काठी में भी सेना का प्रतिनिधित्व नहीं करते थे।

कुर्सियों के इस घेरे के बीच एक व्यक्ति ने हाथ में लिया हुआ पाइप गाड़ा, जिस पर लहराता हुआ एक लाल झंडा आँखों में चमक उठा।

फ़िल्म आगे देखी। संजय मिश्रा यह देखने के लिए कि पंखों से उड़ा जा सकता है, अपने पीछे पंख बाँधकर, अपनी आँखों देखी पर विश्वास करने के लिए खाई में कूद जाता है।

(30)

"क्या हाल है स्वामीजी ?" गुरुजी ने कंधे पर हाथ रखते हुए पूछा।

"अरे गुरुजी, गुड मॉर्निंग ! एकदम मस्त गुरुजी।" मैंने कहा। आज मेडिटेशन के बाद जब इधर-उधर टहल रहा था, गुरुजी कब आ गए मुझे पता ही नहीं चला। गुरुजी ने सफ़ेद जॉगिंग सूट पहना हुआ था। इससे पहले मुझे गुरुजी हमेशा मरून गाउन या बाथ गाउन में ही दिखे थे।

बादलों के कारण अब तक धूप नहीं निकली थी और शीतलता का एहसास भी भोर जैसा ही था।

"ध्यान किया ?" गुरुजी ने पूछा।

"हाँ गुरुजी, आजकल रोज़ जाता हूँ।"

"बहुत अच्छा। ध्यान ही सब समस्याओं का समाधान है स्वामी। प्रश्न उठाते रहने का बुद्धि विलास कभी समाप्त नहीं हो सकता, ध्यान ही एकमात्र माध्यम है जो प्रश्नों को गिरा देता है और स्वयं में डूबने की कला सिखाता है।" गुरुजी अब मेरे बग़ल में आ गए थे।

एक जैसे क़दमों से हम धीरे-धीरे आगे बढ़ने लगे।

"स्वामी, तुमसे एक व्यक्तिगत काम है।" गुरुजी ने कहा।

"जी गुरुजी, बताइए।"

"मैं शाम को आता हूँ तुम्हारे पास।"

"अरे, मैं आ जाऊँगा गुरुजी।"

"नहीं स्वामी, मैं आता हूँ।"

"जी।"

थोड़ी देर टहलने और बाग़बानी की बातें करते हम अपने-अपने कमरों की ओर चले गए।

शाम मैं गुरुजी की प्रतीक्षा कर रहा था। मैंने रेड लेबल की बॉटल, टेबल और पानी इत्यादि की व्यवस्था करके टेबल सजाया हुआ था। गुरुजी जब आए, व्यवस्थित टेबल देखकर मुस्कुरा दिए। हम आज भी तालाब की ओर बालकनी में ही बैठे थे।

गुरुजी ने पानी पीते हुए कहा, "स्वामी, मैं ड्रिंक नहीं लूँगा। तुम लो।"

"क्यों गुरुजी?" मुझे लगा यह सब करने से पहले मुझे उनसे पूछ लेना चाहिए था।

"आजकल मन नहीं होता स्वामी। डेढ़ महीनों से मैंने पी नहीं है। तुम लो न।"

"नहीं गुरुजी, अकेले मुझे अच्छा नहीं लगेगा। आपने क्यों छोड़ दी?"

"छोड़ी नहीं है स्वामी। छोड़ने से कुछ छूटता कहाँ है। बस मन नहीं होता। लगता है जिस समय का उपयोग मैं होश में रहकर पढ़ने-लिखने में कर सकता हूँ क्यों नाहक़ मदहोशी के आलम में उसे खोऊँ। किताबों और ध्यान का नशा ज़्यादा रुचिकर लग रहा है अभी तो। कभी मन हुआ तो शराब का नशा भी कर लूँगा।" उन्होंने अपनी चिरपरिचित मुस्कान बिखेरी।

"सिगरेट तो लेंगे गुरुजी?" मैंने सिगरेट उनकी ओर बढ़ाई।

"हाँ, यह किसी भी क़ीमत पर छोड़नी ही नहीं मुझे।" कहते हुए उन्होंने सिगरेट ले ली, पर जलाई नहीं। अपनी फ़ाइल से कुछ दस्तावेज़ निकाले और मेरी ओर बढ़ा दिए।

"स्वामी, यह मेरी विल है।"

मैंने इस आश्चर्य से विल हाथों में ली कि वे मुझे क्यों दिखा रहे हैं।

"स्वामी इसमें एक गवाह तुम भी हो। मैंने बग़ैर तुम्हारे हस्ताक्षर रजिस्टर्ड तो करा लिया है पर हस्ताक्षर ज़रूरी हैं।" उन्होंने मुझे पैन दिया।

"जी गुरुजी।" कहते हुए मैंने आख़िरी पन्ना खोला और अपने नाम के ऊपर हस्ताक्षर कर दिए। पहले गवाह की जगह पर जम्मन के हस्ताक्षर थे।

"स्वामी पढ़ लो। बग़ैर पढ़े किसी दस्तावेज़ पर हस्ताक्षर नहीं करने चाहिए।"

"अरे नहीं गुरुजी। आपने कहा है तो सही होगा।"

"स्वामी पढ़ लो एक बार। मैं चाहता हूँ कि तुम्हें पता हो।"

मैंने विल पढ़ी। आश्चर्य से मैंने गुरुजी का शांत चेहरा देखा। उन्होंने यह आश्रम अपने जीवित ना रहने या सात वर्षों तक अज्ञात रहने पर पाँचों माओं और

लक्ष्य के नाम पर कर देने की इच्छा लिखी थी। उन्होंने लिखा था, वे चाहते हैं यह संस्था जीवित रहे। यदि इन लोगों के मध्य कभी कोई विवाद की स्थिति बनती है तो खेती और बाक़ी ज़मीन बराबर बाँट दिए जाऐं। आश्रम का वह हिस्सा जहाँ निर्माण है, यदि किसी सहमति से बँटवारा ना हो सके तो विक्रय पश्चात राशि बाँट ली जाए। उनकी अन्य संपत्तियों के लिए अलग से अंतिम इच्छा पत्र का निष्पादन किया जा रहा है, यह भी उल्लिखित था।

"आपने इतनी जल्दी क्यों लिख दिया गुरुजी?"

"मैं बचपन से ज़रा तेज़ चलता हूँ स्वामी।" उन्होंने हँसते हुए कहा।

विल लेकर उन्होंने फ़ाइल में लगाई और मेरी ओर बढ़ाते हुए कहा, "हो सकता है आज मेरी यहाँ आख़िरी रात हो। मेरे जाने के बाद तुम्हें इस विल के बारे में सबको बताना है और उन्हें सौंप देना है।"

"क्या!" मेरा सिर घूम गया और मैं कुर्सी से उठ खड़ा हुआ।

उन्होंने मुझे गले लगाया और कहा, "स्वामी, रास्ते जब तय कर लिए मालूम पड़ने लगें तब उन्हें बदल देना मेरा स्वभाव है। यात्राएँ मानसिक स्वास्थ्य देती हैं। जाते-जाते तुम्हें जॉर्ज बर्नार्ड शॉ की पंक्तियाँ सुनाने का मन हो रहा है, ध्यान से समझना- 'मैं सिर्फ़ एक आदमी को जानता हूँ जो समझदारी भरा आचरण करता है। मेरा दरज़ी। वो जब मुझसे मिलता है मेरी माप लेता है बाक़ी लोग मेरी पुरानी माप के मुताबिक़ मुझे उसमें फ़िट होने ही उम्मीद रखते हैं।' हो सकता है मेरे नये रास्तों पर तुम लोगों से संपर्क ना रख पाऊँ पर कभी-ना-कभी मुलाक़ात होगी। निश्चित ही नई मापों के साथ। आज अज्ञेय को भी सुन लो स्वामी-

'एक दिन यह राह पकड़ूँगा
सदा यह जानता था। पर
अभी कल भी मुझे सूझा नहीं था
कि वह दिन
आज होगा!"

उनमें कुछ ठंडापन आ गया था, उन्होंने आवाज़ गर्म की और कहा, "स्वामी अब एक कविता और सुन लो। नोबेल पुरस्कार का कारण बनी स्पेनिश कवि पाब्लो नेरुदा की कविता-

1) आप धीरे-धीरे मरने लगते हैं, अगर आप
करते नहीं कोई यात्रा,

पढ़ते नहीं कोई किताब,
सुनते नहीं जीवन की ध्वनियाँ,
करते नहीं किसी की तारीफ़।
2) आप धीरे-धीरे मरने लगते हैं, जब आप
मार डालते हैं अपना स्वाभिमान,
नहीं करने देते मदद अपनी और न ही करते हैं मदद दूसरों की।
3) आप धीरे-धीरे मरने लगते हैं, अगर आप
बन जाते हैं ग़ुलाम अपनी आदतों के,
चलते हैं रोज़ उन्हीं रोज़ वाले रास्तों पे,
नहीं बदलते हैं अपना दैनिक नियम व्यवहार,
नहीं पहनते हैं अलग-अलग रंग, या
आप नहीं बात करते उनसे जो हैं अजनबी अनजान।
4) आप धीरे-धीरे मरने लगते हैं अगर आप
नहीं महसूस करना चाहते आवेगों को, और उनसे जुड़ी
अशांत भावनाओं को, वे जिनसे नम होती हों आपकी आँखें,
और करती हों तेज़ आपकी धड़कनों को।
5) आप धीरे-धीरे मरने लगते हैं, अगर आप
नहीं बदल सकते हों अपनी ज़िंदगी को, जब हों आप
असंतुष्ट अपने काम और परिणाम से,
अगर आप अनिश्चित के लिए नहीं छोड़ सकते हों निश्चित को,
अगर आप नहीं करते हों पीछा किसी स्वप्न का,
अगर आप नहीं देते हों इजाज़त ख़ुद को, अपने जीवन में
कम-से-कम एक बार, किसी समझदार सलाह से दूर भाग जाने की...
तब आप धीरे-धीरे मरने लगते हैं...!"

बालकनी के किनारे खड़े रहकर उन्होंने पूरी आँखों से तालाब की ओर देखा। कमरे की तरफ़ बढ़ते हुए कहा, "अब चलता हूँ स्वामी। कुछ पैकिंग भी करनी है।" पहली बार उनका गला भरा हुआ-सा लगा। कमरे में आकर, चारों तरफ़ देखा और धीमे क़दमों से बाहर निकल गए।

(31)

आज की रात मुझे नींद आना संभव ही नहीं था। एक सम्राट कैसे अपना राज और अपने प्रेमियों को इस तरह अचानक छोड़कर जा सकता था। बुद्ध याद आते। सवाल परेशान कर रहा था कि कैसे इतने प्रेम और सम्मान का निरादर कर सकता है कोई। ख़याल आया कि यूनी या लक्ष्य को कॉल करके अभी ही बता दूँ; शायद वे रोक लें। पर मुझे कोई अधिकार भी तो नहीं था उन्हें रोकने का, ना यह जानने का कि उन्होंने यह निर्णय क्यों लिया है। निर्णय सही हो या ग़लत मुझे यह तय करने का अधिकार नहीं। गुरुजी जैसे अपनी मर्यादा स्वयं तय करने वाले प्रज्ञावान पुरुष ने कोई निर्णय लिया है तो वह भावावेश में लिया हुआ नहीं हो सकता।

नींद का झोंका था या गुरुजी को लगा उन्होंने अभी सब कुछ नहीं कहा है, "स्वामी, एक संतुष्ट सुअर होने की अपेक्षा, असंतुष्ट सुकरात के चरणों की धूल होने से मुझे मुहब्बत है।"